Le pianiste

Une boîte de travestis de la Barcelone contemporaine. Dans le public, des paumés, des faux snobs, d'anciens étudiants qui se souviennent, non sans amertume, du temps où ils étaient jeunes et se croyaient révolutionnaires, des têtes connues, un ministre branché et, surtout, au milieu de sa cour, Luis Doria, musicien internationalement célèbre, vieillard superbe et provocant, dont le personnage n'est pas sans évoquer celui d'un peintre espagnol fameux, mort il y a quelques années. Or, Doria, la vieille star, semble fasciné par la silhouette chétive du pianiste, Don Alberto, dans un coin de la scène : affectation, ironie, ou bien est-ce l'effet d'un mystère plus grave ?

Les flash-back au fil desquels le roman remonte le temps éclaircissent progressivement l'énigme. Tout a commencé dans le Paris de 1936, lorsque deux jeunes musiciens catalans, Luis et Alberto, l'un histrionesque, l'autre timide, chacun une parcelle de génie, rencontraient Darius Milhaud. La guerre d'Espagne allait bientôt éclater, l'un allait choisir la gloire, l'autre ce qu'il croyait être son devoir.

Manuel Vázquez Montalbán, né à Barcelone en 1939, inventeur internationalement célèbre du détective Pepe Carvalho, est l'auteur d'une dizaine de romans traduits en français, dans lesquels il dresse le portrait ironique de l'Espagne post-franquiste.

Du même auteur

La Solitude du manager
Le Sycomore, 1981
UGE, « 10/18 », 1988

Meurtre au comité central
Le Sycomore, 1982
Éditions du Seuil, coll. Points Roman, n° 285

Les Oiseaux de Bangkok
Éditions du Seuil, 1987

Les Mers du Sud
UGE, « 10/18 », 1988

La Rose d'Alexandrie
Christian Bourgois, 1988

Le Pianiste
Éditions du Seuil, 1988

La Joyeuse Bande d'Atzavara
Éditions du Seuil, 1989

Les Thermes
Christian Bourgois, 1989

Happy end
Complexe, 1990

Ménage à quatre
Éditions du Seuil, 1990

Manuel Vásquez Montalbán

Le pianiste

roman

TRADUIT DE L'ESPAGNOL PAR
MICHÈLE GAZIER

Éditions du Seuil

TEXTE INTÉGRAL

EN COUVERTURE : Gorges Rohner,
Jean-Sébastien Bach II (détail)
Archives Lauros-Giraudon
© ADAGP, 1990

Titre original : *El Pianista*
Éditeur original : Editorial Seix Barral, Barcelone
ISBN original : 84-322-0521-4
© 1985, Manuel Vásquez Montalbán

ISBN : 2-02-012482-3
(ISBN : 2-02-010258-7, 1re publication)

© 1988, Éditions du Seuil, pour la traduction française

Regarde un peu ce qu'ils m'ont fait
C'est ce que j'avais de mieux, et puis ils sont venus
Et ils m'ont changé ma chanson, maman.

Regarde un peu ce qu'ils m'ont fait
C'est ce que j'avais de mieux, et puis ils sont venus
Et ils m'ont brisé le cerveau comme un os de poulet, maman.

(Extrait de la chanson : *What Have They Done to my Song, Ma?*
chantée par Mélanie.)

I

Si la lampe avait eu une ampoule, il l'aurait sans doute allumée. Il ne l'allume pas, parce qu'elle n'en a pas.

— En plus, je ne vois pas pourquoi je l'allumerais.

Dit-il. Et la voix remonte le drap sur ses lèvres. Le couchant prend des tons de pourriture pourpre dans le coin droit de la chambre, là où la poutre exhibe ses chairs rongées. Il sort une jambe de sous le drap, la tend à demi et la contemple comme s'il allait l'acheter. Jambe en mauvais état, couleur blafarde, morbidité de la mort annoncée. Il la cache précipitamment, fait semblant de ne pas la voler, lorsque la clef arrache à la serrure un éclat de métal bruyant, et même si ce ne peut être personne d'autre que Luisa, il demande :

« Luisa ?

— Oui. C'est moi. Qui d'autre peut venir à cette heure-ci ?

Soupire Luisa. Lourde de fatigue et de paquets. C'est une silhouette compacte, écrasée, qui s'avance dans le couloir et n'a de cesse d'arriver à la cuisine où les sacs se révoltent contre tout le soin mis à les remplir, s'effondrent, éclatent irrémédiablement.

« Merde !

Gueule Luisa dans l'office, et il devine sa crainte d'avoir cassé les œufs.

« J'ai de la chance.

11

Ils ne sont pas cassés.

« On peut le récupérer.

Si, il y en a un de cassé.

« Ça te dit des œufs brouillés ?

— J'en rêve depuis des heures. C'est ça la télépathie.

Luisa ne vient pas. Elle préfère ranger les provisions. Préparer l'avenir du soir.

Aujourd'hui, nous allons sortir.

Je suis fatigué. Mais il se sent tout content d'avoir à violer sa propre fatigue et de sortir sortir sortir avec cette volonté claironnante qu'a toute sortie organisée par Luisa, cette même Luisa qui à présent passe sa tête dans l'entrebâillement de la porte.

— Tra la la.

Cette tête brune qui se penche à la rencontre de ses lèvres par le plus court chemin et qui reste là, tel un obstacle qui l'oblige à fermer les yeux.

« Dans le noir.

— Il n'y a pas d'ampoule.

— Nom de D... Je savais bien que j'oubliais quelque chose. Un de ces jours le médecin viendra et...

Elle transforme ses derniers mots en une rumeur, quelque chose de sans importance, qui en a pourtant, parce que, depuis qu'elle a prononcé le mot médecin, tout est redevenu précaire ; ils le savent bien tous les deux, lui dans son rôle de victime emmerdante et elle dans celui du bourreau bourrelé de remords. Elle s'assied au bord du lit, saisit d'une main la main, colombe sombre, morte dirait-on, que l'homme a posée sur le drap à hauteur de sa poitrine, bouchant le trou par lequel pourrait s'échapper sa vie. De son autre main, Luisa cherche sur le drap la place du sexe, elle l'effleure, le palpe pour l'inviter semble-t-il à se manifester tel qu'il doit être.

« Tu as pensé à moi ? Ta mère est venue ? Tu t'es fait ta

12

piqûre ? Tu t'es fait chauffer le repas avant de l'avaler ? Comment va l'appétit ?

— Oui. Bien.

Il ne la voit pas Elle est un volume de femme à qui il est reconnaissant de la chaleur forte de sa main, qui l'invite à se fondre en elle, et surtout qui l'incite à être lui-même.

« Et toi ?

— Comme d'habitude.

— Les emmerdements habituels ?

— Non. Il ne faut pas non plus dramatiser. Maintenant, on est sur une enquête à propos des politiciens les plus populaires de Catalogne commandée par un des politiciens les plus populaires de Catalogne. Ce n'est pas lui qui l'a commandée. C'est un organisme parallèle monté par un de ses amis intimes.

— Pédés ?

— Non. C'est un ami du type.

Et elle se lève en s'aidant des deux mains, le regard tendu vers tout ce travail qui l'attend, et, lorsqu'elle arrive à la porte, qu'elle lui tourne le dos, elle s'immobilise en entendant :

— J'ai passé la serpillière.

Alors, sans se retourner, elle hoche la tête d'un air ennuyé.

— Qui t'a demandé de le faire ?

— Moi. Je me le suis demandé à moi-même et j'ai décidé de me donner la permission.

— Ça t'a cassé les pieds ?

Demande le dos, ou peut-être la nuque.

— Non. Je me suis amusé. C'est un travail fascinant. Je ne comprends pas pourquoi tu te plains lorsque tu le fais.

Luisa sort et de nouveau toute la pièce lui appartient, mais ce n'est plus une tanière parfaite, c'est une tanière avec porte ; et, au-delà de la porte, il y a le va-et-vient de la femme, utile ou inutile, peu importe, fatigant, débordant de vaine agitation. La voix de Luisa projette le futur.

13

— Nous irons au Capablanca avec Joan, Mercè, Schubert, Irène, Delapierre, Toni Fisas.

— Toni Fisas ? Il est ici ?

— Il a quelques jours de vacances et il a abandonné ses cours à New York. Il veut consulter je ne sais quelles archives de la Généralité.

— Fais-toi belle.

— Pourquoi ?

— Toni Fisas le mérite.

— Idiot.

Derrière le premier plan d'un verre, il voyait grandir le visage de Toni, ces yeux tendres et pénétrants, au dire de Luisa, au dire des filles du syndicat. Il a quelque chose, disait Irène, quand Irène abordait ces sujets. Et cette ironie de celui qui sait tout avec laquelle parfois Fisas cachait son ignorance. Ces traits nets, cette barbe dure, toujours bien taillée, véritable écrin de luxe de son âme virile. Il se passe la main dans les cheveux, sur le menton, sur le visage, il a l'impression d'être léché de pénombre ou peut-être d'humidité ou d'une graisse froide et visqueuse. Sensation gluante au bout des doigts lorsqu'il effleure la peau de son corps à la recherche des senteurs cachées de son aine et de ses aisselles.

— Je vais me doucher. Branche-moi le chauffage. Non, laisse. Je le ferai moi-même.

— A vos ordres. C'est fait.

Il sort ses deux jambes de sous les draps, le corps suit, puis la tête suspendue au-dessus de l'abîme qu'occupent ses propres pieds ainsi qu'une natte *made in Hong Kong*. Il frotte ses plantes de pied contre les aspérités de la natte, éprouve le plaisir que donne une liane fraîche et douce, on dirait qu'il arrache aux fibres mortes leurs tout derniers effluves naturels. Du regard, il interroge les matières. Des joncs d'un fleuve jaune, bleu, noir, comme le sont tous les fleuves de Chine ou peut-être d'un lac immobile où vivent des lotus et des poissons multicolores ; il a l'impression de fouler un gazon fossilisé.

« Habille-toi un peu pour traverser le couloir. Il y a un courant d'air du diable.

Alors qu'il s'apprête à sortir nu, la voix de Luisa brise net son élan, elle l'invite à trouver quelque chose à se mettre, et son regard fureteur le plonge dans un vertige soudain qui le projette sur le matelas ; le nez dans les draps, bras inertes, il respire à nouveau sa propre odeur confinée. Puis il reçoit l'ordre de faire demi-tour, de faire face à sa conscience et au ciel lisse du plafond d'où pend la lampe rendue inutile par un mal caché, une manière de phlébite électrique, mais la lampe, elle, au moins, ne pourrit pas, pense-t-il, malgré son inertie, tandis que moi, chaque fois que je m'allonge je pourris, peu à peu, et, pour éviter la chute de tension, je me lève, peu à peu, et voici le kimono japonais *made in Hong Kong,* presque plus léger que l'air, juste fait pour s'adapter au corps et l'aider à flotter. Les pantoufles sont là, sous ses pieds, elles lui montrent le chemin de la sortie, le miracle de la distance, de l'espace ouvert au-delà du rectangle des linteaux, et, lorsqu'il atteint le couloir, il pénètre enfin dans la réalité de la maison, dans une vie à deux, sur un terrain d'entente avec Luisa dont la présence bruyante l'appelle du fond de la cuisine.

« Mon Dieu, quelle allure !

Une main sur le visage de Luisa, l'autre pointée vers lui.

« Maman, quelle peur ! Maman, Luisa a peur de l'ogre !

L'ogre, c'est lui, c'est évident ; il se regarde dans le miroir du buffet pour s'y voir décoiffé, barbu, des poches si énormes sous les yeux qu'on les dirait postiches.

— J'ai des yeux merveilleusement cernés.

— Tu as surtout une de ces barbes, et des cheveux... Je vais te les couper. Allez, file, à la douche.

15

— Qu'est-ce que tu me prépares à manger ?

Il s'en veut d'avoir posé la question, parce qu'il provoque le ton maternel de la réponse, même s'il corrige aussitôt par un « Qu'est-ce que tu prépares à manger ? » juste au moment où Luisa lui répond d'une voix qui domine la sienne.

— Des œufs brouillés à la tomate pour Monsieur. Dès que Monsieur aura pris sa douche et qu'il se sera fait beau, Monsieur sera servi. Irène et Schubert ne vont pas tarder. Les autres sont allés dîner dans le coin, nous les retrouverons directement au Capablanca.

Images brisées de vieux travestis en ruine, lumières rouges, un piano aux cordes vocales fichues, une odeur envahissante de désinfectant.

— Pourquoi au Capablanca ? Je n'y suis pas retourné depuis qu'il s'appelait Casbah. Ça fait au moins dix ans.

— C'est Schubert qui nous a entraînés là-dedans. Il dit qu'ils ont engagé des travestis formidables, des vrais personnages de Walt Disney.

— En voilà un qui vit vraiment sur les ruines de son intelligence.

— Tu vas attraper froid. A la douche.

Il a froid, mais il n'obéit pas, il renifle l'acidité de la tomate qui se dessèche dans la poêle en attendant la bave jaune de l'œuf battu.

— Ne fais rien d'autre. Je ne veux que ça.

— Non, Monsieur. Tu dois manger un peu de viande. Après tu voudras boire et tu auras l'estomac vide.

— Je ne pense pas boire.

Ça l'irrite qu'elle le pousse à boire. Il sait que boire le rend malade, il le lui dit.

« Chaque fois que je bois, je me sens mal.

— Bon. Ne bois pas.

Mais il n'y a aucune énergie dans sa voix. Comme si elle s'en moquait qu'il boive ou non.

— Si tu t'en moques que je boive ou non, pourquoi tu ne te moques pas de savoir si je mange ou non ?

— D'accord. Tu as envie de te disputer. Moi pas, et, pour preuve de ma patience, je te répondrai : parce que le manger dépend de moi. Et le boire, de toi. Tu ne sortiras pas de ces quatre murs sans avoir dîné, et, maintenant, file à la douche.

Elle le pousse vers la salle de bains, elle le laisse le kimono entrouvert devant un miroir piqué et ouvre le robinet de douche, elle vérifie la température de l'eau sur le dos de sa main, revient vers lui, lui ôte son kimono, lui embrasse la poitrine, le pousse vers le faible jet d'eau et le laisse là, seul sous la douche ; elle tire d'un coup sec le rideau de plastique, comme si elle l'enfermait à jamais. L'eau le contraint à fermer les yeux, et, lorsqu'il les ouvre, la vapeur apaise ses douleurs présumées, elle dissout en particulier ce kyste gris qu'il sentait entre ses yeux ; à présent, il éprouve une sensation d'apesanteur dans les bras, sortes de tenailles solides à la recherche du shampooing ; ses mains d'écume badigeonnent de savon tous les coins de son corps, ses lèvres, elles, lui sifflent une chanson qu'il croyait oubliée. C'est alors que l'eau le trahit, qu'elle cesse son jet de vapeur, gelant la distance entre la pomme de douche et son corps emprisonné de savon derrière le rideau tiré. Il ouvre en grand le robinet d'eau chaude mais il ne parvient qu'à faire jaillir l'eau froide avec plus de force et, lorsqu'il tourne le bouton dans l'autre sens, un iceberg lui mitraille la peau, et le chasse de cette grotte gelée. Il cherche en vain un coin où le fouet ne puisse l'atteindre mais il ne va pas jusqu'à tirer le rideau parce qu'il est couvert de savon et qu'il se retrouverait, là, devant le miroir, la peau craquelée, tendue sous une croûte verte, comme un lézard. Les aiguilles de glace ne lui laissent aucun répit, il crie : Luisa ! pour entendre sa propre voix, pas pour que Luisa vienne à son secours. Luisa pourrait, peut-être, vaincre la révolte de l'eau dans l'âme profonde du ballon

17

électrique ? Le sort en est jeté, l'eau n'a aucune compassion pour son corps malade, il doit faire front ; il plonge sous le jet de glace tandis que de sa gorge sort un cri de kamikaze et que ses mains s'activent à faire circuler le liquide démoniaque sur les recoins savonneux de son corps, en haut, en bas, en spirale, dans les plis profonds, à le plaquer contre sa peau pour l'obliger à se réchauffer à son contact, il crie pour ne pas entendre le bruit de l'eau glacée, jusqu'à ce que Luisa tire le rideau brutalement et crie, c'est Luisa qui crie, elle le pousse jusqu'à le déséquilibrer, elle plonge sous le jet pour fermer le robinet et il y a de l'indignation et de la peur sur le visage de la femme lorsqu'elle lui demande pourquoi il gueule, lorsqu'elle lui demande s'il n'est pas fou.

— Il n'y avait plus que de l'eau froide.

— Et c'est pour ça que tu cries comme un fou ?

— Je n'arrivais pas à arrêter l'eau froide.

Luisa le couvre d'une efficace serviette, mais peut-être est-ce Luisa qui est efficace ; elle le sèche et le secoue à la fois.

« Je peux me sécher tout seul.

Si ses dents arrêtent de jouer des castagnettes et ses jambes de trembler. Mon dieu, mon dieu, que deviendrais-tu si Luisa n'était pas là ? Les mains de Luisa multiplient l'action de la serviette, tendre bandage à la recherche des plaies douloureuses. Il la laisse faire.

— Mets-toi le peignoir. Tes médicaments sont prêts. Appeler ça un peignoir... On dirait un torchon. Dès que je serai payée, je t'en achète un autre.

— Mais on est presque en été.

— Avec les courants d'air de cet appartement, il te faut un peignoir.

Il lui faut un peignoir. Le spray enneige son visage, souligne ses cernes, son nez, enfonce ses yeux au fond d'un autre individu qui se cherche dans le miroir. Tu me vois ? Le rasoir ouvre un sillon dans le savon cotonneux et lui révèle un paysage de peau rajeunie. Il libère son visage du savon piqueté de poils coupés, savon mort au fond du lavabo écaillé. L'eau qui emporte le reste de savon et de barbe lui sert aussi à s'arroser, à diluer des traces de mousse accrochées aux confins du visage. Tu as l'air d'avoir dix ans de moins, lui dira Luisa. Tu as l'air d'avoir dix ans de moins, se dit-il à lui-même. Il redresse son squelette à la recherche d'une jeunesse perdue. Mais le miroir lui renvoie l'image d'un squelette qui affleure sous la peau, l'image de la mort qu'il porte en lui.

— Tu as l'air d'avoir dix ans de moins.

— Et avec ces cachets encore dix autres de moins.

— On va te prendre pour mon fils.

— Je ne veux pas encore manger. C'est trop tôt.

— Le médecin a dit qu'il te fallait manger souvent.

Un tas grumeleux d'œufs et de tomate dans son assiette blanche.

« Pourquoi tu prends cet air de dégoût ? Tu n'aimes plus ça ? Ta mère m'a dit que tu ne te lassais jamais des œufs brouillés. Bien sûr que les œufs brouillés maternels...

Les yeux de Luisa suivent le va-et-vient capricieux et sans appétit de la fourchette repoussant, creusant les œufs brouillés, survolant ensuite le vide jusqu'à la bouche qui s'ouvre, juste assez.

« Tu veux du poivre sur ta viande ?

Et elle lui en met. Les deux biftecks cuisent dans la même poêle. Luisa s'assied pour manger le sien entre deux remarques et deux bouffées de cigarette. Voici le steak, son ennemi, dans un ruisseau de liquide sanglant qui s'échappe des pores invisibles d'un animal mort.

— Si ça ne t'ennuie pas, je le mangerai à notre retour.

— Froid ?

— Tu me le réchaufferas.

— Mais tu l'aimes à peine cuit...

19

— Ces œufs contiennent assez de protéines et de calories pour sortir ce soir sans avoir besoin d'un goutte-à-goutte jusqu'au petit matin. Ne t'en fais pas. Je survivrai. Je ne manquerai pas une seule de vos danses, ni de vos phrases.

— Qui est le bavard ici ? On pourrait croire que toi tu es muet. Quand tu prends la parole, même Schubert n'arrive pas à ouvrir la bouche. Maintenant, mon chéri, repose-toi, mon chéri, repose-toi, mon amour, pendant que ta Luisa va se peindre à l'aquarelle pour être belle, mon chéri.

— Essaie de ne pas en faire trop pour ne pas ressembler à une putain de Babylone.

— A ma connaissance, tu n'as jamais vu de putain de Babylone. Personne n'a jamais vu de putain de Babylone.

— J'imagine.

— Allez, petit con, *barrufet*[1], amuse-toi et n'essaie pas d'aller te fourrer dans la salle de bains pendant que je me prépare parce que je te jette.

Il retourne dans la chambre pour prendre le radiocassette sur la table de chevet. Il le pose à côté de l'assiette d'œufs brouillés, appuie sur la touche *eject*, sort la cassette, hésite entre l'*Adagio* d'Albinoni, Pachelbel, *Canon en ré majeur, Gigue en ré majeur*. Albinoni, *Adagio en sol mineur* pour orgue et violons. Il trahit la volonté de la bande en dépassant Pachelbel à une vitesse assassine et enfin l'*Adagio* se déploie avec une triste majesté de page ambitieux et condamné à mort.

— Encore ?

Demande et crie Luisa du fond de la salle de bains.

— Ça te gêne ?

— Pour moi, tu peux l'écouter mille fois si tu veux.

Luisa reparaît, elle lui sourit.

« Je suis en beauté ?

---

1. En catalan dans le texte : petit mec.

— Pourquoi ? Pour qui ?

— Pour moi.

— Très en beauté.

Le trait autour des yeux, le coup de peigne, la coloration des pommettes lui font une tête de publicité pour elle-même.

« Tu ressembles à une fille de magazine.

— A la page dépliable de *Playboy*. Tu veux vérifier ?

— Impossible avant le 23 mai. Encore une quinzaine d'œufs brouillés avant.

— Nous ferons l'amour aux prochaines élections. Le soir des générales, c'était super.

— C'était bien mieux le soir du référendum sur la Constitution.

— Ce jour-là, ça a été sublime.

Luisa sort dans le couloir et Albinoni prend fin, laissant planer derrière lui la possibilité d'un retour. Les dernières notes gravitent au-dessus de la table, elles survolent le bifteck différé, les morceaux de gras que Luisa a laissés dans son assiette, l'orographie rouge et or des restes d'œufs, le radiocassette, la bouteille d'eau, la boîte de comprimés, des couverts désorientés ou échoués dans les assiettes sales, un territoire rectangulaire d'abandons, d'attentes et de destructions au milieu duquel il se fait une place pour y déposer un livre, des feuilles : tentative d'activité qui demande d'abord le prologue de la contemplation à distance, le squelette abandonné aux barreaux du dossier de la chaise, les yeux démentant la volonté de lire.

— Voici une chemise propre.

Luisa la lui lance, et la chemise simule un vol audacieux pour finalement s'échouer sur sa tête, chiffon désemparé.

« C'est maintenant que tu travailles ? Tu as traduit quelque chose ?

— Je te remercie de ne pas me demander si j'ai beaucoup traduit. Tu me facilites la tâche. J'ai traduit quelque chose.

21

Pour être plus précis, environ dix lignes, au mieux, mais vraiment bien traduites. Je te les lis ?

— Je ne me souviens jamais de ce que tu traduis. J'ai l'impression que c'est un machin macabre.

— La pensée de Thomas de Quincey, anthologie et commentaires. Cet après-midi, j'ai traduit ceci :

« Depuis mon enfance, j'ai toujours éprouvé une grande perplexité devant un passage de *Macbeth*. Il s'agissait des coups sur la porte que l'on entend après le meurtre de Duncan et qui produisaient sur mes pensées un effet que je ne parvenais pas à m'expliquer. Ces coups reflétaient chez le meurtrier une horreur particulière et une profonde solennité mais, quels que soient les efforts que j'ai déployés pour tenter de comprendre par mon intelligence, les années ont passé et jamais je ne suis arrivé à savoir *pourquoi* ces coups frappés à la porte me faisaient une telle impression. » Note bien que j'ai souligné le *pourquoi* pour que l'imprimeur puisse le composer en italique, comme dans le texte original. Voilà, c'est tout.

— Tu ne t'es pas foulé.

— Bien sûr que non. Il m'arrive avec Thomas de Quincey ce qui m'était déjà arrivé avec la précédente traduction que Schubert m'avait aidé à terminer. En plein effort intellectuel, il me passe soudain cette curieuse pensée par la tête : pourquoi Thomas de Quincey ne va-t-il pas se faire foutre ? Qu'est-ce que j'en ai, moi, à cirer de Thomas de Quincey ou de sa mère ? Je mets des heures avant de répondre à mes propres questions : ce dont tu as à cirer ce sont les quatre-vingt-dix mille pesetas qu'on va te donner pour la traduction et par exemple, cet après-midi, avec ces dix lignes, je n'ai même pas gagné cent cinquante pesetas. Au bout d'une heure de travail, j'ai mal au dos, je commence à me promener, je fais tout ce que je peux faire dans cette cage, sauf traduire.

— Laisse tomber ou fais ce travail avec Schubert. Il s'est proposé et il a toute la patience dont tu manques.

— J'en ai plein le cul qu'on se sacrifie pour moi.

— Vous partagerez l'argent, comme la dernière fois.

— Non, cette fois-ci, je terminerai tout seul.

— Comme tu veux.

— On a besoin d'argent, oui ou non ?

— Qu'est-ce que tu en penses ?

— Ma mère a laissé vingt-cinq mille pesetas sous la lampe du bureau. Je ne m'en suis rendu compte qu'après son départ.

Les yeux de Luisa lui sourient d'un air moqueur.

« D'accord, d'accord, je m'en suis rendu compte mais j'ai fait comme si de rien n'était. Je les lui rendrai la prochaine fois.

— Laisse donc, si elle te les a données, c'est qu'elle pouvait te les donner. Il ne faut pas décevoir les mères. La mienne m'invite bien à déjeuner une fois par semaine pour que je me refasse des forces, et de temps à autre elle nous envoie des boîtes de foie gras truffé.

— C'est très dur pour eux d'avoir donné naissance à une génération de chômeurs.

— Surtout pour tes parents qui avaient cru mettre au monde un Einstein.

— Ils se seraient contentés d'avoir fait un Catalan universel, quel qu'il soit et où qu'il aille.

— Mon Catalan universel n'a pas terminé ses œufs brouillés.

— Les Catalans universels ne mangent pas d'œufs brouillés.

— Et ils mangent quoi ?

— *Botifarra amb mongetes* ou *conill amb all i oli* [1].

1. En catalan dans le texte : des haricots à la saucisse ou du lapin à l'aïoli.

Luisa récupère sur la fourchette le reste d'œuf froid et le mange.

— C'est vraiment bon.

La clochette de l'entrée résonne.

« Allez, vite. Va t'habiller.

Et il va vite s'habiller comme s'il était essentiel et vital pour lui d'être ou non habillé pour recevoir. Mais il reste assis sur le lit, jambes écartées, les mains jointes sur son sexe. De là, il entend les saluts protocolaires.

« C'est vous, imbéciles. Allez. Entrez et multipliez-vous.

La voix lyrique de Schubert :

— Je t'avais bien dit qu'on arriverait trop tôt.

La voix sourde, majorquine, d'Irène :

— Quel accueil !

— Où est Ventura ?

— Il se fait beau.

— Sors d'où tu es, Ventura ! Pas d'efforts ! La nature t'a fait comme ça !

— Bien rasé et bien propre, Ventura est beau.

Insistait Luisa d'un ton agacé.

— Mon Ventura est très beau ! Mon Ventura est très beau !

Criait Schubert en prenant une voix de femme. Il se crut obligé de lui répondre :

— Ta gueule, pédé !

— Quel rugissement ! Ça c'est pas mon Ventura, on me l'a changé ! On dirait le lion de la Metro ! Merde, mais qu'est-ce que je vois ? Un morceau de la traduction. Ventura travaille. Il va te mettre à la retraite, Luisa. Tu sais bien que c'est toujours le premier million qui est le plus dur. Après, le reste vient tout seul.

Il enfile sa chemise et son pantalon, chausse ses bottes, une main dans les cheveux, l'autre hésitant dans l'obscurité de la pièce, il s'avance vers la porte et, une fois dans le couloir, il se retrouve face au trio qui attend son apparition dans la cuisine, comme on attend l'entrée en scène d'un acteur.

« Tu as raison, Luisa, bien lavé et rasé, il cesse d'être monstrueux.

— Jaloux !

Rétorque Luisa. Elle s'avance vers lui, lui prend un bras et le conduit jusqu'à la cuisine comme elle le présenterait au temple.

« Schubert, tu ne peux pas cacher tes basses origines. Tu es un grossier personnage.

— Tandis que monsieur est un ancien élève du lycée français et ça laisse des traces ; *prix d'excellence* * et chouchou de M. Ribera. Ça te donne le bagage socioculturel pour être quelqu'un dans la Catalogne démocratique. Tu serais déjà conseiller socialiste à Matadepera, si tu n'étais pas devenu apolitique. Parce que même toi tu te mets en tête de devenir apolitique une année où... Enfin, écoute, devenir apolitique en 1977 [1]...

— Tu n'es pas en position morale de me critiquer. Toi, tu t'es converti au socialisme il y a six mois, quand ils ont gagné les élections.

— J'avais ça en moi dès l'enfance, et c'est un hasard si j'en ai pris conscience le 28 octobre 1982.

— Ah ! mon dieu, toujours les mêmes blagues, toujours les mêmes bêtises !

Irène fait une moue dégoûtée.

« On ne sert pas à boire dans cette maison ?

La perspective d'un verre ne parvient pas à muscler la voix d'Irène et elle s'effondre dans un fauteuil comme un soufflé. Schubert s'est emparé du tas de feuilles près du livre de De Quincey, il les feuillette. L'autre les lui arrache.

---

* Les expressions en italique suivies d'un astérique sont en français dans le texte original.
1. Année où furent autorisés les partis politiques.

— Qu'est-ce qui te prend ?

— Ce n'est pas encore lisible.

— Tu as vu, Luisa ? S'il était prix Nobel, il ne se comporterait pas autrement. Il m'est arrivé de traduire un livre par mois et ça ne me faisait pas tomber les dents si quelqu'un jetait un œil sur ce que j'étais en train de faire.

— Mais moi je ne traduis pas, je recrée

— Et moi, je sculpte. Va te faire foutre.

— Je comprends que ma lenteur puisse mettre en danger la survie économique de la maison d'édition. Mais la perfection demande du temps.

— La maison d'édition, elle s'en tamponne que tu rendes le livre quand ça te chante. Le plus tard sera le mieux, ils n'ont pas un radis.

— Et moi non plus.

— Mais il faudrait que tu termines au plus vite pour deux raisons. D'abord pour être payé avant que la maison ne fasse faillite. Ensuite pour pouvoir figurer sur la liste des créanciers au cas où la maison se déclarerait effectivement en cessation de paiement.

Schubert, petites lunettes, cheveux afro-catalans, rondouillard jusqu'au bout de mains qui en disent plus long que lui ; sa compagne, la blanche Irène, blonde et douce semeuse de pagaille du Syndicat démocratique, professeur d'anglais dans un institut prolétarien, avec un passé de biologiste et un avenir de femme de trente-sept ans sans enfant et ses confidences nocturnes sur le sujet susurrées à l'oreille de Luisa. Schubert ne veut pas d'enfant ; Schubert est un pessimiste historique malgré une bourse de la Généralité et une mission de la délégation culturelle de la mairie, il collabore comme archiviste spécialisé à la Fondation Figueras et il est professeur adjoint du département d'histoire à l'université. La peau d'Irène est translucide, évanouie comme sa voix. Elle a une jolie bouche, hélas trop alourdie par le poids des mots.

— On boit, oui ou non ?

— Nous avons un rhum cubain offert par le père de Ventura et une bouteille de whisky offerte par mon père.

— Il faut dépasser la politique des blocs. Tu n'as pas une bière européenne ?

— Eh bien, moi, je veux du rhum.

Coupa Irène.

Le sérieux du visage de Luisa se défait lorsqu'elle est derrière lui et se croit à l'abri de ses regards. L'indignation se peint sur son visage, elle gesticule, adressant de silencieuses insultes à Irène. Celle-ci les accueille avec un regard qui s'écarquille lentement et un nonchalant :

« Que dis-tu ? Mais qu'est-ce que tu racontes ?

— Elle est en train de t'engueuler.

— Mais pourquoi ?

— Parce que tu as remis le thème de la boisson sur le tapis et qu'elle a peur que je me mette à boire.

— Mais enfin, moi...

— Tu te crois très drôle.

Face-à-face entre les joues enflammées de Luisa et le sourire de cruciverbiste malheureux de Ventura.

« J'étais en train de lui dire que vous êtes chiants, que tous les mecs sont chiants.

— C'est ça.

— Vous êtes au courant pour Ripoll ? On l'a proposé pour une chaire. L'affaire est dans le sac. Il sera le seul d'entre nous à être professeur d'université. On voyait bien qu'il ferait son chemin. Il ne s'est jamais trop cassé. Vous savez ce qu'il m'a dit l'autre jour ? Nous parlions de la débâcle du PSUC[1] et je lui ai dit : Tu te souviens quand on s'est inscrit ? L'époque non plus n'était pas formidable. La loi d'exception, tout ça. Et ne voilà-t-il pas que le mec a le

1. Partit socialista unificat catalá : Parti socialiste unifié catalan, le PC catalan.

culot de me dire qu'il n'a jamais été inscrit au PSUC ?
Écoute, mon vieux, je lui ai dit, et les réunions chez Ventura,
avec Irène, Luisa et toute la bande, qu'est-ce que tu crois que
c'était ? Parce que ça c'était le Parti ? Tu vois pas qu'il avait
l'audace de me dire qu'il ne savait pas qu'il avait assisté à
des réunions de cellule.

— Comme de temps à autre il y avait un couple qui sortait baiser, il a peut-être cru qu'il s'agissait de réunions d'ini-
tiation sexuelle.

— C'était pas vraiment son problème. Vous vous souvenez comment nous l'appelions ? « Zizi philosophique »,
par contraste avec Higini, le glorieux « Zizi massif », également connu sous le nom de « Marteau d'or ». Dis-moi,
Irène, c'est vrai qu'il l'a si grand, Higini ?

— Je ne me souviens plus.

Irène hochait la tête en direction de Luisa.

« On en a pour toute la nuit. Quand il commence à parler
du sexe d'Higini, on en prend pour la nuit.

— Bien qu'apolitique et parasocialiste, je suis marxiste et
je cherche des vérités objectives. Que le sexe de Higini soit
massif ou non, c'est un problème de vérification scientifique
à réaliser au travers de l'expérience et de l'analyse de l'expérience dans la logique générale de la lutte des classes, bien
entendu, et de ce que nous appelions alors la solution de la
contradiction principale, autrement dit le franquisme.

— Imbécile.

— Idiot.

Les insultes féminines provoquent un sourire orgasmique
sur le visage rond de Schubert.

— Vous avez bien vieilli. Dans quelques années, vous
fêterez la quarantaine et vous vous apercevrez que vous avez
passé les meilleures années de votre vie à chercher du travail
ou à essayer de ne pas perdre celui que vous aviez. Et que
c'est pire pour ceux qui sont arrivés derrière. Ils se branchent

sur la Généralité s'ils sont de Convergència[1] ou sur la mairie s'ils sont socialistes et communistes. Et, pour les autres, chômage, sous-emploi et vie contemplative dans les maisons rurales à demi abandonnées par les familles, pour ceux qui ont la chance d'appartenir à des familles propriétaires de maisons rurales à demi abandonnées.

— Toi, tu es de mauvaise humeur ce soir. Qu'est-ce qui te prend ?

Schubert écarta d'une main l'accusation de Luisa.

— Ça vient comme ça. Nous sommes au printemps, j'ai trente-sept ans passés et j'ai découvert que je n'arriverai jamais à rien.

— Je te l'avais bien dit, on en a pour toute la nuit.

— Ça te va bien de dire ça, toi qui te remontes comme une pendule.

— Les miettes du banquet. Tout ce qui est bon est déjà pris et en plus je me suis trompé de parti. J'ai quitté le PSUC pour devenir révolutionnaire, puis j'ai plaqué la révolution pour devenir apolitique. Heureusement que je me suis aperçu à temps qu'il fallait devenir socialiste. La social-démocratie, c'est un peu plus qu'une simple doctrine politique. C'est un code de conduite. Nous sommes tous profondément sociaux-démocrates. Nous vivons ensemble de façon sociale-démocrate. Nous nous accordons tous les matins sur l'occupation de la salle de bains et tous les soirs sur le coup à tirer, nous essayons d'inculquer aux gens la thèse du moindre mal. Il vaut mieux qu'on t'augmente tes impôts plutôt que de t'enlever toute possibilité d'être un jour Rockefeller. Si je mens, que le chef me contredise. Allez, Ventura, c'est à toi. Tu étais mon commissaire politique. D'abord au PSUC puis au PCI. Allez, parle, chef.

— Moi, je ne suis qu'un traducteur paresseux.

---

1. Le Parti conservateur catalan.

— Et voilà l'autre. Vous n'allez pas nous gâcher la soirée. Nous, nous partons de notre côté pendant que, vous, vous continuerez à pleurer sur votre sort.

Mais Irène n'était pas disposée à les laisser seuls :

— Tu vas me dire tout de suite ce qui t'est arrivé pour être de si mauvaise humeur.

— Je me suis regardé dans la glace et ça m'a sauté aux yeux. Je veux partir au Venezuela pour faire fortune.

— Comment ?

— D'abord, il faut arriver jusque là-bas. Ensuite, on verra. Je monterai une usine de saucisses blanches catalanes. Je crois qu'il y a beaucoup de Catalans émigrés. Demain même, je vais à la Généralité, je demande audience à Pujol et je lui propose un projet d'expansion idéologique fondé sur la matérialité de la saucisse catalane. A propos de saucisse, vous avez dîné ?

Devant leur réponse affirmative, Schubert se dirige vers le frigo, l'ouvre et s'exclame :

« Seul je suis et seul je reste. Pas l'ombre d'une tranche de mortadelle. Toi, la biologiste, tu m'écoutes ? Je te l'avais bien dit. Mangeons un morceau parce que ces deux-là font abstinence.

— Tu ne penses qu'à manger.

— Il y a des œufs. Tu peux te faire une omelette.

— Les modes culturelles ne sont pas arrivées jusqu'à cette maison. Je parierais n'importe quoi que vous ne savez pas du tout qui est Arzac[1].

Schubert prit deux œufs avec résignation et se dirigea vers le réchaud. Irène attendait que quelqu'un commence à parler et Luisa s'inventa des tas d'occupations pour ne pas le faire. Ventura retira les pages de sa traduction et les emporta dans sa chambre. Il les mit d'abord dans le tiroir de

---

1. Le chef de file de la nouvelle cuisine espagnole.

la table de nuit, puis sous son oreiller, enfin, après quelques instants de concentration, il les reprit pour les glisser sous le matelas et s'assit dessus, à l'endroit même où il cachait ses deux semaines de travail. Si je meurs avant de l'avoir terminée, qu'on m'enterre avec mes feuillets. Ou mieux, que Luisa se les fasse payer. Ils fouilleront partout pour les retrouver et on ne les retrouvera qu'après mon enterrement, message posthume de mon talent. « Depuis mon enfance, j'ai toujours éprouvé une grande perplexité devant un passage de *Macbeth*. Il s'agissait des coups sur la porte que l'on entend après le meurtre de Duncan et qui produisaient sur mes pensées un effet que je ne parvenais pas à m'expliquer. Ces coups reflétaient chez le meurtrier une horreur particulière et une profonde solennité mais, quels que soient les efforts que j'ai déployés pour tenter de comprendre par mon intelligence, les années ont passé et jamais je ne suis arrivé à savoir *pourquoi* ces coups frappés à la porte me faisaient une telle impression. »

— Qu'est-ce que tu fais encore là dans le noir ?

— Je me repose de Schubert.

— Qu'est-ce qu'il est rasoir ! Pour l'instant, il s'occupe avec son omelette. Si tu veux, nous ne sortons pas.

— Tu dois avoir envie de parler avec Fisas.

— Je peux le faire demain ou un autre jour.

— Ne t'excite pas. Vous êtes tous excités par le retour de Fisas. Et Schubert plus que vous tous. Ça faisait longtemps que je ne l'avais pas vu jouer son rôle avec autant d'enthousiasme. Fisas revient *vincitore*.

— Il a toujours été un vainqueur.

— Il y avait un temps où les vainqueurs nous dégoûtaient.

— Il y avait un temps où moi je croyais à la résurrection de la chair et au pardon des péchés.

— Il y avait un temps...

— Ne sois pas mélancolique. Je peux voir Fisas quand je

le veux. Si tu préfères, nous disons que nous ne sortons pas et nous passons une soirée tranquille.

Il y avait sans doute du défi dans ses yeux qu'il ne voyait pas, parce qu'il y en avait dans sa voix.

— En plus, tu as pris rendez-vous avec les autres.

— Oui, soupire Luisa, résignée, en s'asseyant à côté de lui, à côté, sans le savoir, des pages cachées sous son matelas funéraire.

— Que fait Irène ?

— Rien.

— Elle a l'air d'une idiote.

— Et avec ça vous étiez tous en train de lui courir après à l'université !

— Elle était une des rares filles émancipées qui croyaient à l'amour libre et qui appliquaient leur théorie. Elle a l'air fatigué.

— Le Schubert, il fatiguerait un régiment.

On entendait un bruit d'œufs battus et des gémissements d'huile fumante, le crépitement de l'œuf au contact de l'huile, la voix de Schubert qui s'excitait en retournant son omelette :

— Vous n'avez même pas une tomate pour me faire du pain frotté ?

— En boîte.

Cria Luisa à côté de lui.

— Du pain à la tomate avec des tomates en boîte ? Vous devez être *xarnegos*[1] !

Luisa rit et l'enlaça. Le volume tiède de son corps fit naître en lui une volute de désir qui se déploya de l'aine à la gorge.

— Tu veux faire l'amour ? Maintenant ? Ici ?

— Pourquoi ne pas demander : Tu peux faire l'amour, maintenant, ici ?

1. En catalan dans le texte : métèque.

— Tu peux le faire maintenant, ici ?

— Ce fou peut entrer n'importe quand.

— C'est son problème.

— C'est mon problème. Ça m'inhibe.

— Alors, c'est non ?

Il fit signe que non, avec les yeux et malgré l'obscurité. Luisa comprit sa réponse, elle se dégagea tandis que son corps, perdant de sa chaleur, acquérait une présence neutre dans une chambre qui leur devint hostile. La voix de Schubert vint à la rescousse :

— Où avez-vous disparu ? Vous n'êtes pas en train de faire des cochonneries quand même, hein ?

Ils sortirent et regagnèrent la cuisine main dans la main.

— Tu vois ce que je vois, Irène ? Regarde-les, ces deux-là. Ils viennent de faire leurs cochonneries et ils en sont encore tout choses. A votre âge ! Vous êtes de ces pervers capables de baiser dans un ascenseur, aux enterrements et dans les savanes d'Afrique, entourés de girafes qui regardent tout.

Irène a mis ses lunettes, elle lit des copies qu'elle a sorties de son sac.

— Qu'est-ce que tu fais ?

— Je corrige des examens. Il m'en manque encore soixante-deux.

— J'ai bien mangé et vous avez bien baisé, il ne nous reste plus qu'une solution, sortir dans la rue et laisser aux autres le temps de nous rejoindre à notre rendez-vous. Que pensez-vous d'une promenade critique sur les Ramblas et d'un verre au Boadas ?

— Qu'est-ce que tu entends par « promenade critique sur les Ramblas » ?

— Nous pourrions commencer par le McDo qui remplace le vieux restaurant Canaletas. Nous pourrions y réfléchir sur la dégénérescence de la gastronomie et la pénétration culturelle impérialiste américaine par le biais du hamburger. A deux pas, il y a les cercles de *culés*[1] et nous pourrions méditer amèrement sur la perte d'identité d'un club tel que le FC Barcelone, jadis à l'avant-garde épique de la Catalogne résistante. Ensuite, nous passerions devant le cinéma Capitole, le vieux Can Pistola où l'on ne donne plus que de la merde porno et pseudo-porno, ce qui nous permettra de nous lamenter sur la corruption de la culture de masse et la désinformation sexuelle généralisée. Nous poursuivrions avec le café Moka rénové ; arrêt obligatoire de ce chemin de croix pour réfléchir à ce que furent les cafés d'antan, remplacés par l'ambiguïté formelle des établissements actuels qui font que les pharmacies ressemblent à des cafés et les cafés à des pharmacies... Je continue ? Sur les Ramblas, on peut avoir une vision cosmique, et sûr que, si on lève la tête, on aperçoit un OVNI de l'Internationale socialiste planétaire ; et ça continue jusqu'au port, où avec un peu de chance on peut rencontrer un groupe de joyeux jeunes gens de la Navy, preuve évidente que nous sommes une province de l'empire. Et, si c'est jour de pleine lune, les eaux pourries du port, pourries, un adjectif suggestif, pourries. Cet inventaire, en d'autres temps, nous aurait rempli les veines de sang révolutionnaire ; aujourd'hui, il nous les remplit de sirop d'orgeat.

— La rue présente au moins un avantage. Nous pouvons marcher plus vite que toi et ne pas t'entendre.

— J'adapterai mon pas au vôtre.

— Je suis déjà fatiguée.

Irène arracha cette simple phrase à la profondeur d'une fatigue majorquine. Luisa disparut puis reparut avec une veste en daim. Schubert les attendait sur le palier, comme s'il assumait la volonté de distance de ses compagnons d'un soir. Ensuite, il descendit les escaliers sans se préoccuper de

1. Les cercles de supporters du Barça, grand club de football de Barcelone.

savoir si les autres le suivaient, mais, de temps à autre, il regardait derrière lui pour constater la fatigue de Ventura. Leurs regards se croisèrent et Schubert sourit légèrement, comme pour se faire pardonner sa curiosité ; il susurra :

— *Salut i força al canu*[1].

Luisa saisit le sens des regards de Schubert et cette tendance de Ventura à s'arrêter, pour se laisser avec résignation observer aux rayons X, et même pour accueillir le diagnostic sans protester.

— Il n'a jamais été aussi bien... Il ne sort pas parce que je ne le lui permets pas, parce qu'il ne fait attention à rien et qu'il est capable, en plein mois de février, de sortir en manches de chemise.

— Quand vous serez riches, changez d'appartement.

Grommelle Schubert en accrochant la poche de sa veste sur la rampe rouillée.

« C'est miracle que vous ayez l'eau courante.

— C'est un vieil appartement des parents de Ventura. Du temps de leur jeunesse. Ils l'ont gardé pour des raisons sentimentales. Maintenant, c'est nous qui en profitons.

Ils sortirent dans la rue qu'éclairaient à peine les lumières d'un parking construit sur l'emplacement d'un demi-pâté de maisons, face à une église prémoderne, incrustée entre les immeubles comme une usine de foi et d'espérance.

— Et cette église ?

Les frontons triangulaires de l'église du Carmen, avec leur œil-de-bœuf bien au centre, suscitaient la curiosité de Schubert.

— C'est l'église du Carmen. Elle a été construite après la Semaine tragique sur l'emplacement d'un ancien couvent de hiéronymites brûlé par les révolutionnaires. Mes grands-parents sont venus habiter ici, rue Obispo Laguarda, juste

---

1. En catalan dans le texte. On pourrait traduire par « salut et sexe au vent ».

après leur mariage. Ils avaient une épicerie tout près, ensuite ils ont prospéré et ils ont gardé cet appartement en souvenir, comme mon père. Il est né ici, il a vécu ici avec ma mère les premières années de leur mariage et finalement Luisa et moi nous sommes à notre tour venus échouer ici. C'est un quartier tranquille, assez intéressant. Tu veux que nous descendions jusqu'à la place du Padró ?

— Non. Laisse tomber. Je préfère aller directement aux Ramblas.

— Cette rue est un peu à part dans le quartier. C'était un quartier presque *lumpen* il y a trente ou quarante ans, en revanche, ici il y avait un médecin, un rentier ; les façades le disent. C'est ici que vivaient les riches du quartier, il y a même des immeubles avec ascenseur qui rappellent les tentatives architecturales rationalistes des années trente. Allons vers la place du Padró, elle est très étrange. Il y a une authentique chapelle romane qui reste encore à découvrir et à restaurer.

— Je t'échange la place du Padró contre les Ramblas.

Ventura haussa les épaules. Les femmes attendaient leur décision et Schubert imposa direction et parcours : Riera, Alta, Carmen, place de Los Angeles ; ils passèrent devant l'asile de charité, vidé de son histoire de la misère et livré à l'appétit féroce de la nouvelle culture populaire démocratique, théâtre indépendant et musiciens de rue, associations de quartier et volonté de récupérer ce qu'on n'a peut-être jamais eu. Ils arrivèrent à la rue Tallers, derrière l'immeuble du journal *la Vanguardia* dont les rotatives bourdonnaient en sourdine. C'est Schubert qui proposa de rejoindre le haut des Ramblas pour commencer par le commencement.

— Ce sera une promenade à la fois symbolique et commémorative.

Ils remontèrent la rue Jovellanos en direction de Pelayo dans l'obscurité de magasins fermés que trouaient à peine les polygones irréguliers des lumières de bistrots où pas un chat ne dînait. Luisa le prit par le bras et serra son corps contre le sien pour lui donner la force d'avancer à la suite de Schubert qui ouvrait la marche et d'une Irène parcimonieuse qui le suivait à deux pas. Le guide éprouvait le besoin de partager ses trouvailles visuelles et il se retournait alors pour les commenter à haute voix. Certaines de ses sorties les firent rire, mais ils optèrent finalement pour un sourire mi-neutre, mi-aimable qui refroidit peu à peu l'enthousiasme des commentaires de Schubert. Ils débouchèrent sur les Ramblas qui déployaient leur forte chevelure humaine de supporters de football, échappés du métro, mendiants de tout et de rien perdus dans une contemplation blasée du fond de leur indifférence tranquille, et de jeunes en groupes démêlant le tien du mien, perpétuels disciples dans l'art de perdre leur temps, curieux de l'étrangeté des autres qui leur donnait un désir plus vif d'être enfin adultes ou, simplement, des anecdotes à se raconter, ensuite, devant des hamburgers au ketchup, parmi les rires et les commentaires sur cet étrange monde de voyeurs, bavards et clodos qui les attendait et auxquels ils croyaient échapper par le seul fait de le nommer.

— Des voyeurs, des bavards, des clodos... et des jeunes. Susurra Ventura à l'oreille de Luisa.

— Qui ? Où ?

— Ici. Partout. Eux.

— Et nous ?

— Les quatre choses à la fois.

— Jeunes aussi ?

— Jeunes vieux ou vieux rajeunis. La littérature et les lettres en général hydratent la peau et maintiennent l'apparence de la jeunesse.

Schubert s'était introduit dans un petit groupe qui commentait la dernière péripétie du FC Barcelone, et Irène,

à la traîne, subissait l'assaut de deux poivrots chancelants et
rase-mottes qui tentaient de la retenir dans la toile d'araignée baveuse de leurs insinuations. Ventura ne put s'empêcher de s'approcher d'eux, et sa présence paralysa la stratégie des araignées, même si dans leurs yeux on lisait un
profond mépris pour cet homme pâle qui tentait de s'imposer par la sévérité de son regard.

— Un problème ?

— Aucun. Nous disions à cette demoiselle qu'elle a de
très jolies jambes.

L'émissaire des poivrots soutenait le regard de Ventura, le
corps penché et la tête toute proche de celle de son interlocuteur.

— Vous avez vu les miennes ?

Légèrement désappointé, le poivrot baissa les yeux vers là
où il pensait qu'étaient les jambes de Ventura, lequel avait
retroussé son pantalon et découvrait deux longs os et deux
petits mollets sans chair.

« Vous aimez mes jambes ?

— Oui... aussi.

Le poivrot acquiesça par volonté d'objectivité et, d'un air
têtu, il lui fit à nouveau face. Luisa tirait Ventura par le bras,
et Irène soupirait d'ennui tandis que Schubert s'approchait
d'eux avec un impérieux « Qu'est-ce qui se passe par ici ? ».
Luisa parvint à éloigner Ventura sur les talons d'Irène qui
ouvrait la marche, et Schubert n'eut plus qu'à les suivre
tandis que les poivrots se regroupaient en cercle, riaient et se
montraient mutuellement les mollets.

— J'ai horreur de ces manières.

Commenta Luisa en abandonnant le bras de Ventura.

— Ils étaient en train d'embêter Irène. Pas vrai, Irène ?

— Si.

Mais elle ne se retourna même pas lorsque Schubert
commença à lui faire des reproches.

— Ce n'est pas la première fois que ça t'arrive. Tu t'obstines à aller n'importe où et après les autres doivent te tirer d'affaire. Ce n'est pas la première fois que je dois m'interposer pour elle.

— Laisse tomber, Schubert.

— Dans ce pays, une blonde ne peut pas se promener tranquillement dans la rue.

Schubert avança de quelques pas pour rejoindre Irène, avec laquelle il se lança dans un monologue moralisant sur la pudeur nécessaire des blondes. L'orateur se retourna pour indiquer le Boadas.

A nouveau, le bras de Luisa prit celui de Ventura pour l'aider à traverser la rue, il tenta timidement de se dérober mais elle prévint le mouvement en accrochant ses doigts au bras maigre de l'homme. Schubert tenait ouverte la porte du Boadas et l'intérieur du bar ressemblait à une chapelle mal conçue d'adorateurs du cocktail, culte dont l'architecte aurait sous-estimé le succès. C'est à peine s'il y avait la place d'atteindre la barre et le comptoir qui faisait tout le tour du lieu, à peine une corniche pour le verre et le coude. Derrière le comptoir aux corps entassés sur fond de bouteilles et de fresques gigantesques d'Opisso, la complicité souriante des garçons et la pâleur lunaire d'une patronne qui se contentait de sourire ou de glisser de-ci de-là quelques commentaires, en guise d'assaisonnement, comme des gouttes de marasquin pour monter les saveurs, ou d'angustura pour les détacher. Schubert avait dégotté vingt centimètres carrés libres, mais la haute taille de Ventura lui avait permis de découvrir la présence du trio composé par Joan, Mercè et Delapierre, absorbés dans leur conversation et leurs consommations. Schubert leur fraya un passage jusqu'à eux et Ventura se vit examiné par trois doux sourires, accueilli par trois douces voix qui lui faisaient l'offrande de sa condition d'enfant malade. Il y eut un échange de baisers parfois suscités par un

« Et moi, et moi », et finalement ils se retrouvèrent tous les sept les uns sur les autres comme dans un wagon de métro aux heures de pointe.

— Il faut choisir, boire ou respirer.

Lança Delapierre, sans bouger le moindre de ses traits délicats d'aristocrate romantique si déchu qu'il avait reçu le surnom de « Delapierre[1] » dans ses années de fac, lorsqu'il soutenait qu'il n'y avait pas de meilleur déjeuner qu'un cocktail de jus d'orange et de moët-et-chandon.

— La promotion antérieure t'aurait lapidé. Elle était plus austère. La nôtre, en revanche, présentait déjà les brèches par lesquelles pouvait s'infiltrer un hédonisme bon marché.

— Il commençait à y avoir un temps pour le moët-et-chandon et un temps pour faire la révolution.

— Toujours mégalomaniaque, celui-là. Moët-et-chandon et révolution. Et quoi encore... Champagne Delapierre et va te faire foutre, oui. Tu n'as pas volé ton surnom. Laisse donc le moët-et-chandon pour ces deux-là vendus au capitalisme.

Il était inévitable que leurs rencontres toujours plus rares commencent par le vert paradis de leur passé universitaire. Joan et Mercè affichaient leur réussite économique et sociale sur leur visage paisible de bourgeois très soignés. Ils contemplaient à distance affectueuse ces garçons et ces filles qui avaient refusé de grandir, tout particulièrement Ventura et Delapierre, l'un en si mauvaise santé et l'autre si délicat sous son feutre noir de gangster pédé chassé par le parrain. Traits androgynes, un rien maltraités par les nuits blanches, et ces vêtements aussi précieux qu'antiques qu'il achetait en solde chez les costumiers de théâtre.

— On t'a vu à l'exposition du Grec.

— Pas longtemps.

1. La marque la moins chère de champagne catalan.

— Il était pas mal ton papier.

— Je n'y disais pas grand-chose : « Par ici, madame, par ici... Tout frais sorti du chevalet... »

— Le rôle du peintre dans *la Visite de la vieille dame* est significatif.

— Et caricatural. La corruption de l'art.

— Qu'est-ce que tu prépares maintenant ?

— Je cherche un producteur pour un *nô* de Yukio Mishima. Mais je n'y arrive pas.

Ventura, Luisa et Irène écoutaient. Schubert avait accaparé le couple, amusé et fâché par ses agressions. Quelle voiture vous avez maintenant ? Ben merde, une Ford Granada, tu vas nous refaire le coup de la Banque catalane[1]. Joan regarda à droite et à gauche pour le cas où l'exclamation de Schubert aurait été entendue. Mercè, elle, regarda dans le fond de son verre pour le cas où un cri s'en serait échappé. Mais personne ne pouvait entendre d'une île à l'autre des buveurs de magiques breuvages verts, lilas, jaunes, rouge vieux sang ou même multicolores selon la densité des différents ingrédients. Au-dessus du rituel alcoolique, une rumeur dense brassait des phrases brillantes et de non moins brillantes façons d'écouter, tandis que chacun s'efforçait de scruter le lieu à la recherche d'une connaissance ou d'une reconnaissance, dans l'espoir que commence ici une nuit, voire une vie différente. Réveillé par l'interrogatoire, Delapierre parlait de succès possibles et de projets qui dépendaient de départements tutélaires de la culture à la Généralité ou à la mairie.

— Les producteurs privés, que dalle. La seule industrie du spectacle qui les intéresse, c'est celle des machines à sous ou des histoires à la E.T.

Luisa essaya d'empêcher Ventura de commander un

1. Faillite financière scandaleuse.

second *singapur slin,* mais celui-ci se glissa entre elle et le barman pour imposer sa volonté.

— Pour moi, tu peux crever si tu veux.

Peut-être parce que les mots avaient été dits avec rage ou peut-être parce qu'il y avait eu comme un espace de silence autour d'eux, les regards se rencontrèrent et se tournèrent vers Ventura accoudé au comptoir, et vers Luisa pour saisir la portée de son commentaire. Ce fut le regard de Delapierre qui sut le mieux interroger Luisa, elle lui répondit d'un battement de cils qui pouvait aussi bien signifier « C'est fini » que la tentative de croire le contraire. Les yeux d'Irène s'emplirent de larmes, ceux de Mercè de trouble, tandis que Schubert et Joan détournaient la conversation et que Delapierre prenait sa voix de fête pour qu'elle aille jusqu'à Ventura.

— Bois tout ce que tu veux, Ventura, et ne t'occupe pas des femmes. Ivre, tu es un homme libre.

— Pour moi, il peut bien rouler dans le ruisseau et se faire ramasser par le camion poubelle.

— N'exagère pas. Pour deux verres.

— La nuit commence à peine.

Ventura se tournait vers eux, triomphant, son nouveau verre à la main et un sourire de défi.

— Je sens que cette nuit sera la mienne.

— La nôtre.

Schubert leva son verre vers les cieux enfumés du Boadas, ils trinquèrent.

— A la chute du régime ! proposa Schubert.

— Quel régime ?

Schubert ignora la perplexité d'Irène.

— Peu importe. Les régimes sont faits pour tomber. Il faut toujours boire à la chute du régime.

Ils trinquèrent et Schubert alla jusqu'à enlacer de son bras armé du verre le bras d'Irène et lui offrir de boire front contre front, un faux amour d'acrobate dans les yeux condamnés à se regarder à quelques centimètres. Les autres applaudissaient et, lorsque Irène parvint à échapper à l'étreinte, elle poussa un soupir d'ennui et tourna la tête. Delapierre murmura à l'oreille de Ventura :

— Ils ne sont pas à leur aise.

De la tête, il désigna rapidement Joan et Mercè.

— Plus jamais ils ne le seront.

— Peut-être avec d'autres gens.

— Pourquoi viennent-ils alors ?

— Dans le fond, Schubert est un sentimental. Il aime croire que tout est comme avant.

Les dialogues en tête à tête étaient les seuls possibles, à condition de crier par-dessus une rumeur de horde déferlante, et, malgré tout, les gestes étaient lents, les sourires rares, les voix seules s'affrontaient et il aurait fallu une baguette de chef pour faire baisser le bruit jusqu'au seuil de la confidence murmurée. On y disait du mal des socialistes, on critiquait les communistes, on se moquait des pujolistes [1] et ils étaient peu nombreux à avouer appartenir à l'une ou l'autre catégorie.

« Nous ne sommes pas loin de ce moment où personne ne sera qui il est. Il leur manque encore un verre. Peut-être deux.

— Moi, il ne me manque rien. Je me les suis tous envoyés derrière la cravate.

Dit Delapierre avant de se taire, de tourner le dos à Ventura et de se pencher pour simuler un baiser sur les lèvres de Mercè. Le sourire de Joan se brisa et Mercè elle-même détourna le visage tandis qu'elle observait du coin de l'œil les réactions de son mari.

— Nous ne sommes pas au théâtre.

1. Partisans de Pujol, leader du parti conservateur Convergència.

— Ce fut, Madame, une simple mise à l'épreuve de votre vertu.

Delapierre s'inclina tel un mousquetaire devant Anne d'Autriche. Joan avait retrouvé un sourire supérieur dont il gratifiait l'attitude histrionique de Delapierre.

— Je ne savais pas que les femmes te plaisaient, maintenant.

— J'ai toujours été bisexuel, et, si tu veux, je vous montrerai ça un de ces jours à tous les deux.

— Delapierre. Ta gueule, Delapierre.

Schubert s'interposait dans la prétendue dispute, offrant à Joan la possibilité de laisser tomber et de poser des questions triviales sur Irène et Luisa. Ventura essayait d'identifier des visages dans cette médiocratie cultivée de chez Boadas, quelques visages d'anciens combattants de la croisade antifranquiste, les traits adoucis par le temps, pour le reste, il s'agissait surtout d'une bourgeoisie jadis jeune et sans référence prise entre une table excessive et un lit insuffisant.

— Ce type, là-bas, c'est pas Armet, le porte-parole des socialistes ?

— Je refuse de reconnaître les gens importants. Il ne faut pas leur faire ce plaisir. Mais regarde, là, c'est El Puta.

— De qui parlez-vous ?

— Vous ne vous souvenez pas d'El Puta ? Ce type qui avait volé sa mobylette à la secrétaire du doyen des sciences.

— Nom de dieu, on dirait mon père.

El Puta était en train d'expliquer le théorème de Pythagore à une blonde qui ne l'écoutait pas.

— On dirait un doyen de faculté.

— Il importe des coussinets tchèques.

— Sacrée Puta.

— Encore un verre et nous repartons au fil du fleuve.

— De quel fleuve parle Schubert ?

— Des Ramblas, je suppose.

44

Peut-être faudrait-il se regarder en face, autour d'une table, retrouver le naturel dans une ambiance conventionnelle pour que la réunion prenne, pensa Ventura, et il seconda les efforts de Schubert pour faire vider les verres et payer l'addition. La dame lunaire souriait à l'infini derrière le parapet du comptoir, et Ventura se demanda si elle portait un masque de patronne ou si c'était le résultat de tout ce qu'elle voyait.

— S'il vous plaît, s'il vous plaît.

Schubert leur ouvrait la voie avec sa vigueur d'ancien membre du service d'ordre des manifestations de février 1976, derrière lui venait Delapierre saluant des deux mains comme si tout le monde le regardait, les ailes de son chapeau battant en signe d'adieu comme celles d'un corbeau noir. Les femmes furent les dernières à sortir et à regagner le milieu des Ramblas, lancées dans une conversation sur l'avenir des enfants de Mercè.

— Bien sûr, c'est une contrainte, mais il y a aussi des compensations.

— Moi, j'aurais aimé en avoir un. Mais avec lui...

Lui, c'était Schubert, pensa Ventura, capable d'écouter d'une oreille les commentaires d'Irène et de l'autre les efforts de Schubert pour dynamiser la soirée. Ingrats. Après tout ce que j'ai fait pour vous.

— Où nous conduis-tu, Schubert ?

— Au Capablanca, jadis appelé Casbah.

— C'est encore ouvert, ce machin ?

Demandait Mercè d'un air excité, plus par gentillesse que par réel intérêt.

— Vous vous rappelez le Casbah ?

— Et comment !

— Et le Jazz Colón ?

— Évidemment. C'est pas si vieux que ça...

— Plus de dix ans. Plus de douze. Presque quinze.

45

— Au Casbah, je suis tombée amoureuse d'un légionnaire.

Irène sautilla d'un air rêveur.

— Tu confonds avec ce nègre à qui tu taillais des pipes
pendant une demi-heure tellement il l'avait longue.

Le rire de Delapierre eut l'air d'arrêter Irène bien plus que
la remarque cinglante et sarcastique de Schubert. La blonde
s'était raidie, dans son regard une perplexité et un désir d'indignation.

— Mais...

— Laisse tomber, c'est une blague.

— Il l'a dit de façon blessante.

Irène rebroussa chemin en direction de la place de Catalogne mais Luisa et Delapierre l'arrêtèrent. Ils l'embrassè-
rent et la forcèrent en chuchotant à rejoindre la bande des
copains sans entrain. Schubert regardait sa compagne du
coin de l'œil et, quand leurs regards se croisèrent, il s'inclina
avec respect, ôtant d'un geste large un chapeau qu'il ne portait pas.

— Excuse-moi. Tu sais bien que je suis un type grossier.

— Un fils de pute, ça oui.

— Aussi.

Jamais je n'oublierai notre descente des Ramblas le jour
de la mort de Franco. Et celui où Carrero [1] a sauté ? C'est
sûr, les deux fois, nous nous sommes précipités vers les
Ramblas, pris entre la peur et le désarroi, une profonde sensation de libération et, en même temps, de méfiance, comme
si nous doutions du sens de ces cadeaux... stratégiques ? On
les appelle comme ça, stratégiques ? A toi de décider, Ventura. Parfois, il me semblait que nous étions semblables aux
naufragés de l'île mystérieuse qui reçoivent du secours d'un
pouvoir occulte, le capitaine Nemo. Il nous arrivait la même
chose. Un jour, on nous faisait sauter Carrero et on ouvrait

1. L'amiral Carrero Blanco, tué par une bombe de l'ETA, en décembre 1973.

les vannes de l'après-franquisme. Un autre jour, c'est une trombose phlébitique qui faisait vaciller la petite statue du dictateur et enfin une grippe.

— Ou une diarrhée. Souviens-toi : bulletin de santé habituel : « Selles sanglantes à consistance diarrhéique... »

Peu importe. C'étaient des aides inespérées que nous offrait le capitaine Nemo, et nous venions ici, sur les Ramblas, monte, descend, chez Boadas, place Saint-Jaume, café de l'Opéra, nous nous connaissions presque tous, nous étions la résistance intérieure, ceux qui nous étions frottés au franquisme, de l'université à l'usine. Nous nous reconnaissions d'un simple coup d'œil et nous échangions la même question : Et maintenant ? Mais peut-être regardions-nous plus autour de nous, pour le cas où surgiraient les « incontrôlés » du Christ-Roi venus nous casser la gueule ou un quelconque provocateur qui lancerait sur nous ces troupes de policiers qui surveillaient notre joie silencieuse et secrète. On voyait leur visage tendu derrière la visière de plastique, et le bras crispé prolongé par la matraque, comme pour prolonger aussi de manière hystérique la force de frappe d'un régime mort... de vieillesse.

— J'aurais aimé chanter le soir où Franco est mort. Mais nous avions tous la prudence dans le sang. C'était trop. Nous avions été vaillants dans de dures occasions, nous avions affronté les charges policières, la torture, la justice, la prison. Mais, ce soir-là, notre peur était aussi radicale que notre joie. Nous craignions que la mort de Franco ne déchaîne la méfiance et la haine de la droite et qu'ils se mettent à tuer tout le monde et n'importe qui, puisque *lui* il était mort, et que si *lui* il était mort, pourquoi pas une bande de rouges qui leur avait cassé les couilles pendant des années et des années ?

— Dans le fond, c'est ce que nous pensions.

— On ne le pensait même pas.

47

— Mais on le savait. En revanche, *nano*[1], qu'est-ce qu'on a bu comme champagne! Si un jour je meurs de cirrhose, ce sera à cause de la mort de la dictature. Entre la phlébite de 74 et le communiqué définitif du 20 novembre, une bouteille par bulletin de santé, sans arrêt, pendant plus d'un an. Après ça, quand on voyait ces queues de connards et de pleurnichards qui défilaient devant le catafalque, on se sentait comme des oiseaux rares, on avait peur du futur. S'il y avait tant de nécrophiles du franquisme, qu'est-ce qui allait arriver maintenant?

— Il y avait une télépathie spéciale ce jour-là, dans cette rue. Un jour on inventera un appareil pour mesurer la sympathie incommunicable, sympathie silencieuse ou simplement tue. Tu ne dis rien, toi? Hé! Joan! Tu te souviens de ces fameux jours? Ici, sur les Ramblas.

— Oui. J'ai ma théorie personnelle sur le sujet.

— J'adore les théories.

— Je crois que nous venions tourner en rond dans l'espoir que quelqu'un trouverait ce qu'il fallait faire, ou, plus précisément, je ne suis certes pas aussi littéraire que Ventura, mais nous avions déjà acquis le vice des naufragés de l'île mystérieuse et nous nous promenions sur les Ramblas pour voir si le capitaine Nemo n'allait pas nous faire un autre petit cadeau.

— Merde, Joan. J'ignorais ton sens de l'humour. Tu t'es inscrit à un stage spécial de l'ESADE[2]? Humour et conversation pour clients haut de gamme.

— Schubert.

— Comment être brillant sans perdre de clients.

— Schubert.

Les femmes parlaient à présent du fait qu'elles se promenaient de moins en moins sur les Ramblas, alors que j'habite

1. En catalan dans le texte : petit.
2. Escuela de administración de empresas, sorte d'HEC.

comme qui dirait à côté, mais, avec l'histoire de Ventura, nous ne sortons presque jamais le soir. Ventura se souriait à lui-même en entendant parler de cet autre Ventura avec lequel il n'arrivait pas à s'identifier ; il suivait tout autant la conversation féminine que la longue explication de Joan sur l'imminence d'un automne chaud. On n'avait pas assez endigué l'inflation, et le déficit public augmentait jour après jour. Schubert et Delapierre ouvraient leur traînante marche et, de temps à autre, ils se retournaient pour les inciter à avancer vers la promesse du paradis.

— Quel flegme vous avez. Vous n'êtes pas impatients ?

— Mais qu'est-ce qui lui arrive à lui, ce soir ?

— Il veut retourner aux sources.

Joan offrait à Ventura le sens des responsabilités et la gravité qu'on peut attendre d'un moribond.

— Regarde-les. Ils n'ont pas voulu grandir.

— Schubert ? Oh ! mais si, mais si, il a grandi. Il a un sens aigu du possibilisme. C'est un survivant. Delapierre, c'est différent. Il a la force du fragile. Personne ne lui cassera jamais la figure.

— Je ne sais pas, mais il arrive un moment où l'on doit choisir entre gagner et perdre. Je sais bien qu'on ne peut pas tout voir dans l'optique américaine des perdants et des gagneurs-nés, mais c'est un peu ça. Tu ne crois pas ?

— On perd plus de temps en essayant de gagner qu'en apprenant à perdre avec dignité.

— C'est une excellente phrase, mais je ne crois pas que tu le penses sérieusement. Dans le fond, nous nous sommes réfugiés pendant des années derrière l'alibi de la collectivité. On gagnait ou on perdait collectivement. Et ce n'est pas ça. Les années t'apprennent que ce n'est pas ça.

— Nous tous nous sommes des perdants. Pourquoi fraies-tu avec nous ?

— Je parlais en général. Vous, vous êtes mes amis.

— Et le Casbah nous attend. Tu te souviens du Casbah ?

— Oui. Mais je ne l'ai pas idéalisé comme vous. La vérité c'est que déjà à cette époque il me semblait sordide.

— Qu'est-ce que tu veux faire quand tu seras grand ?

— Pardon ?

— Laisse tomber.

Schubert courait avec Delapierre, ils dévalaient les Ramblas bras dessus, bras dessous, équilibrant ainsi la claudication, et soudain ils prirent à droite, traversèrent la rue en courant et s'immobilisèrent devant les statues équestres de Gargallo aux portes du palais de la Vice-Reine.

— Venez voir le symbole de la Catalogne dans l'Espagne moderne !

Ils ressemblaient à deux acteurs gesticulant en direction du public contenu de l'autre côté de la rue.

— Vous avez vu la taille ? De petits cavaliers sur de petits coursiers. Comme s'ils avaient mendié le bronze à Gargallo, ces radins.

— Allez, venez, vous avez l'air de deux voyous.

— Mon mari et moi, nous allons au marché de la Boqueria acheter un poisson...

— Un poisson très cher. De la langouste.

Delapierre faisait écho à la voix aiguë de Schubert suspendu à son bras et, en se dandinant, ils allèrent jusqu'à la Boqueria.

— Mais c'est fermé à cette heure-ci !

Le bon sens d'Irène ne retint pas ses compagnons qui, sur les traces du couple d'histrions, traversèrent la rue avec précaution. On entendait leurs voix efféminées.

— On m'a dit qu'ici on vend du taureau.

— Du taureau ! Ce que c'est bon, la soupe de couilles de taureau !

— De queue de taureau, ignare, Pascuala, tu es ignare, Pascuala.

— Mais qu'est-ce qu'ils racontent encore, ces deux-là ?

Ventura effaça d'une main l'étonnement dans les yeux de Luisa.

— Laisse-les. Ils sont excités.

— Il n'y a pas de quoi. Cette soirée est en train d'avorter.

— Elle commence à peine. Advienne que pourra, personne ne nous empêchera de retrouver le glorieux Toni Fisas.

— C'est à moi que ça s'adresse ?

— A vous deux.

Luisa avait un regard de défi, et Ventura sentit une chute de tension ; Schubert et Delapierre renonçaient à sauter pardessus la barrière qui interdisait l'accès aux entrailles obscures du marché.

— Si vous continuez comme ça, moi je m'en vais.

— Pascuala, Irène est jalouse, elle s'en va.

Delapierre, cette fois, ne soutint pas Schubert, il retrouva son sourire condescendant et ses manières de jeune homme romantique pour embrasser Irène et lui faire traverser la rue jusqu'au milieu des Ramblas. Éconduit, Schubert se justifiait devant Joan et Mercè.

— C'est que vous avez l'air d'une promotion de notaires faisant la procession de la Semaine sainte. Qu'est-ce que j'ai fait pour qu'elle prenne la mouche ?

— L'épouser.

— Même pas.

Ils passèrent en silence entre les éventaires défaits des fleuristes, à contre-courant des amateurs d'opéra remontant les Ramblas au sortir du Liceo.

— Vous avez raté la représentation, commenta Schubert à l'intention de Joan et Mercè.

L'hermétisme de leurs visages ne l'invita pas à poursuivre sa provocation. De temps à autre, un smoking fonctionnel de soirée de gala de fin de millénaire, mais c'est le costume

51

strict qui dominait : baptême, mariage, enterrement ou demande d'emploi ; et une conscience de tribu après le rite, lorsqu'on se rappelle des instants d'une cérémonie qui s'achevait par le retour des comparses à un quotidien de gestes incompatibles avec la fièvre de Salomé se jetant sur la tête du Baptiste tandis qu'Hérodiade se frottait les mains dans un *do* de poitrine et qu'Hérode emmagasinait les présages sonores dans son bas-ventre. Parmi les archéologues musicaux, il y avait aussi des noctambules égarés, des malades fuyant la terreur du sommeil, de pauvres fous et des fous pauvres profitant d'une ville peu à peu désertée. Ils regardèrent un moment les lumières festives qui éclaboussaient l'entrée du Liceo, le départ des dernières voitures officielles, la gravité bouche bée des voyeurs devant le spectacle de la mimique culturelle.

— Au début de la transition, les types d'extrême gauche venaient leur balancer des tomates et des œufs. Ils croyaient que la démocratie était contre l'opéra.

— Le secrétaire général des commissions ouvrières de Catalogne est un mélomane, il connaît *Lucia di Lammermoor* par cœur. C'est El Onírico, qui est avocat des commissions, qui me l'a dit.

— Schubert, tu nous as tous en mémoire. Nous devrions te charger de rédiger toutes nos nécrologies. Qui se souvenait d'El Onírico ?

— Moi.

— Moi aussi.

Ventura haussa les épaules et rechercha à la lettre *O* de sa mémoire le visage d'El Onírico. Peut-être était-ce cet agitateur renfermé qui soudain sortait de son sommeil pour proclamer qu'il fallait faire la différence entre la valeur d'usage et la valeur d'échange.

— C'est le type de la valeur d'usage et de la valeur d'échange ?

— Non, celui-là c'était Domenec Font.

— Alors?

— C'est celui qui a quitté le parti, qui est devenu gangster du PCI, puis bouddhiste et qui est allé au Népal plus d'une fois.

— Ah! Le Sherpa. Moi je l'appelais le Sherpa.

— Son vrai nom, c'est El Onírico, il avait toujours l'air de rêver.

Le bar de l'Opéra se languissait en attendant les chaleurs qui feraient jaillir des parasols et des tables sur le pavé imitant les vagues à la recherche du port voisin, selon le dessin de Miró devenu une promenade[1]. La rue Fernando illuminée de jaune avait un air bon enfant qui ne laissait pas prévoir, quelques pâtés de maisons plus loin, la majesté institutionnelle de la place Saint-Jaume. Un fragment de rue solitaire à peine éclairée, de part et d'autre les entrées de la ville interdite, du quartier des putes, de la drogue pourrie, plaza Real, Conde del Asalto : le bas-ventre de la ville, dans l'attente d'une quelconque descente de police à la recherche des parasites du système. Et, chez tous les membres de l'expédition, une tension de patrouille menacée dans une zone hostile de la rue-fleuve coulant de la pureté des sources de Canaletas jusqu'à la mort dans les eaux polluées et stagnantes du port.

— C'est la partie la moins sûre des Ramblas.

Remarqua Schubert et il pressa le pas en indiquant du doigt une enseigne lumineuse faiblarde à sa gauche.

« Ça, c'est le Jazz Colón. On est presque arrivés.

En d'autres temps, ils auraient erré dans ce coin, solidaires de tant de misère, une éthique invulnérable dans leurs yeux de rédempteurs. Maintenant, ils passaient sur la pointe des pieds pour ne pas réveiller les joueurs de couteaux et autres rats enragés de cet égout du système. C'est ainsi qu'ils

1. Allusion aux peintures de Miró sur le sol de la plaza de la Boqueria.

atteignirent la ruelle promise. Telle une fissure ouverte à même leur passé, le franquisme lointain, ils voyaient là-bas, au bout du passage, l'enseigne du Casbah à cheval entre les années soixante et soixante-dix. Première tentative de travestis d'après-guerre, comme si le régime voulait se sonder lui-même dans un flirt surprenant avec la morale de l'ambiguïté. La nuit ennoblissait alors le néo-classicisme miniature de cette fin de Ramblas. Le jour, les signes de vieillesse étaient évidents, nuages de poussière et pluies sales, petits palais bureaucratiques fin de siècle, délégations de ministères, bureaux de compagnies de navigation Barcelone-Gênes, avec quelques acrobatiques détours du côté de Suez, qui sait, les bateaux longeraient peut-être la côte jusqu'à Zanzibar à la recherche de ces ivoires destinés aux études de notaire en costume prince-de-galles, favoris et lorgnons. Ils arrivaient sous l'enseigne où clignotaient le mot Casbah et la silhouette d'une girl en tube de néon bleu. Dans le passage couvert, pension La Bilbaína, taxidermiste Gonzalo, une librairie déjà quasi abandonnée, les vitrines pleines de livres momifiés, jadis édités par une triomphale délégation nationale de propagande du mouvement. A cette heure-là de la nuit, à cette heure-ci de la nuit, l'humidité salée de la mer toute proche alourdissait la poitrine des noctambules qui descendaient les Ramblas, désireux de violer ce tabou qu'est la division des sexes : des sexes, il n'y en a que deux, les pyramides d'Égypte, elles, il y en a trois, les éléments se comptent au nombre de quatre, comme les saisons qui font la matière et le temps. Révélation d'anciens poètes sociaux antifranquistes, la petite quarantaine avide de nuit, fugitifs de l'ennui postfasciste ; Casbah, asile des travestis maltraités par un pouvoir qui avait fait de la virilité un de ses signes d'identité, maltraités aussi par des silicones à bon marché, sans possibilité d'aller à Copenhague, au Maroc ; trois passages de lame Gillette sur les joues à la recherche de l'innocence primitive de la peau d'enfant, lambeaux de cire et pelade sur les jambes, sexes bandés pour simuler un pubis de jeune fille en fleur, Florinda, Remedios, la Marquesona, Gracita de Jerez, Mme Petiot, Gemma et Manuel, un numéro de *living sex*. Une âme de poète ambigu d'entre deux guerres découvrit, sous la misère de ces travestis raccommodés et bon marché, la magique parodie du régime, il en claironna la nouvelle dont profitèrent surtout les rouges citadins, perdus avec ou sans collier, interpellés par des mystères d'un type nouveau, jamais vus jusqu'alors, pas même dans les œuvres complètes de Marx et Engels. Et, parmi tous ces rouges, eux, les étudiants révolutionnaires du Syndicat démocratique, au premier rang, en train de guetter le geste qu. trahirait le passé de transporteur de fruits et légumes de Florinda ou de Mme Petiot, les origines de petit bureaucrate de la Caisse d'épargne de Catalogne de la Marquesona.

— Tu te rappelles la Marquesona ?

— Et Florinda ?

D'abord une ration d'insécurité sexuelle au Casbah, ensuite les premières rafales psychédéliques au Jazz Colón entre deux débarquements de la 6e flotte qui rendaient les Ramblas folles d'idéologie et de dollars.

— Après la fermeture du Casbah, aucune n'est revenue.

— Florinda se produit encore de temps à autre. Elle ressemble à Bette Davis, en plus masculin.

Ils retrouvaient le chemin avec une certaine excitation et, lorsqu'ils dépassèrent le restaurant Armaya avec ses trottoirs pleins de prostituées résiduelles et la façade du Jazz Colón dénaturé, ils firent taire leur cœur et leur respiration pour entrer dans le défilé des jours anciens droit vers le Casbah aujourd'hui rebaptisé Capablanca. Ils se mêlèrent à la foule des architectes, avocats, économistes, jeunes députés ou vieux sénateurs, actrices et acteurs de théâtre toujours plus subventionné, présentateurs de télé, journalistes de la nuit

avec des stylos lumineux à la recherche de cette île malade,
perdue et retrouvée, miraculeusement resurgie dans l'archi-
tecture dense de la ville près du port, semblable à une fleur
du mal éclose dans le décor de ce qui aurait pu être un Wall
Street local à la fin du siècle dernier, un décor postathénien
né pour être dès l'origine une ruine contemporaine. Blanc et
noir, genre arlequins *art déco**, les deux réceptionnistes, l'un
tout droit sorti du Sénégal, l'autre, Viking sculpté dans un
iceberg, sur fond de rideaux de velours rouge sang s'ouvrant
sur un amphithéâtre lamé noir et blanc, tables dominos,
lampes de cristal représentant de tranchants profils de
femmes, rampes en tube noir encadrées de buveuses de Mar-
tini en fil de fer, cinquante postes de radio ogivaux des
années quarante, momifiés sous une couche de vernis tout
neuf, les boutons de plexiglas dernier cri 1945 jaunis par le
temps. Et surtout, tous ces gens tournés vers la piste centrale
où un présentateur, fils bâtard d'un des derniers Bourbons,
recevait l'éclat laiteux d'un projecteur avec un sourire d'em-
ployé sous-payé. La table réservée par Schubert est à la cinquième marche en montant, et son inquiétude augmente au
fur et à mesure qu'il découvre, de-ci de-là, des visages et des
noms.

— Il y a même un ministre ! Solana, ministre de la
Culture !

— Je l'ai vu.

Commenterait Joan, se refusant à la surprise ou affichant
l'apparence blasée des familiers du pouvoir. Ce n'est pas le
cas des autres qui regardent en douce du côté de la table où
le ministre de la Culture sourit comme un aimable mandarin
entouré de camarades provinciaux loquaces accompagnés en
prime par un philosophe postmoderne.

— Ce n'est pas Doria, là-bas ?

— Quel Doria ?

— Enfin, merde, Doria. Il y a combien de Doria ?

— Doria !

Cette fois-ci toutes les têtes du groupe se tournèrent ensemble vers le bas à la recherche de la table où Luis Doria se savait maître d'une gloire et d'une ancienneté également provocantes ; le cheveu blanc, des traits d'oiseau de proie coloriés à tous les soleils de la Méditerranée et des Caraïbes, une silhouette de mannequin dédaigneusement déguisé en artiste. A ses côtés, une dame spectaculaire et un jeune prince de Danemark, aux yeux cernés de mauve et aux poses de faux albâtre.

— Merde, il est sacrément bien conservé, ce mec. On vient juste de lui rendre hommage à New York à l'occasion de son soixante-dixième anniversaire et des poussières.

La présence de Doria excitait bien plus Schubert que celle du ministre. Cela faisait partie de la culture générale que de savoir qui avait été et était encore Luis Doria, mais Schubert y ajoutait les éléments d'une biographie magique, véritable portrait de l'entre-deux-guerres : Aragon, Picabia, Éluard, Malraux, Max Ernst, Milhaud, Stravinski... Paris.

— Ça ne vous impressionne pas d'être sous le même toit qu'un Espagnol universel ?

— Je passe.

— Toi, tu passes toujours, ma petite. Mais ce mec n'a jamais quitté le devant de la scène du grand spectacle de l'avant-garde depuis les années trente jusqu'à aujourd'hui et même, si tu permets, jusqu'à demain.

— Il lui reste peu de demains à ce type-là.

— Tout demain. Vous vous rappelez ce qu'il a dit à Stravinski à Paris ? Vous ne vous rappelez pas ?

Ils ne se rappelaient pas.

— C'était dans les années trente. Stravinski l'avait très mal accueilli, enfin la classique attitude du type consacré qui regarde avec mépris le jeune venu l'admirer. Doria lui tourne le dos et lui dit : Entre votre musique et la mienne, il y a une différence majeure. La vôtre est déjà faite, la mienne appartient à l'avenir.

Ventura laisse fuser un rire entre ses lèvres serrées.

— Qu'est-ce qui te fait rire, toi ?

— Ça ressemble à une de ces anecdotes d'almanach. De celles que l'on attribue toujours à Bernard Shaw ou à Churchill.

— Eh bien celle-ci, elle est de Doria, bordel, je l'ai lue dans la biographie de Samuel Smollest, parce qu'il a fallu que je m'envoie un de ces bouquins de Diffusion internationale, *Cent Ans d'avant-garde*. Écoute cette autre encore. Milhaud le reçoit à Paris, il est très aimable, un peu paternel, alors Doria est monté sur une très jolie chaise du salon et lui a chanté une chanson catalane.

— *L'Émigrant*.

— L'auteur du livre ne dit pas de quelle chanson il s'agissait.

Le travail du présentateur consistait à accompagner de brefs commentaires élogieux les apparitions successives des vedettes du show travesti : Betsy Romeo, Gilda Fin de Siècle, une vampiresse baraquée comme un tube de dentifrice mal utilisé, Alexandra la Grande, émouvante interprète de la nouvelle chanson espagnole, un père de famille chevalin qui avait dû oublier un jour le chemin de la maison ; la Tempranica, invincible génie de la chanson éternelle, la grande et la petite, la Tempranica, un maigrichon qui avait trop tardé à se regarder tout nu dans une glace ; la super supervedette Bibi Andersen, pour quelques brefs galas exceptionnels au Capablanca, juste avant la première mondiale de son superspectacle *Mélodies de Madrid,* une femme belle et puissante sur laquelle s'échouaient les regards incrédules des hommes, incrédulité tout particulièrement à l'égard de leur propre réaction. Joan et Mercè disaient qu'ils avaient vu un formidable, formidable spectacle de travestis à Londres.

— Et aux Philippines ?

— Ah ! Oui. A Manille. Mais c'était clandestin. C'est du moins ce qu'ils disaient.

Le mot « clandestin » avait sonné sur leurs lèvres comme un ton plus bas, comme si c'était clandestin de dire « clandestin », pensa Ventura.

— ... et ils sont tous accompagnés au piano par le maestro... Rosell !

Il ne restait plus d'applaudissements pour le vieux pianiste qui sortait des coulisses par la droite et s'avançait vers le piano sans se fatiguer à répondre aux quelques acclamations. Ventura pensa qu'il allait vers son piano comme si c'était la seule chose digne de son attention dans cette salle. Il s'assit au clavier, tendu, en position. Il regardait le bout de ses doigts, puis il consultait les partitions, et posait enfin ses doigts sur les touches pour de premiers accords réclamant le silence. C'était un petit vieux, tout maigre, presque chauve, ses derniers cheveux, rares, étaient blancs, coupés ras. Il portait un costume bicolore, veste d'un ensemble oubliable et pantalon trop large et court sur ses petites jambes terminées par des chaussettes marron tire-bouchonnées sur des chaussures maquillées de cirage.

— Tu as vu le pianiste ?

— Oui, et alors ?

— C'est un contresens matérialisé. Compare-le avec la gonzesse qu'il va accompagner.

— Gilda Fin de Siècle ?

— Compare-les.

Delapierre accéda à la demande de Ventura ; il regarda un à un les deux monstres. Betsy Romeo était habillée comme Rita Hayworth dans *Gilda* et préparait son corps cubique aux trémolos exigés par son rôle. Le pianiste demanda le silence en plaquant quelques accords insistants, et même les verres et les bouteilles se mirent à lui obéir alors qu'il

commençait le fameux *Amado mio* et que Betsy Romeo, traî-
nant ses talons hauts, tentait de ressusciter les hésitations de
Rita entre le « Je t'aime » et le « Je ne t'aime pas ». Face à
face avec son piano, le pianiste jouait dos à la salle et ne
tournait même pas la tête pour capter cet instant où Betsy
Romeo lui adressait le sourire de marbre qui correspondait
à ce coin-ci du Capablanca. Il ne se retourna pas davantage
lorsque éclatèrent les applaudissements.

— Regarde Doria.

Doria s'était levé et applaudissait avec la ferme intention
d'être vu en train d'applaudir. Le claquement de ses paumes
fut le dernier à résonner dans la salle, ensuite il se rassit avec
une lenteur étudiée d'homme qui se sait observé.

— Sacré vieux frimeur.

— Tu as vu qui est là ?

— Ça alors ! Turuta.

— Ne l'appelle pas comme ça, maintenant c'est Son
Excellence, Monsieur le Maire de je ne sais où, une populeuse banlieue de la ceinture rose.

— Rouge.

— Rose. En Europe, il ne reste plus de ceintures rouges.

— Populeuse banlieue, c'est presque une redondance.

— Merde, Ventura, tu passes ton temps à faire des corrections de style.

— Regardez là-bas, là-bas ! Vous avez vu qui est là ?

— D'ici, non je ne vois rien.

— Mais si, enfin, Cendrillon, également connue sous le
nom de la Boursière. Vous vous souvenez d'elle ? Qu'est-ce
qu'elle gueulait quand on lançait une grève ! Elle disait : Les
étudiants doivent étudier. Et tout ça parce qu'elle avait peur
de perdre sa bourse. Elle était assez belle, la Boursière.

— Et elle n'avait pas tout à fait tort.

— Fais pas chier, Joan. Je te permets de porter des gilets,
de t'acheter une maison à Llavaneras et de rouler en BMW...

— Ford Granada.

— D'accord, en Ford Granada. Mais que tu me dises que la Boursière et tous ceux qui pensaient comme elle avaient raison quand ils nous disaient : Les étudiants doivent étudier, ça, non !

— D'abord, je ne l'ai pas dit sur ce ton. Ensuite, nous nous inventions un combat que nous ne menions pas. Le franquisme a duré ce qu'il devait durer et il est passé au-dessus de ce que nous appelions notre lutte.

— Nous avons au moins permis l'éveil d'une conscience démocratique.

— Comme l'Opus Dei qui a lancé en 1957 le plan de stabilisation et plus tard le développement économique.

— Tout en interdisant *le Dernier Tango à Paris*.

— Mais en permettant à la bourgeoisie de faire la queue sur l'autoroute jusqu'à Perpignan pour voir le cul de Marlon Brando. C'était une double conduite parfaitement assumée. En revanche, nous, nous avancions avec un bélier pour enfoncer la forteresse de la Bastille que nous n'avons pas prise.

— Delapierre, toi qui es acteur, fais la leçon à Joan, dis-lui d'être moins révisionniste. Les révisionnistes me paralysent le cerveau.

— Joan n'est pas révisionniste, il a simplement grandi. Remarqua Mercè avec un sourire de supériorité.

— Vous n'avez que le mot « grandir » à la bouche, dit Ventura, volant au secours de Schubert.

— Vous êtes en plein cas de gigantisme.

Joan souriait. Ses yeux jouaient avec les doigts d'une de ses mains qui dansait sur la nappe.

— Il y a un temps pour se tromper et un temps pour découvrir le pourquoi de l'erreur. Mais je ne regrette rien de ce que j'ai fait. Et Mercè non plus.

Il prit la main de sa femme et les quatre yeux du couple

61

dessinèrent les quatre coins d'un plan final de *happy end*. Prêt à les laisser vivre, Ventura arriva trop tard pour contenir la véhémence de Schubert.

— Attendez un peu. Attendez ! Mais vous êtes à l'Opus ? Vous êtes entrés à l'Opus ?

— Schubert.

C'était un appel au calme.

— Qu'est-ce que vous votez ? Pujol ?

— Encore une remarque de ce genre et on s'en va.

— Laisse tomber, Schubert. Vous vous souvenez quand on avait demandé à Delapierre de draguer la Boursière pour qu'elle cesse de haranguer les foules contre nous ?

Dit Luisa. Artificiellement, Delapierre se retrouva au centre du débat.

— Champagne. Champagne pour tout le monde.

Exigea Schubert en réponse aux questions du serveur.

— Du plus cher. Et vous donnez la note à cet heureux couple.

Personne n'était prêt à reprendre les hostilités mais tout le monde voulait en revanche connaître l'histoire de Delapierre et de la Boursière. Soit parce qu'il jouait les absents, soit parce qu'il était réellement ailleurs, Delapierre dut regarder à plusieurs reprises l'objet de ses lointains désirs avant de se souvenir, et visiblement il n'aima pas se souvenir, ses yeux voilèrent l'image retrouvée et il regarda ses amis d'un air innocent et interrogatif.

— Moi et la Boursière ? Non, je ne me souviens de rien.

— Je vous préviens qu'elle est devenue une dame très répandue dans les activités culturelles de Llavaneras, les informa Mercè.

Avant que Schubert ne l'égorge, Ventura embrassa la salle d'un vaste geste du bras.

— C'est bizarre. Presque à chaque table, une tête connue. La génération qui est au pouvoir : trente-cinq à quarante-cinq ans. Ceux qui ont su cesser juste à temps d'être franquistes et ceux qui ont su être antifranquistes raisonnablement et au bon moment. Si on faisait taire le pianiste et les sopranos cubiques, on pourrait à nous tous mettre en scène vingt-cinq ans d'histoire d'une résistance esthétique.

— Esthétique. C'est exactement ça. Quand c'est Ventura qui le dit, tu ne te mets pas en colère, Schubert.

— Ventura ne le dit pas sur ce ton que tu as, d'oligarque dominateur.

— Étant esthétique, elle était aussi éthique. Le franquisme était aussi fort que grotesque, petit, mesquin, dégoûtant. Pour la classe ouvrière, c'est autre chose, la lutte avait un sens différent. Mais, pour nous, c'était essentiellement une question d'esthétique.

— Ne mythifie pas la lutte de la classe ouvrière. Combien d'ouvriers réacs a-t-il fallu pour que le franquisme dure quarante ans?

— Ça y est, nous y voilà. Et combien d'ouvriers sont morts pendant la guerre et combien furent ensuite exterminés, poursuivis, réprimés pour que le franquisme puisse en faire à sa guise tandis que se reconstruisait tenacement une avant-garde?

— D'accord. Je suis d'accord avec la première partie de ton propos, Schubert, mais, pour ce qui est de l'avant-garde révolutionnaire, que dalle.

— Je n'ai jamais dit « révolutionnaire ».

— Ce fut une avant-garde à la mesure de la situation, faible, et qui a pactisé lorsqu'il fallait le faire.

— Vous voyez ce que je vois?

— Et qu'est-ce que tu vois, ma blonde?

— Toni!

Irène l'avait repéré, mais c'est Luisa qui criait son nom à un homme arrêté au pied des gradins, et cherchant du regard le point exact de l'horizon où se trouvait sa patrie. Aidé par le cri de Luisa, Toni les découvrit lentement, comme au ralenti, il leva le bras en signe de reconnaissance et pour solliciter son accueil. Tous debout, sauf Ventura, voix asphyxiées par le respect et la tendresse à l'égard de cet homme qui sentait l'*after-shave* et qui inclinait sa fragile silhouette pour donner et recevoir des baisers des trois femmes, une étreinte rapide pour Delapierre, suffisante pour Joan, et il se retrouva prisonnier des bras courts, forts et tentaculaires de Schubert.

— Cheveux grisonnants artificiels, Toni. Dis-moi donc dans quel drugstore de la Ve Avenue on te les a faits. Ils sont parfaits.

— Salut, Ventura.

— Salut, Toni. Tu as une mine superbe.

Les yeux de Toni s'étaient à demi fermés derrière les verres ronds de lunettes à monture métallique. Il étudiait le ton de Ventura et choisit enfin de lui répondre par un sourire sans parole. Des « Chut ! » sans réplique les obligèrent à se taire et à reformer le groupe autour de la table. Le pianiste accompagnait l'entrée en scène d'une maigre danseuse anda-louse qui faisait voler une robe à traîne autour d'un corps parfaitement osseux.

— Et voici Pilar Zambrano, la Tempranica !

Tacata, tacata, tacatacata tacata, dirent les lèvres de Schu-bert tandis que sur la table ses doigts dansaient des sévil-lanes parallèles à celles de la Tempranica. Fisas susurrait des réponses à des questions chuchotées par Irène ou Joan, Luisa écoutait la conversation mais gardait son bras forte-ment amarré à Ventura et, de temps à autre, elle l'attirait vers elle ou se penchait vers lui. Je suis ici avec toi, même si lui aussi est là, je suis ici, avec toi. Ventura recevait l'invisible message qu'émettait le corps de Luisa et il se défit de ce bras qui les unissait comme le tentacule d'un pacte visqueux. Luisa le regarda droit dans les yeux, elle y lut l'ombre d'une ironie qui l'irrita et la fit se pencher vers Toni et se joindre au chœur des femmes avides de nouvelles fraîches de l'empire. Des plaintes du voisinage arrêtèrent la conversation clandestine, alors que la Tempranica, suivie par un projecteur excessif pour son art, dansait des sévillanes comme elle aurait monté un escalier avec une jupe trop serrée. Elle s'arrêtait de danser, approchait son visage de canasson mal rasé du premier rang des spectateurs et récitait d'une voix syncopée :

> *Lo trai-go-an-da-dó*
> *Lo trai-go-an-da-dó*

Tacata tacata tacatacata tacata, scandait Schubert, arrêté dans son élan par Irène au moment où il se levait pour danser des sévillanes alternatives.

— Toujours à faire le clown.

L'excusa Irène devant Fisas. La Tempranica avait son idée sur l'art de danser et de réciter des sévillanes. A présent, elle restait extatique, une main en visière au-dessus des yeux qu'elle dirigeait dans l'ombre côté ouest.

— Bravo ! Bravo !

Cria Schubert, et Irène lui pinça le gras du bras. Stimulée par les cris de Schubert, la Tempranica tourna son visage lourd vers le public et ses jambes s'agitèrent en ciseau au-dessus de la salle comme une moissonneuse de têtes, dans le délire d'une danse sans fin qui déclencha des applaudissements aussi amusés que spontanés.

— Nijinski ! Noureïev !

— Allez, tais-toi un peu !

Énervée, Irène tirait Schubert par un pan de sa veste.

— Je ne comprends pas de quoi tu te moques. Ces pauvres gens sont ici pour travailler.

— Ne sois pas bête. Leur travail, c'est précisément de m'amuser, et eux ou elles, peu importe, le savent très bien.

Une Tempranica hors d'haleine s'était pliée en deux dix

ou cent fois pour remercier le public éthylique et enthousiaste. Après quoi, elle s'était retirée avec des gestes dégoûtés comme si, au-delà de son art, rien ne l'intéressait. C'est le pianiste qui remplissait maintenant ce moment de lumière crue et de conversations sur fond de musique d'ambiance.

— Oui, oui. J'ai déjà le *master* et je donne à présent des cours à la New York University. En réalité, je travaille sur la lancée de Claudio, Claudio Sánchez Albornoz. Vous savez qui c'est, n'est-ce pas ? Mais, pour le moment, je prépare un cours sur « La théorie de la pauvreté » ; c'est une branche de l'économie qui est en plein essor et qu'on a ici à peine étudiée. En France, ils ont des années d'avance sur nous. Dans le groupe de Bartoli, un jeune économiste, Bernard Gazier, a étudié la question. La pauvreté est un thème plein d'avenir.

— Il nous semblait que c'était un thème du passé.

— Non, non. Il ne s'agit pas du concept de pauvreté en tant que paupérisation, très lié à une sensibilité très XIXe siècle sur le sujet, sensibilité bienfaitrice ou révolutionnaire. Il s'agit d'une évaluation technique de la rareté, sa distribution, ou de l'austérité comme facteur *sine qua non* de la grande révolution scientifico-technique. Justement Inma, Inmaculada, enfin Inmaculada de Habsbourg et Lorraine, la responsable du Spanish Institute de New York, m'a chargé d'un cours sur « L'impact de la nouvelle technologie sur la culture espagnole ». Je crois que le ministère de la Culture prépare des rencontres ou un symposium ou quelque chose dans le genre à Salamanque.

— Et, dis, quand reviendras-tu, dis, au moins le sais-tu ? Chantonna Schubert.

— Quand je reviendrai ?

— Tu pourrais être un de ces cerveaux récupérés. Moi, j'aimerais être un cerveau récupéré.

— Je ne sais pas ce qu'il y aurait à récupérer dans ton cas.

Irène chercha des appuis pour soutenir sa pique, mais ils

étaient tous suspendus aux lèvres de Toni, jusqu'à Ventura qui suivait la conversation d'aussi près que le lui permettait son corps abandonné au dossier de la chaise.

— Revenir pour quoi faire ? Je ne suis à Barcelone que depuis quelques heures, mais tout m'a semblé très mort. Je crois que Madrid est plus vivante.

— Tu lis trop *el País* ou le *New York Times*. De fait, Barcelone reste fidèle à l'*escudella i carn d'olla*[1] qui l'a rendue célèbre dans le monde entier. Quant à Madrid, elle est en pleine postmodernité du pot-au-feu madrilène.

— New York, c'est la capitale du monde.

Observa Joan sur un ton d'inébranlable adhésion aux positions de Toni.

« Et quelle vie ! quels magasins ! Tu connais le magasin de la cascade ?

— Tramp Tower ? Bien sûr. Il y a tous les jours quelque chose de neuf. Je ne sais pas. Par exemple, l'autre jour je suis sorti dans le Village, j'y ai trouvé un appartement, bien entendu, et je me suis promené vers les rues commerçantes de Soho. Soudain, je vois des magasins où l'on exposait du mobilier *art déco**, du vieux et des copies. Une collection extraordinaire. Comme ça, soudain, dans une rue quelconque, sans rien de transcendant. Ici, une telle exposition aurait requis le patronage de la Généralité, la mairie, le ministère et tout le tintouin. L'Europe meurt de trop d'État et de trop d'institutions.

Le sourire de Ventura fut interprété par Toni Fisas comme un défi.

« Tu n'es pas d'accord ?

— Je ne me risquerai pas à discuter avec toi qui arrives de la capitale de l'empire. Pauvre de moi, du fond de ma province je ne perçois que l'ombre des réalités.

---

1. En catalan dans le texte : pot-au-feu catalan.

67

— Je me suis rendu compte de la quantité d'énergie créatrice et donc humaine, humaniste, qui fait marcher une société compétitive.

— Et la peur, et l'agressivité.

— Mais c'est complètement différent de la peur et de l'agressivité qui tenaillent l'Europe. Les Américains ont la peur et l'agressivité des conquérants du monde. Alors qu'en Europe nous sommes tous des bonnes insolentes qui finissons par récupérer les vieux vêtements de notre maîtresse pour nous vêtir.

— Jolie métaphore.

C'était l'opinion de Joan. Mercè insistait :

— Les boutiques ! Lors de mon dernier voyage, nous sommes entrés chez Tiffany's et cet idiot a eu l'idée de demander le prix d'une petite montre, petite comme ça, une miniature, un bijou, ça oui, mais enfin. Nous pensions qu'au pire, au pire, au pire, ça vaudrait deux cent mille pesetas. Bon. Dites un prix ?

— Un million de dollars.

— Ne sois pas stupide, Schubert. Comment une petite montre pourrait-elle valoir un million de dollars ?

— C'est celle que tu portes dans ton décolleté ?

— Oh ! Delapierre avait remarqué ça ! Oui, oui. Finalement, ce fou l'a achetée. De fait, c'est le seul cadeau qu'il m'ait fait, vous savez bien comment on se mariait à l'époque. Le salon de ma tante, un frigo que Joan a payé grâce à une étude commandée par le bureau d'études de Urquijo...

— Le prix.

C'était un ordre qui venait de la bouche de Ventura.

« Allez, dis-nous le prix. Sans quoi cette conversation n'a plus aucun sens.

Joan ne fut pas assez rapide pour empêcher sa femme de dire d'une voix rauque :

— Sept cent mille pesetas.

Schubert se signa, le regard des autres fit peser sur la petite montre la responsabilité de valoir réellement ce qu'elle avait coûté. Mercè assumait la situation et se penchait pour la faire voir, la faire toucher.

— Derrière, on peut lire « Tiffany's ».

— Vous prenez des diamants au petit déjeuner ?

Luisa s'interposa.

— Arrête d'être pédant et moralisateur.

— J'essayais de rehausser le niveau de la conversation.

Luisa tourna définitivement le dos à Ventura et se plongea dans un aparté avec Toni Fisas. Ils se construisirent une ambiance rien que pour eux deux et, dans l'imagination de Ventura, défilèrent de vieux contacts furtifs, en parole et en acte, des mensonges, des promesses, des oublis, jamais totalement accomplis, la menace constante de Toni Fisas sur leur misérable quotidien et spécialement sur celui de Luisa, femme, infirmière, travailleuse.

— Ne l'accapare pas. Laisse-le-nous un peu.

Une rougeur subite sur le visage de Luisa, colère et indignation, elle se mit à trembler, mais une main de Fisas sur son épaule la retint, et une interpellation de Schubert.

— Écoutez tous.

— Qu'est-ce qu'il faut écouter ?

Mais ils écoutèrent et la remarque de Schubert trouva son explication. Dans l'attente du prochain numéro, le pianiste s'était embarqué dans une musique intime, des accords lents, touches légères à la recherche d'une harmonie finale.

— Qu'est-ce qu'il joue ?

Toni Fisas avait la réponse.

— Un fragment de *Música callada*[1] de Mompou.

— C'est ce qu'on appelle avoir de l'oreille.

— C'est ce qu'on appelle utiliser Mompou comme

1. Musique silencieuse.

69

musique de fond pour travailler et avoir lu l'essai que Jankélévitch lui a consacré, *le Message de Mompou**. Jankélévitch
est un philosophe, professeur à la Sorbonne. Regardez l'apparente indépendance des doigts, et cette sensation de netteté de chaque note. Il faut remonter à Chopin pour
retrouver une magie si singulière du piano.

— Chopin avait les mains petites.

Nota Ventura, sans pour autant vouloir clarifier l'énigme
de sa phrase lorsque tous les regards curieux des autres
convergèrent vers lui.

— Tu fais référence au poème de Benn.

Toujours l'inévitable Fisas.

« C'est un merveilleux poème de Benn sur Chopin.

Compléta Fisas pour les autres, et il reporta son attention
sur le pianiste qui poursuivait son essai musical, dos tourné
au brouhaha et au mépris de la plupart des gens du public.
Doria avait l'air fâché du peu d'attention de la salle, crut
remarquer Ventura lorsqu'il parvint à quitter des yeux la
connivence retrouvée de mots et de silences entre Luisa et
Toni Fisas. Doria bougeait sa tête argentée approuvant les
notes du pianiste et il se tournait à droite et à gauche tout
en baissant les paupières avec la majesté d'un patriarche
demandant le silence.

— Ne l'accapare pas complètement, Luisa. Alexandre la
Grande va bientôt chanter. Toni : comment vous voyez la
situation en Espagne depuis New York ?

— Je ne veux pas vous décourager, mais la seule chose
qui intéresse concernant l'Espagne, c'est qu'elle a un roi,
comme Monaco, par exemple. Ils trouvent ça drôle. Les
intellectuels et les politiques sont un peu plus intéressés. Les
lecteurs du *New York Times*. C'est tout. Les correspondants
du *New York Times* sont fondamentaux pour que les élites
culturelles se fassent une idée ; le correspondant qui était à
Madrid il n'y a pas longtemps, Markham, était très bien.

Comme l'avait été Richard Eder avant. On a passé une série
de Barbara Probst Solomon sur la vie culturelle à Barcelone
et à Madrid. Vous savez de qui je parle ?

C'était égal. On prêtait attention. Delapierre l'interrogea
sur le théâtre musical. Irène sur l'enseignement. Joan sur la
possibilité que Reagan, en cas de second mandat, main-
tienne les mêmes orientations économiques, Schubert...

— Et toi, alors ?

— Moi, quoi ?

— Politiquement, mon cher. J'avance une explication sur
la corrélation des forces en présence. Joan et Mercè appartiennent à la droite civilisée, Delapierre est anar et du Front
de libération gay, Ventura et Luisa...

— Ventura, c'est Ventura, et moi, c'est moi.

— D'accord. Ventura, ton ancien rival pour la conquête
du pouvoir au PSUC, à l'UER, au PCI, à Bandera roja [1] et
à nouveau au PSUC, c'est-à-dire partout où nous sommes
passés, Ventura, le vieux combattant, le brillant Ventura est
devenu... sceptique...

— Sceptique, toi, Ventura ?

— Sceptique provincial, c'est exact.

— Quant à Luisa, elle est nationaliste de gauche et fémi-
niste partisane de la castration des hommes.

— Pas de tous, mais presque.

— Et toi, Schubert ?

— J'hésite entre emboîter le pas aux socialistes pour faire
mon petit chemin et pouvoir économiser pour la vieillesse,
et me retrancher derrière mes acquis idéologiques d'antan en
attendant des jours meilleurs. Et toi ?

Fisas soupira, son sourire appelait la compréhension.

— Moi, je suis devenu pragmatique.

1. Drapeau rouge.

— Nous tous aussi. On appelle ça aussi l'artériosclérose. Mais tu dois bien être un peu plus que simplement pragmatique.

— Je ne suis que pragmatique et curieux.

— Très bien.

Joan et Mercè étaient tout à fait d'accord, Delapierre se désintéressait de la réunion, en revanche, il ne quittait pas des yeux un long jeune homme qui lui lançait des regards engageants depuis une autre table.

— J'aimerais savoir, Toni. Je le répète du fond de ma très modeste perspective de sceptique provincial, comment nous considères-tu depuis ta tour de guet, les États-Unis d'Amérique, l'Empire State Building ?

— Maintenant, du haut des Trade Towers, Ventura. Elles sont plus élevées que l'Empire.

— D'accord, du haut des Trade Towers et de cette activité pragmatique et curieuse, comment tu nous vois, nous en particulier, ce petit groupe que tu aimes tant et qui t'aime tant, n'en doute pas ; les filles t'aiment, elles ont conservé ta photo d'il y a quelques années, et te revoilà avec de nouvelles odeurs qui les excitent, des odeurs mentales, bien entendu, odeur de lit individuel, d'homme sans engagement fixe, qui baise en anglais. Dis-moi, tu baises vraiment en anglais ?

— Je suis très silencieux. Mais, si l'occasion le requiert, oui, je dis quelques trucs, des exclamations, en anglais.

— Voilà, ça, ça les excite beaucoup.

— Parle pour toi, pas pour nous.

— Poursuivons, je disais donc, sur le plan politique, humain, que sais-je, sur tous les plans, comment nous vois-tu ? Comme le président Reagan lorsqu'il va en voyage en Irlande pour retrouver ses ancêtres locaux ? Nous avions un discours commun qui s'est arrêté à un moment donné ; nous, nous continuons à vivre sur nos économies idéologiques, scientifiques, esthétiques. Pas toi, toi tu es parti dans la capitale du monde, tu enrichis ton discours grâce aux plus grandes, aux plus neuves, aux plus abondantes nourritures de l'esprit. Et maintenant te voilà ici et tu fais semblant de croire que tout est pareil. Non. Je ne suis pas d'accord. Exhibe tes pouvoirs. Pour commencer, donne-nous des ordres en anglais ou en yankee et nous t'obéirons. Tu es un agent de l'empire ; nous, nous sommes tes esclaves périphériques.

Fisas les regarda tous, les uns après les autres, pour leur faire remarquer sa patience et son pouvoir de contention ; il soupira, résigné, et approcha son visage de celui de Ventura.

— Qu'est-ce que tu attends de moi ? Tu n'arriveras même pas à me faire sortir d'ici.

— Je veux que tu nous rendes meilleurs, plus lucides, plus pragmatiques, plus curieux. Que tu nous donnes la merveilleuse liste de tes contacts afin que nous puissions ouvrir nos bouches et nos jambes à l'envahisseur. Chomsky ? *Tu connais* ?*

— Bien sûr.

— Galbraith ?

— A deux occasions, je...

— Norman Mailer ?

— Je l'ai rencontré à une remise de... Mais ne me soumets donc pas à un jugement sous prétexte que je connais des gens que rencontrent forcément tous ceux qui accèdent à un certain niveau de relations sociales à New York.

— Je ne te le reproche pas. Je te reproche de ne pas être conséquent, de ne pas te comporter comme il se doit et comme nous le méritons. Je te reproche de nous offrir ton indulgence de prince de l'esprit en manches de chemise.

— Change de refrain, Ventura, je t'en prie.

— Ah oui, absolument !

Irène se suspendit au bras de Toni.

73

— Tu te rappelles cette chanson de Mélanie que nous dansions joue à joue au Jazz Colón, Toni? *What have they done to my song, ma?...* Chabada chabada.

— Regarde un peu ce qu'ils ont fait à ma chanson, maman.

— C'est ce que j'avais de mieux et puis ils sont venus et ils ont changé ma chanson.

— Qu'est-ce qu'ils ont fait à mon cerveau, maman?

— C'est ce que j'avais de mieux et puis ils sont venus et ils me l'ont brisé comme un os de poulet, maman.

— *What have they done to my song, ma?*

Chantonnaient Fisas et Irène, mais c'étaient les yeux d'Irène qui dansaient avec lui, c'était sa joue qui se souvenait de la sienne, et le cerveau se remettait d'une cassure de dix ans pour retrouver la chanson. Luisa chantonna aussi, s'emparant de la mélodie et de l'espace qui la séparait de Toni. Ils se souriaient tendrement, tandis qu'Irène dérivait dans sa chanson et sa soûlographie. Ventura s'était appuyé, vaincu, sur le dossier de sa chaise; il contemplait la scène en souriant apparemment, mais ses yeux étudiaient son adversaire. Si on te donnait à choisir entre mourir d'un coup de couteau dans le métro de New York ou être interné pour dissidence dans un hôpital psychiatrique de Moscou, qu'est-ce que tu choisirais, *master*? A toi, on t'a vraiment changé la chanson, *master*. Tu appartiens aux déserteurs du savoir marxiste, à la troupe qui fournit ses mots et son information au capitalisme international, mots, information et logique de l'ennemi, avec en plus la satisfaction de t'en être bien tiré, *master*. Le visage souriant de Ventura fut interprété par Fisas comme le début d'un accord, il leva son verre, le lui offrant dans un toast muet, que Luisa voulut appuyer, un bras sur chaque homme, demandant à l'un la compréhension et à l'autre le souvenir et la patience. Patience, Fisas, patience. D'ici un an, peut-être un peu moins, vous pourrez vous donner rendez-vous à l'ombre de la statue de la Liberté, danser autour d'elle comme Cid Charisse et Gene Kelly.

— Et maintenant, qu'est-ce qui te fait rire ?

— Je vous imaginais tous les deux en train de danser *Chantons sous la pluie* au pied de la statue de la Liberté.

— Moi, à New York, j'irais même danser. J'aimerais tellement connaître tout ça. Vivre là-bas, c'est vraiment vivre au centre de tout, de tout ce qui existe et se passe.

— Venez quand vous voulez. Maintenant, j'habite un grand *loft* au Village. Il y a de la place pour les invités. Le voyage est relativement bon marché et côté McDo ou chinois, vous aurez de quoi survivre. Je vous attends.

— Tous ?

— Venez par ordre alphabétique.

— Merci, Toni, merci.

— De quoi me remercies-tu, Ventura ?

— De m'offrir l'illusion que nous comptons pour toi. Tu me rappelles un autre personnage, une autre histoire, d'autres gens, d'autres temps, mais...

— Raconte.

— Vous préférez en prose ou en vers ?

— En vers ! en vers !

Cria Irène en proie à une allégresse éthylique.

— En prose, il y a de quoi vous rendre malade, en vers de quoi vous faire mourir.

Ventura accepta la causticité de Luisa.

— Pour contenter les deux opinions, je vous raconterai d'abord l'histoire en prose, après quoi je vous la résumerai en vers.

— N'oublie pas le théâtre. Comme ça, on aura droit aux trois genres.

Il passa outre la crispation de Luisa et chercha un ton narratif à vocation lyrique.

— Il y a longtemps, très longtemps, lorsque nous préparions encore le bac, revint de l'étranger un homme, un homme qui allait bouleverser les bases de la société culturelle catalane, composée d'anciens jeunes vaincus de la guerre et de l'après-guerre, d'anciens jeunes prometteurs formés dans le climat culturel d'avant guerre qui, dans certains cas, se virent obligés de faire sans héroïsme particulier un tour au front, mais qui parfois payèrent ensuite très cher le fait d'avoir écrit un article de jeunesse trop hardi ou simplement de l'avoir écrit en catalan. Tandis que les vainqueurs reprenaient l'université pistolet au poing, ils donnaient, eux, des cours de latin ou de mathématiques à des petits bourgeois tuberculeux, occupés à perpétuer la chaîne de la culture, ou bien ils rentraient dans de sinistres bureaux de maisons d'édition éditant en vingt tomes tous les résidus culturels que le franquisme tolérait. Après des années et des années à se préparer à être la nouvelle génération dorée de la culture catalane, ils se voyaient contraints à survivre dans les souterrains de leur propre pays, à se marier avec des fiancées qui les avaient vus grandir intellectuellement pour le néant, la pénurie ou la médiocrité. Ils militaient tous pour la communion des saints vaincus, *pour la communion de ce qui aurait pu être et ne fut pas.* C'étaient les années de la faim, de la pénurie sur tous les plans, et ils ne purent même pas maintenir le niveau de vie qu'ils avaient, pour la plupart, connu chez eux. Ils soumirent leurs fiancées au hasardeux destin du mariage, sans autre issue que la multiplication des boulots, les classes mal payées dans vingt cours privés, les kilomètres de traduction à dix pesetas le feuillet, les angoissants concours pour devenir professeur de lycée, eux qui avaient été élevés pour faire de l'Université autonome l'Athènes de la Catalogne nouvelle.

— L'histoire se répète.

Intervint Schubert cherchant d'un coup d'œil circulaire une complicité que personne ne voulut lui accorder.

— Dix, quinze, vingt ans après le constat implicite de leur échec, ils se réunissaient de temps à autre pour planifier des vacances, jouer à la canasta, flirter entre eux, platoniquement bien sûr. Ils regardaient grandir les enfants et ils s'approchaient du tremplin universitaire pour y faire le saut de la mort vers un destin meilleur. Les conversations tournaient en rond et bien qu'ils eussent des cultures complémentaires, après quinze à vingt ans à répéter toujours les mêmes mots, ils savaient tous les mêmes choses. En outre, ils avaient atteint la quarantaine et les calvities étaient nombreuses. Et soudain...

— Marilyn Monroe !

— Tais-toi, Schubert !

— Soudain arrive de l'étranger un homme qui allait bouleverser les bases...

— Ne te répète pas !

— ... de cette société libérale catalane. Il avait vécu loin de la contagion franquiste. Il avait pu lire pendant des années le *New York Times*, *le Monde*, *The Guardian*, il avait pu lire tout ce qui se publiait à Londres, à Paris, à New York, sans les filtres de la censure franquiste. En outre, il était célibataire, il sentait le lit individuel et on lui supposait des histoires d'amour excitantes. Il était grand, les cheveux blancs, un prototype d'intellectuel européen d'après guerre, de ceux qui n'avaient pas à demander pardon d'être nés, comme toute cette génération résiduelle qui était restée à ruminer sa défaite. Les réunions changèrent. Le nouveau venu devint le centre et, dans le cercle de ses auditeurs, il y avait un premier rang de femmes, le nez titillé par l'odeur individualiste qui émanait de ce puissant évadé de la médiocrité. Alors commencèrent les adultères mentaux. Quelques-uns physiques. Mais le nouvel arrivant préférait les jeunes filles en fleur, si possible les chevilles fines, et il ne souleva l'enthousiasme de ces vieux amis qu'un certain temps, il les

laissa ensuite retomber dans le *pot-au-feu** de leur médiocrité quotidienne. Quelqu'un de plus âgé que nous m'a
raconté cette histoire, il l'avait observée derrière une porte
lorsqu'il allait partager culture et compagnie avec les enfants
de cette génération vaincue. L'histoire m'avait touché et j'ai
écrit un poème de jeunesse. Je pensais que c'était une élégie.
En fait, c'était une prémonition.

— Que c'est joli ! Vous n'avez pas trouvé ça merveilleux !?
Ventura m'a toujours semblé être un grand écrivain, un
grand écrivain en puissance.

— Un écrivain sur parole.

— Pourquoi tu dis ça, Luisa ?

— Vous avez noté le sujet de son histoire ? L'échec. J'en
ai plein le cul de tout cet échec.

— Je ne crois pas que mon sujet, ou notre sujet, soit
l'échec, mais plutôt l'inutilité de la réussite. Ou l'insatisfac-
tion devant toute possibilité de réussite. Qu'est-ce que ça
veut dire, le succès, pour des gens de notre âge, de notre
génération ?

— Ce que ça a toujours voulu dire. Le pouvoir.

A présent, Ventura s'affrontait directement à Fisas.

— Pouvoir politique.

— Il y a des pouvoirs plus gratifiants. Par exemple, le
pouvoir intellectuel. Psychologique. Érotique. Enfin, le pouvoir. Le pouvoir, c'est la seule chose qui donne un sens à la
vie.

— Contre qui ? Cela implique qu'on accepte la division
du monde entre ceux qui enculent et ceux qui se font
enculer, même sans aimer ça.

Fisas ouvrit les bras comme pour chasser toute responsabilité concernant ce qui se passait dans le monde.

— Le cul, encore le cul ! Ne soyez donc pas grossiers.
Ventura, mon cher, récite-nous donc ce poème de toi, il doit
être très joli.

— Je ne sais pas si je m'en souviens.

— Ne sois pas hypocrite. Bien sûr que tu t'en souviens.

Il ne soutint pas le regard de Luisa. Il lui fallait garder ses yeux pour lire le poème sur une page de sa mémoire.

— Je ne réciterai que les passages les plus... idéologiques :

> *Lui, il vous parle, délicatement,*
> *comme à des filles émancipées.*
> *Il vous propose de jouer à la canasta,*
> *dénonçant cyniquement le cliché*
> *qu'il n'attribue qu'à vous, petits*
> *et bourgeois, enclins à, intelligents,*
> *jouer le bout de rôle de classe*
> > *à la frontière.*

— Allons-nous-en, Toni.

Dit Luisa, les yeux dans les yeux de Ventura pour y lire la question : Je mérite ça ? Oui, tu le mérites. Répondaient ceux de Luisa avant qu'elle ne se lève et prenne le bras de Toni Fisas, qui lui ne savait plus où donner du regard, et qui apparemment contemplait le verre que tenait Luisa dans son autre main, et, derrière la femme et son verre, il quitta lentement Ventura au centre d'un cercle d'amis désolés.

— Je poursuivrai la récitation de mon poème si vous permettez.

Ils n'osèrent pas lui dire non.

> *Le soir aussi est à la frontière de la nuit,*
> *vous lui baisez doucement les lèvres*
> *comme à ce jeune homme de vos rendez-vous*
> *interrompus à dix heures par un père*
> *élevé à la vieille école, conscient*
> *de la nocivité de la fraîcheur nocturne*
> *sur des sexes encore non étrennés.*
> > *Le jeune homme*
> *désormais un peu chauve avec verres à double foyer*
> *vous propose alors de vous ramener à la maison,*

79

vous distrayez encore quelques minutes de fidélité,
mais vous revenez et le sourire s'éternise
jusqu'à ce que non sans fatigue vous vous asseyiez,
et face à votre miroir elles vous semblent bien minces
cette nuit
ses réponses habituelles.

Ventura suivait du regard Toni et Luisa qui s'éloignaient vers la porte, ils escaladaient une rampe invisible que lui seul voyait, entre des tables noyées de pénombre, des serveurs, des têtes de curieux contemplant la danse de claquettes exécutée par Alexandra la Grande qui semblait pomper l'air du piano.

— Le pianiste.

— Fiche-lui la paix au pianiste.

— Tu as entendu Fisas. Il a joué un morceau de Mompou. Il a profité d'un instant de liberté pour jouer un morceau de Mompou.

Joan hochait la tête, muet, soupesant sans doute des pensées graves, sur moi, Luisa, Toni. Il ne souffre pas pour moi, il souffre pour son sens de la dignité adulte mis à rude épreuve par la dureté de la scène.

— Où sont-ils partis tous les deux?

C'était une question logique d'Irène.

— Baiser.

— S'il te plaît, Ventura, cesse d'être désagréable.

Mercè s'était levée, elle tremblait du menton.

— Allons, allons. Du calme. Tout le monde se calme. Ce n'est rien.

Schubert essayait de la calmer, mais la femme ramassait ses affaires. Le hochement de tête de Joan était de plus en plus grave. Il lançait en vain à sa femme de silencieuses invitations à rester calme. Mercè était sur le point de pleurer. Pour moi. Elle va pleurer pour moi. Pour éviter ça, Ventura se leva comme un poivrot titubant, il eut l'impression que

tout son sang lui tombait d'un coup dans les pieds, l'empê-
chant de faire les quelques pas qui le séparaient de la table.
Mais il parvint à se décoller et s'avança vers le comptoir où
l'attendait une loupiote rouge obsessionnelle et le profil en
creux d'un serveur semblable à un croissant de lune.

— Ce que vous voulez.

— Moi, ça m'est égal.

— Alors un whisky.

Il s'accouda dos tourné au comptoir, face à l'ambiance
festive déchaînée par Alexandra la Grande chantant le dernier succès de María Jiménez. Il parvint à isoler le pianiste
comme une silhouette découpée par le projecteur de son
regard. Plus fragile encore dans la lumière, comme écrasé
sous son poids, la peau vieille et plus blanche encore, le
squelette plus décharné, soudé au piano, et sur le visage le
mépris le plus radical à l'égard de toute émotion, un mépris
à la Buster Keaton, son propre avis de décès au fond de la
poche. Ce petit bout d'homme irrégulier se terminait par
deux morceaux de mollet blanc, deux chaussettes marron et
deux chaussures bouffées par l'excès de cirage. Dans son
hiératisme, il y avait une déclaration d'incommunicabilité
avec ce que ses mains arrachaient au piano. Peut-être était-ce
un prodige de l'image, comme l'acteur du *Visage* de
Bergman, le continent de la transcendance et l'angoisse au
service du rien. Peut-être était-il un méchant pianiste amateur travaillant pour une assiette pleine de quelque chose de
chaud et pour payer les traites mensuelles de son assurance
décès. Il suffisait à Alexandra la Grande de se mettre de
profil pour cacher la totalité de ce petit homme collé à son
tabouret et à son piano. Ventura se sentait gêné par tout ce
qui le séparait du vieux.

— Comment s'appelle le pianiste ?

Le serveur haussa les épaules.

« Et votre collègue, il le sait ?

— Don Alberto, répondit l'autre serveur sans quitter des yeux la bouteille de whisky qu'il vidait dans l'un des verres du comptoir.

— Alberto comment ?

— Rosell. Alberto Rosell.

— Ça fait longtemps qu'il joue ici ?

— Mon collègue et moi, nous sommes nouveaux. Quand nous sommes arrivés, il y était déjà.

Des applaudissements provocateurs, des *bis* d'opéra saluèrent avec une ironie agressive Alexandra la Grande qui assumait ça avec un geste sublime digne de la Callas à son septième rappel au Metropolitan. Et, comme Alexandra devenait lourdingue, les applaudissements virèrent aux sifflets pour qu'elle cesse de lamper des bravos comme une sangsue. Le puissant animal s'élança dans le couloir qui faisait communiquer la scène et le bar et se retrouva aux côtés de Ventura, soufflant et s'éventant avec la main.

— Ça me... Vite, un *cuba libre* !

— Ça te quoi ?

La Grande baissa et leva plusieurs fois les persiennes de ses faux cils et se suçotta les joues pour se donner l'air distingué et faire ressortir ses grosses lèvres.

— Ça me donne des palpitations de chanter comme je chante, avec autant de cœur !

Elle se désintéressa apparemment de Ventura même si elle imita sa position et sortit de sous sa jupe de lamé une jambe nue et puissante.

« Tu m'invites ?

Ventura accepta avec la générosité d'un prince d'entre deux guerres, et la Grande lui adressa un clin d'œil ; l'autre œil envoyait un signal au serveur qui tenait déjà en main une coupe de champagne.

— J'en boirai une demi-bouteille, pour que tu voies que je suis quelqu'un de sérieux.

— Une demi-bouteille de champagne français pour Madame.

Étonnement du garçon et de la Grande.

— Mais qu'est-ce que tu demandes là, mon petit. Du champagne français dans cette boutique... Gamin, sers-moi un *benjamin* et ne te frappe pas. Je sais, je sais qu'il n'y a rien comme le champagne français. Dis-moi ça à moi qui ai chanté la moitié de ma vie à Tanger où je ne buvais que ça. Dis, tu inviterais ma copine la Tempranica ? Elle est très timide et elle n'aime pas faire l'entraîneuse. Regarde-la, morte d'ennui dans son coin. Pilarín, viens boire un verre, ma fille !

Trop fort l'appel de la Grande, le public impatient la contraignit au silence parce que sur scène il y avait à présent Flor del Boca en train de chanter un tango de Piazzola. Travesti concentré sur lui-même, il chantait sans regarder le public, comme s'il dédiait sa chanson à un cafard qu'il aurait été le seul à voir.

> *Ya sé que estoy*
> *Piantao, piantao, piantao.*
> *¿No ves que va la luna rodando por Callao[1] ?*

La force de la chanson s'imposait par-delà la volonté parodique de ce public d'amateurs de monstruosités, même le pianiste, donnant dans le pathétisme de la situation, trouvait des gémissements dignes du bandonéon.

— Il joue bien le pianiste.

— Ah ! mon fils. Il a de ces mains, cet homme. Et toujours aussi sérieux, le pauvre. Cette grande brute de Caracoles lui en sort quelques-unes de temps en temps. Un de ces quatre, je vais vous sauter, don Alberto, et lui il sourit, ou il rit sans rire, mon fils, oui, sans rire, il montre juste ces méchantes dents qu'il a, le pauvre, si méchantes qu'il ne lui

---

1. Je sais bien que je suis / Seul, seul, seul. / Ne vois-tu pas que la lune rôde dans Callao ?

en reste presque plus. Et il rit, comme ça, regarde, comme ça...

La Grande imite le rire muet du pianiste, et l'arrivée de Pilarin la Tempranica la surprend, le sourcil et la perruque blond platine de travers.

— Qu'est-ce qui nous vaut cette tête-là ? Ce monsieur nous invite.

La Tempranica lança des œillades et plaqua ses deux mains sur son bas-ventre moulé dans une jupe à volants. Elle prit mal la perplexité de sa collègue et gueula plus qu'elle ne dit :

— C'est ma mauvaise semaine !

Confuse de sa brutalité, elle coula son regard vers Ventura, sourit légèrement et passa le dos de sa grosse main sur son menton rasé de près.

— Tu as vu le teint que j'ai ?

— Comme d'habitude, non ?

— Mais pas du tout, ma fille, pas du tout, quand j'ai mes règles je suis à l'article de la mort, et du coup j'ai une tête de cadavre.

La Grande se signa et donna un coup de coude complice à Ventura.

— Sacrée partenaire que je me suis choisie ! Et toi tu te sens très·seul, gamin ?

— Ma femme est partie avec un autre.

— Tu ne vas pas manquer de compagnie ici, bien foutu et généreux comme tu es.

— Moi, on me fait un truc pareil, et je la tue.

Commentait la Tempranica prête à trouver un terrain d'entente avec Ventura.

— Je suis malade et je ne vaux plus rien.

La Grande et la Tempranica se regardèrent et se rapprochèrent de Ventura.

— Ne t'en fais pas, mon petit, aucune femme ne vaut de passer une mauvaise nuit, aussi jolie soit-elle.

— Je peux vous déranger ?

— Salut, Schubert. Je te présente Pilarín la Tempranica et Alexandra la Grande.

— Pas besoin de les présenter. Je les ai vues se produire, vous avez été géniales.

— Dis-nous *tu*, voyons, petites lunettes.

— Tu reviens à notre table ? Mercè s'est calmée.

— Je veux qu'elles me présentent au pianiste.

— A quel pianiste ? A Doria ?

— Non, à lui.

— Au petit homme de cire ?

— A celui-là même.

— D'accord. D'accord. D'accord. La nuit est foutue. Irène est d'une humeur de chien. Joan et Mercè ont avalé un manche à balai. Et toi, bon, laissons tomber. Tu viens tituber à la table du ministre ?

— Transmets-lui mon bon souvenir.

— Regarde Delapierre.

L'acteur s'avançait parmi les tables, face aux nuages de fumée et aux haleines que révélaient les projecteurs. Il était suspendu au bras d'un jeune homme grand et voûté par une fatigue intérieure.

— Qui c'est celui-là ?

— Coup de foudre. Il était à la table à côté. Il l'a regardé et il s'est mis à croire en Dieu.

— Dites, le type qui est avec Imedio, c'est un de vos copains ?

— Imedio, c'est ce minet avec une gueule de lavement ?

— Un minet, tu parles. C'est un salaud. Ton copain a intérêt à faire gaffe. Il se fait des fixes dans tous les coins, tout ce qu'il peut taper il le tape. Je vous préviens parce que vous êtes des braves gens et que vous ne méritez pas ce vautour.

— Je vais le chercher.

— Laisse tomber, Schubert, Delapierre est adulte.

— Je vais le chercher.

Schubert partit à la rencontre du couple en fuite et leur proposa de prendre un verre au bar. Il ouvrit la marche et devant Ventura arrivèrent un Delapierre, qui souriait perdu dans ses pensées, et un gamin canaille aux lèvres fines entre deux parenthèses de rides concentriques. Schubert se mit à discuter avec le vieil adolescent et Ventura profita de l'aparté pour passer l'information des travestis à Delapierre. Celui-ci haussa les épaules et laissa échapper un sourire-soupir comme une bouffée de cigarette imaginaire.

— C'est un de mes amis.

— Tu le connaissais avant ?

— Bien sûr.

— Sûr ?

— Laisse tomber, Ventura, tu n'es pas fait pour ce rôle. Il ne tirera pas grand-chose de moi. De toute façon...

Delapierre réfléchissait, finalement, il enleva la montre de son poignet et la glissa dans la poche de la veste de Ventura.

— Maintenant, je n'ai plus rien qui vaille sur moi.

— Tu pars avec lui ?

— Je n'ai rien de mieux à faire. Notre conversation est terminée. La soirée de Schubert a raté, mais il essayera de se le cacher jusqu'à ce qu'on vous vide d'ici. Et, là encore, il essayera de prolonger la nuit chez toi, chez lui... Je suis trop facile à convaincre. Je préfère partir tout de suite.

Mais Schubert était seul quand Delapierre se tourna pour récupérer son compagnon. Il resta un instant déconcerté, puis il demanda une explication à Schubert, apparemment attentif à la présentation de la chanson suivante, une présentation élaborée, un article de fond consacré au nouveau tango engagé.

— Dis, Delapierre, tu aimes Piazzola, toi ?

— Où est passé le petit ?

— Il est parti. Il était pressé.

Delapierre avait l'air fatigué et, du fond de sa fatigue, il demanda à Schubert d'aller se faire foutre. Laisse-moi vivre ma vie. A quoi tu joues? Les mots sortaient de ses dents serrées et rebondissaient sur le visage perplexe de Schubert. La Grande clignait de l'œil à Ventura et se frottait les doigts pour raconter une histoire muette de pot-de-vin.

— Allez, monsieur le duc de Delapierre, sois gentil et retourne à la table pour m'y reconquérir le cœur d'Irène. Ou alors saute-la. Tu n'es pas bisexuel? Cette nuit est vraiment impossible.

Schubert soupira lorsqu'il se retrouva seul avec Ventura.

« Mille pesetas et il s'est barré.

— Il aurait tiré plus de Delapierre.

— Je lui ai dit que tu étais flic et que tu avais tout observé.

— Quelle blague. Tu t'es comporté comme une de ces marquises qui mettaient, une fois l'an, un pauvre à leur table. Delapierre est ta B.A.

— C'est ma connerie. C'est ma nuit.

— Regarde. Le pianiste.

Les lumières de la salle s'étaient allumées. Les travestis accordaient une trêve au respectable public pour qu'il danse à son rythme, sans la moindre sollicitation artistique du spectacle, et le pianiste avait redressé sa petite stature, il revoyait les partitions qui l'attendaient puis cherchait le petit escalier de la scène pour descendre avec la dignité qu'ont certains vieux pour cacher la rigidité de leurs articulations. Ses yeux riaient derrière les lunettes aqueuses lorsqu'il arriva au bar pour y prendre le café crème que le serveur lui avait déjà préparé. Il eut l'air déconcerté lorsque Schubert lui dit à haute voix :

— Très bien. Très bien. Bravo.

Il y avait dans le regard millénaire du pianiste un doute devant tant d'enthousiasme inutile. Il n'assumait pas les applaudissements de Schubert et maintenait entre lui et son interlocuteur toute la distance d'un sens du ridicule qui s'appliquait aussi bien à lui qu'aux autres. Schubert, dérouté, le salua de la main, et Ventura regarda le vieil homme boire avec délectation, comme si c'était une transfusion indispensable de vie, comme si chaque gorgée allait directement se loger dans un point prédéterminé de son corps. Ventura tourna le dos à la salle et resta face au bar, plus près du pianiste, obligeant la Grande et la Tempranica à s'écarter pour s'entretenir de leurs indispositions comparées. Il n'osait pas regarder franchement le musicien, comme s'il y avait quelque chose d'inavouable dans cet intérêt qu'il lui portait. Très jolie la pièce de Mompou. Et il lui répondrait : Ah ? Vous avez remarqué ? Et à partir de là il commencerait à dévoiler l'éventuel mystère. Il se racla la gorge. But une autre gorgée, mais ce fut la voix de la Grande qui établit le contact :

— Alberto, mon garçon. Tu as enthousiasmé ces amis.

Pour parer au côté entremetteuse de la Grande, Ventura risqua en balbutiant :

— Très jolie, la pièce de Mompou.

Que le pianiste n'eut pas l'air d'entendre. La Grande mit une main derrière son oreille et lui fit un signe d'abord muet, puis elle cria :

— Comme un pot.

Ventura manqua de courage pour crier : Très jolie, la pièce de Mompou. Mais la Grande n'était pas disposée à voir avorter la rencontre, aussi cria-t-elle au vieux :

— Cet ami dit que vous jouez vachement bien, don Alberto.

— Ah, oui ?

Il eut un rire bref dévoilant son absence de dents.

— Qu'est-ce que tu as dit qu'il jouait ?

— Un morceau de Mompou.

— Il a dit que vous avez joué Mompou.

— Ah oui ? Il le dit ? J'en ai joué ?

Ironie, espièglerie, ou les deux à la fois, le vieux examinait Ventura de la tête aux pieds.

— Vous êtes musicien ?

— Non.

— Ah.

Il lui tourna le dos, se frotta les lèvres avec une serviette en papier et s'en fut vers la sortie.

— Il s'en va ?

— Non, il va faire pipi. Il le fait tous les soirs à la même heure. Il est méthodique, le pauvre. Il a une horloge dans la tête, et qui marche.

— Qu'est-ce que tu penses de tout ça ?

— Tu es qui, toi ?

— Schubert, pour les amis.

— C'est un nom qui me dit quelque chose. Et à quoi faisais-tu allusion, Schubert ?

— A tout ça, ici, à l'ambiance. Vous ne pouvez pas vous plaindre. Du beau linge. Des ministres.

— Écoute, les apparences sont trompeuses. Tout a l'air d'avoir le vent en poupe et pourtant ça fait des mois qu'on a du mal à se faire payer. N'est-ce pas Pilarín ? Et il ne vient pas que des ministres, ceux-là au moins ils sont éduqués et cultivés. L'autre soir, j'ai dû flanquer un mec dans la cuvette des WC, il en avait contre ma Pilarín. Raconte-le-lui, toi, moi, rien que d'y penser, je bous.

Pilarín la Tempranica tremblait quand elle se jeta sur Ventura et Schubert avec déjà toute l'histoire dans les yeux.

— Toute la soirée, j'ai eu cet emmerdeur sur le dos. Que je lui faisais prendre des vessies pour des lanternes. Qu'il savait bien, lui, que j'avais un zizi comme un tuyau d'arrosage. Moi, d'abord, j'ai marché dans sa plaisanterie, mais quand j'ai vu que le mec était un mal embouché, qu'il devenaît agressif, j'ai voulu quitter le bar mais lui, il me collait en me disant des cochonneries. Écoute, mon vieux, moi je t'ai rien dit, rien fait, alors tire-toi ailleurs avec tes histoires. Alors, lui, il va chercher le serveur et il lui dit que je suis une salope. Ça m'a fichu un coup terrible, parce qu'on m'en a dit des trucs dans ma vie, mais ici je me sens bien, tranquille, alors je suis sortie pour pleurer dans les waters et le type qui me suit et moi qui essaye de fermer de l'intérieur et lui qui met son pied dans la porte, comme au cinéma, exactement comme au cinéma. J'ai vu venir le drame, je voulais crier et je ne pouvais pas et alors qu'il était déjà sur moi, qu'il allait me mettre, je vous jure, il allait me mettre, celle-ci apparaît derrière le type, et, dis donc, elle me l'attrape par les épaules, elle le pousse dans les cabinets, elle l'empoigne par les cheveux derrière, et elle commence à lui donner des coups contre la cuvette, un, deux, trois, il y avait du sang partout, des dents cassées ; et moi j'avais la frousse et j'arrêtais pas de dire à celle-ci : Lâche-le, maintenant, lâche-le, parce que j'avais mal au cœur de voir cette tête de crucifié qu'il avait.

— C'est que, quand je me mets en colère, je me mets en colère. Je ne supporte pas l'injustice.

— Elle a une de ces forces...

— Moi je déchargeais tous les légumes de Valence en trois heures de temps, de quatre à sept heures du matin.

— Tu exagères !

— D'accord, tous les légumes, c'est une exagération, mais je m'en suis coltiné quelques-uns.

— Et qu'est-ce qui est arrivé au type en question ?

— On l'a emmené aux urgences, je crois, et M. Maresma, le patron, voulait lui chercher des noises à elle, mais, moi et les autres, on le lui a dit clairement, s'il arrive quelque chose à la Grande, on s'en va toutes et c'est vous qui montrerez votre cul. Sinon, vous nous donnez un service de protection parce que des connards de par le monde y en a pas qu'un et ça peut recommencer.

— Il y a beaucoup de gens qui ne se rendent pas compte que ce qu'on fait, c'est de l'art.

— Maintenant, c'est le tour de Bibi Andersen, elle est très célèbre, on la respecte beaucoup.

— Celle-là ? Celle-là, ce qu'elle a, c'est beaucoup de bagou. Elle a passé son bac et elle sait y faire. Elle a commencé comme nous toutes, le machin collé avec du sparadrap, mais, après, elle a pris goût à la chose, elle s'est fait opérer et maintenant elle s'appelle Celia Gámez dans le civil.

— Si je m'étais fait opérer au Maroc comme me le conseillait Matias, paix à ses cendres...

Des larmes énormes comme ses yeux, sa figure, sa tête, son corps, jaillissaient d'Alexandra la Grande.

« Mais à l'époque je tenais beaucoup à mes principes. L'opération, c'est le vice, je lui disais. L'art consiste justement à être à la fois chair et poisson, vous comprenez ? Celle qui se fait opérer, c'est une ruse, c'est comme la chirurgie esthétique, on vous met les seins de Sofia Loren, le cul de Bardot et les jambes d'Angie Dickinson. N'importe qui peut avoir ça. Mais suggérer la féminité sans perdre ce qu'on a entre les jambes, ça, c'est du vrai mérite.

— Toutes ne sont pas aussi loyales que toi.

— Tu parles. Celles qui ont le plus de succès ne sont plus les enfants d'un père et d'une mère. Elles sont les filles du bistouri qui les a mises au monde. Tu me payes une autre coupe, mon cœur ? Et toi, Schubert, tu invites mon amie ? Merci les gars. Vous êtes catalans, pas vrai ? Les uns cultivent la réputation et les autres cardent la laine. Je n'ai jamais vu des gens aussi formidables que les Catalans. Pas vrai, Pilarín ?

— Qu'on m'arrache les yeux si c'est pas vrai !

— Et, en sortant d'ici, vous avez des projets ?

— Qu'est-ce que vous nous proposez ?

— La nuit la plus complète de votre vie. Vous êtes déjà allés avec des travestis ? Vous perdez quelque chose. C'est, je ne sais pas... différent. C'est le mot.

Schubert se pencha sur le comptoir et susurra à l'oreille de Ventura :

— Comme numéro exotique, c'est pas mal. On va voir le ministre ? Il est à sa table avec un copain du PSC.

— Quel intérêt peut offrir un ministre ?

— Ici, à Barcelone, on n'en voit pas trop souvent. Ou tu me trouves mieux ou il va falloir que j'invite Irène à danser. Elle a ramassé une de ces cuites... Joan et Mercè sont d'un paternalisme à vomir. Delapierre, lui, il drague même les retraités. Il a envie de jouer son rôle. On revient tout de suite, les filles, tout est payé.

— On vous attend ici.

Ventura marchait devant, les mains de Schubert sur la taille, poussé vers les marches qui conduisaient à la table ministérielle. Mais, avant d'y accéder, ils rencontrèrent un homme petit et carré qui arrêta leur ascension en posant une main large et plombée sur l'épaule de Ventura.

— Où allez-vous ?

— Nous allons saluer le député Recasens et monsieur le ministre de la Culture, nous sommes de vieux amis.

Recasens les avait vus et chuchotait quelque chose à l'oreille du ministre, un homme jeune qui ressemblait à un professeur chinois, une barbe de progressiste européen style années soixante. Le ministre se composa un sourire d'amabilité orientale et d'un geste ordonna qu'on les laisse passer. Recasens ne parvint pas à finir de se lever, arrêté net dans son élan par une accolade excessive de Schubert.

— Salut, mon vieux. Nous vous avions vus depuis notre table et nous voulions saluer monsieur le ministre.

L'arrivée des intrus avait éclaboussé de curiosité le cercle humain qui complétait la table ministérielle. Recasens leur fit perdre tout espoir en les présentant sans dire de noms et en s'inventant des liens affectifs et intellectuels qu'il avait oubliés. Schubert fit asseoir Ventura sur une chaise et il s'installa aux côtés de Javier Solana.

— Jamais je n'avais été aussi près d'un ministre. Enfin. Quand j'étais délégué étudiant, nous avions mis en place une commission pour négocier avec le ministère de l'Éducation franquiste et je ne sais plus quoi. Nous avons été reçus par un sous-secrétaire.

Le ministre riait.

« Que pensez-vous de la fête ? Barcelone reste Barcelone. C'est par ici que toutes les nouveautés ont pénétré en Espagne, de l'hendécasyllabe aux travestis en passant par le slip pour homme. Que pensez-vous de ce machin qu'on appelle la *movida* madrilène ?

— Écoutez, à Madrid, il y a une certaine créativité, logique dans une ville qui est devenue la capitale d'un état démocratique, après quarante ans d'anormalité.

— Eh bien, monsieur le ministre, l'autre jour...

— Dis-moi *tu*, s'il te plaît.

— Ministre, je vais te tutoyer. L'autre jour, je parlais avec un écrivain madrilène parmi ceux qui sont à la mode, et le type n'avait que ces mots à la bouche, *movida* madrilène. Il croyait que Barcelone, c'était le *Titanic*. Tu te rappelles le papier de Félix de Azúa dans *el País* ?

— Une rivalité loyale entre les régions est une bonne chose.

Recasens tenta d'intervenir.

— Pour ça, il y a le foot.

— Ce qui se passe, c'est que nous, Catalans, nous nous sentons toujours les victimes face aux gens de Madrid. Si Madrid n'existait pas, il faudrait l'inventer.

— Ça, c'est très juste, Recasens. Les pays de merde ont toujours besoin de deux chiottes.

— Je ne me souviens pas de ton nom.

— Recasens ne te l'a pas dit. On m'appelle Schubert et, pour le moment, ça suffit.

— D'accord, Schubert, personnellement, je ne crois pas que l'Espagne soit un pays de merde et que tout se résolve grâce à deux chiottes.

— Alors c'est vrai, ministre...

— Qu'est-ce qui est vrai, hein ?

— Que vous êtes régénérationistes. On m'avait dit : A Madrid, il y a des jeunes types très sympas qui gouvernent. Ils sont régénérationistes.

— Pas au sens académique, bien sûr...

— Encore heureux.

— Mais il y a de ça.

Des mouches survolaient les sourcils haut placés du souriant ministre, qui soudain posa une main sur le bras de Schubert et lui dit :

« Toi, tu t'ennuyais comme un singe à un concert et tu t'es dit : Allons brancher un peu ce ministre africain.

— Pas tout à fait.

Recasens était en nage, il lançait des regards d'excuse au ministre et d'indignation à Schubert.

— En réalité, nous nous connaissons à peine.

— Ne me renie pas, Recasens. Quand on t'a arrêté, à l'époque, et que vous, socialistes, n'aviez pas de véritable base militante à l'université, j'ai tiré des tracts pour vous.

— Vous, les « Chinois », vous passez votre temps à présenter des factures.

— De quels Chinois parlez-vous ?

— Ici, les communistes, on les appelle chinois.

— Je ne suis plus chinois. Je suis indépendant et pragmatique.

Le ministre regardait Schubert avec une curiosité anthropologique et une distance académique. Il contint un Recasens en colère.

— Ne t'inquiète pas, Recasens. Il m'en est arrivé de bien pires.

— Le fond du fond, c'est que nous sommes très provinciaux.

Schubert l'admit.

— Dommage qu'un de nos amis qui a beaucoup voyagé et qui habite New York soit parti. Toni Fisas. Un cerveau.

— Toni Fisas?

Demandait le ministre et il souriait, content.

— Je ne l'ai pas vu ici. Nous avons parlé ensemble il y a quelques jours à Madrid. Je voudrais qu'il organise un symposium à Salamanque sur « La technologie : nouvelle offensive du développement capitaliste ».

— Tu as entendu, Ventura? Il connaît Toni Fisas. Et mon ami Ventura, vous ne le connaissez pas? A l'université, il était plus célèbre que Fisas, il est à présent le meilleur et le seul traducteur de Thomas de Quincey en Espagne.

— Je n'ai pas le plaisir... Mais tu vois, mon garçon, je suis en train d'apprendre à être ministre et c'est très bien pour moi de rencontrer toutes sortes de *sparrings*, comme toi, par exemple.

— En fait, je ne suis pas venu ici avec de mauvaises intentions.

— Je crois que nous pourrions profiter de cet intermède pour aller saluer Luis Doria.

— Bonne idée, Recasens.

Le ministre se leva, aidé par Recasens, il tendit une main à Schubert.

— Si tu viens un jour à Madrid, viens me voir au ministère, nous parlerons du naufrage du *Titanic*.

Le ministre s'en alla suivi de Recasens et de l'homme

baraqué. Schubert montra à Ventura la main que lui avait
serrée le ministre et déposa dessus un baiser morose. Les
autres commensaux suivaient l'expédition entre les tables
jusqu'à celle de Luis Doria. Le vieil homme fit semblant
d'être surpris et de mettre un certain temps à comprendre.
Puis il se leva et serra la main de Javier Solana comme pour
sceller un pacte d'amitié inébranlable. Des flashes anonymes
fixèrent l'événement. Ventura avait réussi à dominer sa sensation de défaite, il descendait les marches pour regagner sa
table, suivi de près par Schubert qui s'excusait.

— Je ne sais pas ce qui m'a pris. Les Madrilènes m'éner-
vent.

— Il t'a donné une leçon.

— Je suis suicidaire. Par les temps qui courent, faire tout
un tintouin devant Recasens et un ministre. C'est la *rauxa* [1],
Ventura. De temps à autre, j'ai la *rauxa*.

Quelqu'un avait commencé à applaudir lors de la poignée
de main de Doria et du ministre, les acclamations se prolon-
gèrent au-delà de la minute et gagnèrent toute la salle. Joan
lui-même était debout et tapait dans ses mains tandis que
près de lui Mercè souriait d'un air béat et que Delapierre et
Irène s'embrassaient sur la bouche.

— Tu crois qu'ils vont m'en tenir rigueur? Je suis un
imbécile. J'étais juste en train de négocier avec la députation
un travail sur « Immigration et adaptabilité linguistique ». Il
ne manquerait plus que Recasens me mette des bâtons dans
les roues.

— De quoi tu parles?

— De rien. Nous sommes allés à la table du ministre et
j'ai fait le con.

— Ça ne m'étonne pas, mais pas du tout, du tout, du
tout.

1. En catalan dans le texte : la rage.

— Toi, ferme-la, Irène, ou continue ta fricassée de museaux avec Delapierre qui est incolore, inodore et sans saveur.

— Schubert.

— Excuse-moi, Delapierre. Laissez-moi cinq minutes pour me ressaisir.

Ils s'assirent à table. Irène abandonna Delapierre et se jeta sur Ventura. Elle lui caressa les cheveux, les joues.

— Tu es beau. Tu as l'air malade, ce soir.

— Ce sont les cernes. Les maladies lentes permettent des putréfactions lentes, de douces décadences. Tu me prends à un moment intéressant de la décadence.

— Idiot. Imbécile. Tu écris ?

— Je traduis.

— Écris.

Comme si Irène en avait donné l'ordre, les lumières de la salle s'éteignirent et le projecteur sur la scène centrale annonça la reprise du spectacle. Le ministre et Doria se quittèrent sur des promesses et des projets, et les gens dans la salle regagnèrent leurs places parmi les appels au silence parce que le présentateur était sur scène avec la tête de celui qui va annoncer des événements majeurs. Le pianiste avait lui aussi reparu, assis sur son tabouret à roulettes, la tête penchée dans la contemplation du clavier, les mains jointes sur les genoux dans l'attente de la chasse aux notes.

— Mesdames et messieurs ! Respectable public ! Les nuits du Capablanca se ferment avec une broche en or. Le plus suggestif du suggestif, le plus énigmatique de l'énigmatique, le plus différent du différent... Bibi Andersen !

Le projecteur abandonna le présentateur et le pianiste et partit vers la droite jusqu'à heurter une sculpture de femme, une chevelure ondoyante, des traits de gamine sensuelle, un corps vigoureux et sinueux dans un tailleur à pois et, sortant de la fente de la jupe, une jambe bien moulée fixée au sol par une chaussure rouge. Seule la largeur du cou sonnait faux dans cet ensemble harmonieux qui avait saisi la salle, les femmes vaincues dans la contemplation critique et les hommes mal à l'aise devant la troublante attirance qu'ils étaient bien obligés de confesser. La statue se mit à bouger. Le corps élancé se mouvait avec légèreté et les bras, peut-être un peu forts, comme le cou, bougeaient le micro et soulignaient la majesté d'évolutions très étudiées.

— Bibi Andersen revient à Barcelone ? Mais en est-elle déjà partie ?

Applaudissements. Le pianiste marque l'entrée musicale qui persiste comme un fond sonore aux quelques mots d'introduction.

— C'est ici que j'ai appris qui j'étais et dans mon cœur trois mots sont restés gravés, tous trois commencent par la lettre A : Amour, Amitié, Admiration.

Les applaudissements redoublent, le piano les domine, invitant Andersen à clore l'introduction et à commencer à chanter :

> *Je suis née près d'un fleuve*
> *Peu vous importe son nom*
> *C'est un fleuve qui meurt dans la mer.*

> *Si vous voulez m'appeler,*
> *Peu importe mon nom,*
> *Très vite vous allez l'oublier.*

> *Sur ma peau, des galons et des étoiles*
> *Que je ne vous montrerai pas.*
> *J'ai gagné batailles et guerres*
> *Que je ne vous rappellerai pas.*

> *Je suis née près d'un fleuve,*
> *Peu importe son nom,*
> *C'est un fleuve qui meurt dans la mer.*

Bibi Andersen dansait, maîtresse de la scène, petite silhouette qu'elle voulait fragile, pas un soupir dans la salle soudain trisexuelle.

> *Dans mon décolleté, l'argent*
> *Que vous avez voulu me donner.*
> *Que celui qui n'a pas peur*
> *Vienne donc l'y rechercher.*
>
> *Dans ma jarretière, un couteau*
> *Très facile à manier.*
> *Sa lame a perdu son éclat*
> *D'être tant utilisée.*
>
> *Je suis née près d'un fleuve,*
> *Peu vous importe son nom,*
> *C'est un fleuve qui meurt dans la mer.*
>
> *Si vous voulez m'appeler,*
> *Peu vous importe mon nom,*
> *Très vite vous allez l'oublier.*

Ils applaudirent plus la fascination interdite que la chanson.

— J'aimerais la voir en costume trois pièces.

C'était un commentaire de Mercè. Ventura éclata de rire et laissa aller son front contre la nappe pour étouffer son attaque d'hilarité. Quand il releva la tête, ses yeux étaient pleins de larmes et il calma l'inquiétude de Mercè en lui disant :

— Merci, Mercè, merci beaucoup d'être comme ma tante.

— Comment dois-je le prendre ?

— Comme un compliment.

A nouveau la densité du projecteur, annonçant le second et dernier numéro de Bibi Andersen.

— Pendant de nombreuses années, seuls les hommes avaient le droit d'aimer et de le clamer. Respectable public, pour vous tous : *Women in Love.*

Après une salve d'applaudissements, Bibi chanta en anglais sur une musique préenregistrée. De temps en temps, le projecteur soulignait le calme du pianiste, perdu dans son monde face au clavier, les mains jointes sur ses genoux, insensible à tout ce qui se passait autour de lui. Les spectateurs ne se contentèrent pas des quelques mots d'adieu, et l'inquiétante femme choisit une « version libre et personnelle de *C'est mon homme** ». Cette fois-ci, le pianiste dut quitter sa rêverie pour accompagner une version plus récitée que chantée, d'une voix ambiguë de fleur bisexuelle. La salle manifestait son désir d'entendre une autre fois cette provocation de l'imagination, mais la chanteuse, en vraie professionnelle, fut implacable. Elle distribua des baisers et des signes de joie, mais elle disparut tandis que le pianiste endiguait la houle des rappels en jouant un air final vulgaire et rapide. La lumière crue et blafarde agressait le public, le mettant mal à l'aise et le poussant vers la sortie.

— Demain sera un autre jour.

Susurra Schubert qui essayait de croiser le regard de Recasens pour lui adresser un sourire de réconciliation.

— Encore un autre jour de merde.

Ventura n'attendit pas la suite pour descendre les marches et, une fois en bas, il se retourna pour contempler la débandade générale, les soudaines politesses pour serrer les mains du ministre ou de Doria, les deux maîtres de la situation. Depuis son observatoire, il vit comment Schubert faisait semblant de tomber sur Recasens, lui donnait l'accolade et avait avec le ministre des échanges enjoués, une dernière poignée de main, la perspective d'une visite à Madrid, une dernière boutade de Schubert qui faisait rire tout le monde, et le ministre troquait sa décontraction pour de la solennité lorsque, tel un esclave de la culture, il s'approchait de Doria.

— A vos ordres, toujours, maître.

— Je ne m'en priverai pas. Tôt ou tard.

— Vous avez aimé le spectacle ?

— Le transformisme se doit d'être horrible et pervers pour accéder à la poésie.

Le ministre, pourvu de la dose convenable de poétique dorienne, réitéra ses offres et partit dans la foule des derniers clients. Depuis la sortie des artistes, Mercè, Joan et Schubert lui faisaient signe de se dépêcher, mais Ventura semblait attendre la dernière décision du pianiste qui, à demi assis sur le piano, allumait une vieille pipe bourrée de tabac. Un journaliste en quête de révélations du petit matin approchait un petit magnétophone des lèvres de Luis Doria.

— Vous me demandez ce qu'est l'érotisme ? Une cérémonie fastueuse dans un souterrain.

— Est-il exact que vous ayez l'intention de transformer *l'Oiseau de feu* de Stravinski en une douzaine de paso doble ?

— Pas un de plus, pas un de moins que ce que peut contenir un 33 tours. Par cet acte, je rends à l'Espagne ce qui appartient à l'Espagne, car la grande musique russe du début du siècle n'existerait pas sans le paso doble.

Les curieux attardés écoutaient et riaient. Mais Doria gardait son sérieux, il répondait comme un robot sachant élaborer des phrases aussi bien construites qu'ambiguës et il avançait vers les marches où le pianiste et Ventura goûtaient ensemble le spectacle tout en gardant entre eux une distance et un silence qu'aucun ne voulait rompre ou franchir. Le vieil homme, de temps à autre, regardait en douce cet étrange type fatigué et aux yeux cernés. Ventura attendait une révélation opportune et mystérieuse, venue des tréfonds de lui-même, ou du vieux, ou bien peut-être de Doria, qui descendait majestueusement, suivi d'une traînée d'étoiles scintillantes que seuls voyaient Ventura et le pianiste. Doria ralentit l'allure pour aller jusqu'au pianiste, décontracté dans son nuage de fumée. Il s'arrêta à deux mètres de lui, tenu en respect par toute cette paix et cette vieillesse qui auréolaient le petit homme.

— Bravo, A'berto. Excellents, tes silences.

Le pianiste se contenta de fermer ses petits yeux et de les maintenir clos tant que Doria qui défilait devant lui n'eut pas atteint la sortie, suivi de ses accompagnateurs, d'index tardifs qui l'identifiaient enfin et de trois demandeurs d'autographes. Il les rouvrit sur la colonne de fumée de sa pipe. Du fond d'un tableau de contrôle éloigné, quelqu'un éteignit les lumières ; alors le pianiste se retourna vers son piano, réunit méticuleusement ses partitions, les classa et les glissa dans un petit sous-main en carton fermé par des cordons rouges décolorés. Schubert tirait Ventura par un bras.

— Mais qu'est-ce que tu attends ? La fête est finie.

— Doria est passé et il lui a dit : Bravo, Alberto. Excellents, tes silences. A quoi faisait-il allusion ?

— Ils doivent se connaître. Il disait peut-être ça pour plaisanter, figure-toi. Des silences. Parler ici de silences.

— Ou peut-être se référait-il à l'interprétation de Mompou.

— C'est possible.

Presque poussé par Schubert, Ventura passa à travers un tunnel de serveurs bâillant et reçut une gifle d'une fraîcheur excessive lorsqu'il atteignit la rue. Joan et Mercè étaient là, consultant toutes les montres dont ils étaient porteurs.

— Enfin ! Mais qu'est-ce qui t'est arrivé ?

— Il était baba devant son pianiste.

— Et Irène ? Et Delapierre ?

— Delapierre a disparu soudain sur les traces d'un petit cul en fleur, quant à Irène, la voici.

Assise sur le trottoir comme une blonde fleur trop épanouie, vaincue par l'alcool et le temps, Irène leur souriait et leur montrait le dos d'une main largement ouverte.

— Fais gaffe.

Recommanda Schubert à Ventura lorsqu'il le vit se diriger vers la femme. Il avait froid à la poitrine, il releva les revers de sa veste pour l'en couvrir et enfonça ses mains dans ses poches. Il chercha un coin de trottoir propre près d'Irène et s'assit à côté d'elle. Il accueillit le corps de la femme qui sentait le citron et le champagne, elle se blottissait sous d'invisibles draps contre la chaleur insuffisante du corps de Ventura.

— Je t'aime, Ventura.

Il sortit une main de sa poche pour lui caresser la joue et la main reçut un long baiser et quelques larmes.

— Je suis complètement soûle, Ventura.

— Schubert t'attend.

— Qu'il attende. Tu sais ce qu'il me fera un de ces jours, Schubert ? Il me dira : Si je t'ai déjà vue, je ne m'en souviens pas. Il me fera ça pour mes quarante ans, et il partira avec une de ses horribles élèves qui l'écoutent bouche bée quand il dit toutes les bêtises qu'il raconte, et moi je serai une femme mûre, professeur dans un lycée de banlieue, obligée d'aimer tous les ans une centaine d'enfants, tous les ans, et encore cent, et encore cent, et toutes ces réunions stupides avec des professeurs aussi stupides, aussi mûrs et aussi foutus que moi. Tu sais de quoi on parle dans les réunions de professeurs ?

— Je crois que j'ai aussi été prof. Il y a longtemps.

— Toi, tu étais différent.

— J'étais différent.

— Tu es différent. J'aimais t'entendre parler dès cette époque où tu nous « travaillais » à l'université. C'est comme ça qu'on disait ? Je me rappelle ce jour où tu nous as raconté l'histoire du passage de la quantité à la qualité, tu avais utilisé pour ça un petit travail de Sartre.

— Ciel. Il fallait bien qu'on en vienne à parler de ce temps-là.

103

— Est-ce que c'est ça que nous espérions ?

— Non. Mais ça pourrait être pire.

— De la merde.

— Toni Fisas a un brillant avenir. Ainsi que Joan. Que Mercè.

— Toni est parti. Il a fui avant l'arrivée des Indiens. Quant à Joan et Mercè, ils peuvent se mettre tout ce qu'ils ont où je pense. Je ne leur envie que leurs enfants, et encore, à cause de Schubert. Il ne veut pas avoir d'enfants avec moi.

— Ni avec toi, ni avec personne d'autre.

— Les autres, je m'en fiche. Il dit que les enfants d'aujourd'hui ne seront jamais vieux. Tu crois, toi, que c'est une excuse ?

— Ça dépend.

— Tu te fous de moi ?

— Non, Irène, non.

— Les cochonneries, ça se fait aux toilettes.

La voix de Schubert interrompant les caresses de Ventura était joviale. Irène gesticula pour repousser l'aide de Schubert, mais elle y eut recours pour pouvoir se relever. Elle se retrouva nez à nez avec son homme, puissante, échevelée, épanouie par une chaleur intérieure, elle dépassait son compagnon d'une demi-main et elle l'embrassa dans un geste de prise de possession scellé par un baiser cannibale. Ventura se releva et, comme il retrouvait la verticale, la nuit se mit à tourner et il dut s'appuyer à Joan pour ne pas tomber.

— Qu'est-ce qui t'arrive ? Allez. On te raccompagne chez toi. On a la voiture au parking de l'immeuble Panam. Laissons-les, ceux-là. Ils sont en train de se réconcilier.

— Sûr que Luisa t'attend chez nous.

— Non. Allez-y. Ça me fera du bien de marcher un peu.

— Salut, Schubert !

Cria Joan dans l'espoir que son cri hâterait les adieux.

Mais Schubert se décolla d'Irène et leur montra tout son étonnement.

— Vous partez, comme ça ?

— Et comment faut-il partir ?

— On ne prend même pas rendez-vous ?

— On s'appelle.

Dit Mercè, et d'un doigt elle dessina dans l'air une évocation téléphonique. Ils agitèrent leurs mains comme des éventails et s'éloignèrent sur les Ramblas, têtes parfois tournées, visages souriants, à la recherche d'une *happy end* pour la soirée. Ils se heurtèrent à une femme. Ils s'arrêtèrent. Ils échangèrent des salutations complices, ils repartirent, et la femme traversa la chaussée en direction de Schubert, Irène et Ventura.

— C'est Luisa.

D'un geste, elle reprit possession de Ventura : elle le prit par le bras.

— Chacun chez soi et moi chez moi.

— On remonte les Ramblas ensemble.

Ventura refusa d'un hochement de tête obstiné.

— Il faut terminer le parcours. Aller jusqu'à la mer.

— A cette heure-ci ?

Irène apporta de l'eau au moulin de Ventura, elle prit la direction du sud, là où la ligne du ciel se refermait sur la statue de Colomb et tombait comme du plomb noir sur les hangars du port et sur les bateaux prisonniers. La porte du Capablanca s'était ouverte et le pianiste avançait d'un pas léger dans l'impasse, son petit corps incliné, l'air d'avoir peur de se heurter à une résistance de l'air froid de la nuit. Une gabardine très blanche et une écharpe en faisaient un vieux personnage masqué qui jeta sur le quatuor un regard méfiant, sûr que rien de bon ne pourrait en venir.

— Au revoir, maître.

Dit Schubert, et il s'inclina avec cérémonie. Mais le pianiste fit mine de ne pas le voir. Il descendit du trottoir, vérifia qu'il était bien seul sur la chaussée et se plaça au beau milieu des Ramblas, seigneur et maître de la promenade abandonnée aux derniers noctambules, aux vagabonds endormis parmi les sacs et les journaux, les éclats lumineux intermittents d'une lointaine voiture de patrouille. La gabardine blanche du pianiste disparut de leur vue au-delà des enseignes de l'immeuble Panam, et Ventura soupira devant l'irrémédiable.

— Quelle histoire tu nous as faite avec ce pianiste. Raconte-nous tout ça pour qu'on puisse s'amuser nous aussi.

— On aurait dit un survivant.

— Comme tous ceux qui ne meurent pas du cancer ou d'un infarctus avant soixante ans.

— Ça n'est pas ce que je veux dire.

— Tu veux aller à la mer, oui ou non ?

Il y avait de l'impatience dans la voix de Luisa et les deux hommes suivirent les femmes, leur sillage de bavardage sur les choses de la vie.

— Il me reste encore au moins cinquante copies d'examen à corriger.

— Demain, j'ai des enquêtes à faire toute la journée. Ensuite j'accompagne Ventura chez le médecin.

Les deux hommes ne parlaient pas, Schubert peaufinait mentalement son discours final justifiant tout ce qui venait de se passer.

— Je viens de me faire une idée sur ce que nous serons tous en l'an 2000. Fisas reviendra en coup de vent des USA pour recevoir son titre de docteur *honoris causa,* ou quelque chose d'équivalent, de l'université de Barcelone. Irène sera directrice de lycée, qui l'eût cru, sur un plan académique je n'aurais pas joué un centime sur elle. Joan aura été nommé conseiller de quelque chose, il a une tête de ministre catalan. Peut-être que moi-même je me serai spécialisé dans quelque chose, pas dans l'enseignement bien sûr, dans l'édition ou peut-être dans la vidéo. Delapierre, de deux choses l'une, ou il devient un acteur consacré ou un acteur quelconque marié à un Hollandais.

— Pourquoi marié et pourquoi à un Hollandais?

— Les gens comme Delapierre se marient toujours avec des Hollandais.

— Et Luisa?

— Ah! oui, Luisa...

Schubert n'avait plus d'idées pour cette fin de millénaire et, pour éviter de répondre à une question qui m'implique, il accélère le pas, rejoint les femmes, leur dit quelque chose qui les excite, se retourne vers moi:

— Viens, Ventura, dépêche-toi. La mer nous attend. Il faut aller jusqu'au bout.

Peut-être est-ce une illusion d'optique, mais Ventura a l'impression que, loin en haut des Ramblas, le balancement de la gabardine du pianiste indique le nord. Le pianiste n'ira pas jusque-là. A la hauteur de la rue de l'Hôpital, il déserte le centre des Ramblas, comme si ses pieds avaient été avertis grâce au nœud gordien de la rosace de Miró sur le sol, et la rue de l'Hôpital est un défilé nocturne et solitaire à travers lequel le pianiste presse le pas, dans une course avec lui-même, avec ce même musicien qui, hier et avant-hier, a fait le même chemin. Décor d'archéologie et de pauvreté pittoresque, pour lui une simple rue qui débouche sur la place du Padró. La statue de sainte Eulalie est solitaire sur la fontaine grignotée par l'érosion. A peine entré rue de la Botella, le pianiste sort de sa poche une grosse clef d'aluminium qui entrouvre une petite porte dans le porche donnant sur l'escalier; le vieil homme s'y glisse, il referme la porte et gravit les marches raides de briques bordées de bois en s'aidant des coudes, l'un sur la rampe, l'autre contre le mur d'où pleuvent des écailles de chaux décollées par l'humidité. Il reprend son souffle dans l'obscurité en arrivant au palier, du bout des doigts il palpe la géographie de la porte jusqu'à trouver le trou de la serrure. De l'autre main, il glisse la clef dans la fente. L'appartement lui ouvre sa gueule d'où s'échappe un relent de pourrissoir. Le pianiste referme la porte avec ce même soin qu'il mettrait à refermer son piano, il allume une lampe au plafond qui révèle un portemanteau perroquet amputé d'un bras, des fils électriques fichés dans le mur, une console échappée d'un meublé orientaliste et des paquets de journaux attachés avec des ficelles. Sur la console, une diane chasseresse en porcelaine a perdu son vernis et vise de son arc le corridor obscur.

— Teresa. Teresa. C'est moi.

Il éteint la lumière de l'entrée et allume celle du couloir, tapissé de reproductions de pergolas à colonnes corinthiennes, d'étangs, de nénuphars, d'oiseaux aquatiques, et entre les colonnes une porte ouverte sur des gémissements de petit animal. Mais la lumière révèle un corps de femme aussi large que le lit en fer forgé, corps engoncé dans une chemise marron décolorée, étalé sur le matelas à deux places, bras nus et gros comme des cuisses, cheveux blancs sur un visage vieux et enflé dans lequel les petits yeux au fond de deux fentes n'ont d'autre intelligence que celle de la douleur. Les yeux ont reconnu l'homme et le rythme de la plainte s'accélère.

« C'est moi, Teresa. Me voici.

Des poupées cassées sur un coffre en bois, un buste de Chopin, des rideaux de velours comme une peau malade que le pianiste écarte pour pouvoir ouvrir la fenêtre et faire sortir la légère puanteur.

« J'arrive. J'arrive. Je suis venu le plus vite possible.

L'homme se retourne et parcourt d'un œil expert ce corps éléphantesque de la pointe des pieds aux ongles violets pétrifiés à la tête angoissée qui s'agite au rythme des gémis-

sements. Près du lit, sur un tabouret, l'urinoir, et un petit
fauteuil bancal recouvert de cretonne sur lequel s'entassent
des paquets de gaze de rechange. Il enlève sa gabardine, sa
veste, et apparaît un petit corps dans un gilet terminé par
une tête chenue, pointue et à moitié chauve. Il agite ses bras
pour souligner sa marche, et ses pas le portent à un cabinet
de toilette, une cuvette de WC ébréchée, encastrée dans un
socle de bois rongé par l'humidité. Il prend une cuvette
accrochée à un clou et une éponge qui sèche sa vieillesse sur
le rebord de la petite fenêtre ouvrant sur la cour. Il remplit
la cuvette d'eau, abandonne l'éponge à la navigation ou au
naufrage. L'eau tremble au rythme de ses pas lorsqu'il
regagne la chambre d'où s'exhale la plainte suppliante. Une
horloge cachée mais proche signale qu'il est quatre heures
du matin et les paupières du pianiste se referment comme
pour déplorer un oubli.

« Je vais d'abord te laver, ensuite je te donnerai tes
cachets.

Coup d'œil sur le corps gisant. Il pose la cuvette sur le
matelas, prend le bord inférieur de la chemise avec les deux
mains et il tire dessus en remontant le long du lit. Peu à peu,
le tissu découvre le corps nu de la femme, les jambes
énormes, gonflées, rougies, recouvertes de croûtes de blessures infectées ou de saletés qui sont devenues blessures,
d'énormes couches-culottes pleines de gaze, d'excréments,
d'urine rance, de la chaleur d'aines constamment enflammées, un ventre comme une outre pleine de cellules pourris-
santes cherchant à fuir sur le lit déformé. La chemise s'arrête,
pudibonde, sur les seins, et les mains du pianiste saisissent
le bord des couches et les font glisser, libérant les gazes
souillées et une puanteur qui trouble à peine le visage hiéra-
tique de l'homme. Il retire le tout avec précaution pour éviter
que le paquet ne se répande par terre et le laisse tomber
dans un seau d'étain où il fait un bruit de mort mouillée.

Avec l'éponge, il absorbe les dernières adhérences, d'un geste léger, expert, afin de ne pas blesser la peau irritée. L'éponge rincée et bien humidifiée, il nettoie sans crainte les jointures du corps immobile tandis que l'eau imbibe l'alaise. Le pianiste sèche à présent le corps propre avec une serviette qui sent encore le savon à l'eau de Cologne que Teresa, quand elle était en bonne santé, glissait toujours dans le linge. Le pianiste le garde comme la trace d'un passé meilleur.

« Tu es mieux ? Pas vrai ?

Maintenant, entre les mains de l'homme vibre un tube de pommade qui finit par lui lâcher sa marchandise sur les doigts et il l'étale sur les chairs endolories sans qu'un seul coin échappe à sa vigilance. On dirait que les doigts sensibles envoient une onde de bien-être jusqu'aux fins fonds de la souffrance, et le visage tendu de la femme reprend une certaine placidité humaine ; la plainte est désormais un grognement aimable et la fente des yeux s'ouvre, montrant une pupille bleue de poupée brisée.

« Tu es mieux ? Pas vrai ?

Il finit de la déshabiller en posant les bras morts sur l'oreiller, ôtant complètement la chemise par-dessus les deux seins qui ressemblent à des ventres aux nombrils enfoncés. Il jette le vêtement usagé par terre et en tire un autre d'une armoire, le même, mais en bleu.

« Je te mets la bleue ! Tu la préfères, pas vrai ?

Les veines de ses poignets gonflent et il est pris de chaleur lorsqu'il rhabille le corps, et lorsque, enfin, il arrive au bout de l'opération, il se laisse tomber sur la femme et il reste là à attendre que se calment les battements de son cœur, satisfait des bonnes odeurs qui émanent de cette montagne de chair. Il se relève pour s'asseoir sur le bord du lit et choisir le flacon de comprimés. Il en prend quatre et les introduit un à un entre les lèvres mi-closes, puis c'est le tour d'un verre à moitié plein d'eau qu'il renverse dans les mystérieux abîmes intérieurs de ce corps muet. Ni plainte, ni grognement, désormais une respiration haletante, des battements de cils.

« Maintenant, je vais te lire les nouvelles, et toi tu essayes de t'endormir.

Le pianiste va chercher le journal qu'il transporte dans le fin fond des poches de sa gabardine, il revient d'une démarche lasse comme si ses rythmes vitaux étaient à bout. Il se rassied au bord du lit.

« Schultz assure que les États-Unis vont reprendre les discussions constructives avec le Nicaragua. Felipe Gonzalez a transmis en janvier dernier à Pujol un rapport officiel sur la Banque catalane. Le Premier ministre sud-africain s'est entretenu avec Margaret Thatcher lors d'une brève visite au Royaume-Uni. Un appel téléphonique de l'épouse de Sakharov fait craindre pour la vie du dissident soviétique. L'Irlande accueille Reagan en protestant contre sa politique en Amérique centrale. Tu dors ?

Un grognement précipité, urgent.

« Ne t'en fais pas. Je vais continuer à lire, jusqu'à ce que tu t'endormes. Les travaux de recherche de la commission d'enquête sur les disparus d'Argentine ont pris fin. Le pacifisme norvégien cohabite avec l'OTAN. Gonzalez affirme que toutes les voies d'accès à l'autonomie ne seront pas identiques, même si on ne peut pas non plus s'attendre à dix-sept modèles différents. Teresa ?

Le silence s'est emparé du corps qui respire tranquillement. Le pianiste plie le journal, s'appuie de tout son corps sur le papier froissé par ses mains, il pense ou il attend que s'approfondisse le sommeil de la femme, ensuite, il se relève, il scrute son visage ; cinq heures sonnent à l'horloge voisine, il quitte l'alcôve, il avance vers le bruit des cloches, il ouvre la porte, et la lumière découvre une petite chambre dans un ordre parfait. Rayonnages en bois pour livres serrés, reproductions de *la Madone* de Munch et de *A Tabarin* de Rouault, un Schimmel adossé à une cloison sur laquelle est fixée une carte des pays catalans et de la prétendue *Icarie* de Cabet, éditions des cartes Taride, Paris, 1935. Sur un panneau en liège, des coupures de journaux jaunies, des gravures de *la Vanguardia*, Luis Doria, différentes époques, des prix, des trophées, des concerts aux Nations unies, au Prado, devant Charles de Gaulle, à Salzbourg, quelques gros titres : « Luis Doria : La musique a cessé de faire la pute. Vive l'amour libre ! »

Le pianiste déploie un lit pliant et l'on aperçoit la literie déjà toute prête. Il hésite et décide de revenir sur ses pas, de récupérer les restes et les ustensiles de toilette, de les remettre à leur place pour la prochaine séance, dans le milieu de la matinée. Il reprend la cuvette, la remplit d'eau et la pose sur le Butagaz. Au-delà de la fenêtre, une autre fenêtre, la même, en vis-à-vis, d'autres rêves de voisins trop vieux comme eux ou trop jeunes, si jeunes qu'ils n'ont pas de visage et ne demandent pas à avoir une place dans la mémoire d'autrui. Il chauffe l'eau dans une bouilloire et la mélange à celle de la cuvette. Il retourne à son refuge, la cuvette à la main. Sur une étagère, il prend un porte-savon dont il extrait une savonnette verte, à moitié utilisée, fraîche, parfumée. Il retrousse ses manches et se lave les mains, les bras, comme pour un exercice de prophylaxie. Le visage. Ensuite, il se déchausse. Il pose la cuvette par terre et plonge dans l'eau savonneuse ses pieds torturés comme des sarments. Il ferme ses petits yeux avec jouissance et, lorsqu'il les ouvre, il surprend les premières lueurs du jour sur la façade d'en face, l'enseigne de la pharmacie, le vrombissement d'une voiture qui démarre, les bruits du jour et, à droite, le visage irrité de Luis Doria sous le titre : « La musique espagnole, c'est moi. » Il s'allonge sur son petit canapé soigné avec taie d'oreiller en dentelle, le pianiste, et il s'enfonce dans un demi-sommeil à peine trahi par ses lèvres qui prononcent :

Le cadavre exquis boira le vin nouveau*.

II

Voilà le beau temps qui revient. On remarque ça quand on commence à voir des cerfs-volants sur les terrasses. Regarde celui-là. Sûr qu'on le manipule de l'une des terrasses de la rue San Clemente. C'est moi qui te le dis, si j'avais un cerf-volant je partirais d'ici en courant et en sautant d'une maison à l'autre, je ne m'arrêterais pas avant la place du Padró. Là, oui, on respire. Putain. Jamais tu t'arrêtes ?

L'autre trottine sur les carreaux brûlés de soleil, maculés d'urine, couverts de crottes de chiens séchées entre lesquelles il slalome et danse pour travailler les muscles des jambes, muscles d'acier, se dit en lui-même Andrès qui le regarde sauter, bondir, faire des esquives comme pour s'attaquer à son ombre.

« Tu vas te ramasser la crève à t'entraîner comme ça en ne mangeant que ce que nous donne le rationnement, Young. Arrête-toi un peu, merde, Young.

Mais Young, Young Serra, champion « gant d'or » des poids coq de Barcelone, sautille autour d'Andrès et fait même mine de le frapper, il approche son poing à deux centimètres de son menton.

« Un de ces jours, tu vas vraiment me cogner.

Dans le lointain, le trapèze des hauteurs de Montjuich, son château, trop éloigné pour que les salves des dernières exécutions arrivent jusqu'à la ville. C'est aussi le haut lieu d'où partent les coups de canon qui soulignent désormais toutes les fêtes politiques. 26 janvier, jour de la Libération de Barcelone, 1er avril, jour de la Victoire, 18 juillet, jour du Soulèvement national, 4 octobre, la Saint-François, patron de Son Excellence le chef de l'État, 12 octobre, fête de la Race...

« Tu n'aurais pas gardé un journal par hasard ?

Young montre ses mains tandis qu'il continue à sauter d'un pied sur l'autre.

« Donne-m'en un quand tes parents viennent de les distribuer.

Juste en dessous, les trois cheminées : le Paralelo, la Fabrique de gaz, la Canadienne. Don Frutos, le vieux professeur de la rue de la Cera, leur parlait des grèves de 17 et des charges de la police sur le Paralelo. Eux, étrangers encore à ces rôles de guerriers, de tueurs, de morts, de vainqueurs et de vaincus qui les attendaient, il leur semblait que c'était un fragment fascinant de la mémoire.

« Young. Je suis en train de me fabriquer une radio à galène, et, quand je commencerai à travailler comme chauffeur, j'économiserai pour m'acheter un vrai poste. J'ai un ami, tu le connais, Quintana, qui écoute tous les soirs Radio-Pyrénées et Radio-Paris. Ici, on n'est au courant de rien.

Ensuite, les toits de tuile tout proches, et les terrasses qui descendent le long de la colline jusqu'ici, à mi-chemin de la mer, comme des couronnes posées sur la vieille ville, des couvercles sur une vie prise entre mémoire et désir, des prétextes pour descendre dans l'étroitesse des rues qui, naissant aux anciennes murailles, plongeaient dans le Barrio chino, à la recherche du cœur pervers de la ville portuaire.

« Au camp de concentration, j'ai connu quelqu'un qui avait voyagé, il était allé à Paris, et il m'a dit : L'entrée dans Barcelone par la Diagonal est comparable à l'entrée dans Paris par les Champs-Élysées. Si ma mère n'était pas veuve, je te jure que je ne resterais pas une minute de plus dans ce putain de pays. Je partirais en France, en Belgique ou au Brésil, le pays de demain. Ce coiffeur qui était aussi un ami de Quintana me le disait bien, ce type qui s'est retrouvé avec trois doigts en moins à la main droite à cause d'une infection. Il avait un peu mis sa femme sur le trottoir, il préférait faire le maquereau que le merlan, il levait pas mal le coude, en fait, il n'a jamais été vaillant. Il est parti au Brésil et il m'a envoyé une photo il y a quelques jours, on le voit sous un palmier, avec un chapeau de paille, sur une plage, et, à côté de lui, sa femme, riant aux anges dans son maillot deux-pièces. On ne les reconnaissait pas. Ils souriaient et ils disaient : Allez, Andrès, laisse tomber tout ça et viens avec nous. Quelqu'un qui arrive là-bas avec l'envie de travailler se remplit les poches en deux jours, après tu viens ici en vacances, ou tu t'y installes un peu plus tard en vivant de tes rentes.

— Qu'est-ce qu'il fait comme travail, au Brésil ?

— Il est coiffeur. Mais, là-bas, il travaille comme il veut et on le paie en cruzeiros, c'est une monnaie sérieuse, et, quand il aura économisé assez, il s'achètera un salon de coiffure mixte, moitié pour hommes, moitié pour femmes. Sa femme aussi coiffait. Elle avait un joli coup de peigne. Tu vois bien. Il faut partir de ce pays de merde et commencer à vivre bien. Il suffit de les voir sur la photo pour comprendre qu'ils sont vachement bien, que c'est autre chose, qu'ils sont différents. Ils se sont débarrassés de tout ça. Tu pars ou tu crèves. Parfois, je vais de ce côté-ci, vers la rue de la Cera et le cinéma Padró et je m'imagine que je suis là-haut avec une mitrailleuse, et tous les fachos d'Espagne défilent dans cette rue, et moi ratatatatata, j'en laisse pas un debout et je me sens bien, soulagé. Si un jour tu me trouves grimpé ici en train de mitrailler avec la bouche, ne fais pas attention. C'est que je me soulage.

— Ratatata ta tata...

Le boxeur l'imita, se retournant contre des ennemis.

— Non, Young, non ça ne m'étonne pas toute cette agressivité. Ils n'ont pas réussi à nous faire devenir des moutons à coups de trique. Tu as appris l'histoire de Miracle ? Qui aurait pu croire ça. On aurait dit une mouche morte. Miracle, le fils de Mme Catalina, la veuve du type à cheveux blancs ondulés. Je me le rappelle à la fin de la guerre, avec son pantalon de golf. Toujours tirés à quatre épingles, les Miracle, parce que le père était comptable je ne sais plus où. Le type, ils l'ont quand même tué, avec une bombe, ici, près de la place du Padró. Moi, je les connaissais à peine. C'était des gens comme ça, comment te dire, un peu fiers. Il n'y avait qu'à les regarder s'habiller pour voir qu'ils étaient différents. Et, dans ce monde de barbares qui est le nôtre, on aurait dit qu'ils sentaient meilleur. Je me rappelle le fils Miracle, pendant une permission, quand je suis rentré du front, la seule permission que j'ai eue, parce qu'après ça ils m'ont pris. Je me le rappelle. Un môme. En pantalon de golf. Plus tard, en rentrant du camp de concentration, je l'ai revu un jour. Quel changement. Grand, très mince, myope. Il portait des lunettes avec des verres épais comme des culs de bouteille. Eh bien, ils l'ont tué, Young. Il était parti en France il y a quelques mois. Il a suivi un entraînement à Toulouse, puis il est revenu avec un groupe du maquis de Facerias, et ils l'ont descendu à peine il avait franchi la frontière. Tu te le rappelles ? Tu te rappelles Miracle ? Parfois, je pense que c'est mieux de mourir comme ça. Qu'ils te tuent s'ils peuvent, mais toi tu as ta mitraillette entre les mains et avant tu en descends un tas. Miracle. Qui l'aurait cru.

Piquets gris cuits à la pluie et au soleil, étendoirs à linge, cheminées ébréchées, balustrades vaincues par l'érosion, toits patinés par cent ans de fraîcheur nocturne, mais ça, c'était déjà un autre paysage ; leur terrasse à eux était entourée de garde-fous arrivant à mi-corps, sol de briques, deux cubes de ciment couronnant les escaliers des deux maisons voisines, la cahute des réservoirs d'eau qui gargouillaient comme des ventres vides, d'un côté la rue de la Botella, pointant vers la rue de la Cera Ancha, introduction à la rue de la Cera Estrecha, de l'autre la cour intérieure d'où s'élevaient les bruits des machines à coudre, confection industrielle, culottes, chemisettes, combinaisons pour dames et demoiselles, radios, disques à la carte. *El Sitio de Zaragoza, Tatuaje, la Bien Pagá, la Chaqueta blanca, Ay señor Colón*, ou des voix en direct de femmes lyriques.

> *No me quieras tanto.*
> *Ni llores por mí.*
> *No vale la pena*
> *Que por un mal cariño te pongas así* [1].

— Ça, c'est ma sœur. Elle chante parce que mon beau-frère n'est pas encore rentré du boulot. C'est un type amer, et, dès qu'elle chante, il fait la gueule. Il est sorti de prison avec cette amertume, et il empoisonne la vie de tous ceux qui l'entourent. Tu as déjà vu rire mon neveu ? L'autre jour, je l'ai emmené au Tibidabo pour qu'il joue avec les machines à sous. J'ai dépensé les vingt-cinq pesetas que j'avais gagnées en faisant le coursier avec le triporteur pour la Sopena. Attention avec le vélo, petit, que si tu te casses la figure ton père va encore me demander des comptes. Ce vélo, c'est moi qui le lui ai fait.

Un vélo à trois roues, trois arcs de métal, une plate-forme en bois en guise de siège, d'où partent les axes des roues et sur laquelle est fixé le guidon.

« Je le lui ai fait presque sans outils. Il ne tourne pas très bien, mais le gamin sait très bien s'en servir.

---

1. Ne m'aime pas si fort, / Ne pleure pas pour moi. / Ça ne vaut pas la peine / Que pour un mauvais amour tu te mettes dans cet état.

Le petit fait des tours et des tours autour d'un chien
endormi qui de temps en temps ouvre un œil pour surveiller
le véhicule.

« Ici, sur la terrasse, il s'amuse et il se libère de toutes ces
saloperies que les bonnes sœurs lui filent dans le crâne. Mon
beau-frère, il a des couilles. C'est un rouge depuis toujours.
La prison. Et voilà qu'il fourre mon neveu dans une école
religieuse tenue par les sœurs de Saint-Vincent-de-Paul,
parce que c'est gratuit, c'est la Caisse d'épargne. Mais pour
ce qu'on lui apprend... Oui, on leur apprend à prier. Et tu
sais quel livre on leur a donné à lire ? *Fabiola*. Un livre de
martyrs, de curés et de Romains. Dis à Young qui c'est
Fabiola, petit.

— Une sale pute.

Répond l'enfant sans cesser de pédaler et sans émotion
apparente. Young saute à présent dans l'attente d'une corde
imaginaire.

— Et la corde ?

— Ma mère l'a prise pour réparer la persienne. Celle
qu'il y avait était pourrie.

— Ça doit leur plaire à tes parents, cette passion. Eux ils
vendent des journaux toute la journée, et toi, pendant ce
temps, tu te bats avec ton ombre.

— Un jour, je serai champion d'Espagne ou du monde et
je lui achèterai un vison.

— A qui tu vas acheter un vison ?

— A ma mère. A mon père, ce sera une voiture. Et ils
auront une bonne. Ou, mieux, des serviteurs.

— Si ça se trouve, ça va marcher pour toi.

— Toi, tu pourrais être mon chauffeur.

— Je passe le permis la semaine prochaine. Si on me le
donne, mec, ma carrière commence. D'abord, je serai chauffeur particulier d'un monsieur de Pedralbes, pour me
former. Mais après j'irai en France, ou au Brésil. Avec un

permis de conduire, on peut aller n'importe où. Tu te souviens de Sebas, le coiffeur pour dames ? Il a laissé tomber la
coiffure, il a passé son permis et maintenant, il est taxi à
Paris et cours-y derrière. La seule chose qui m'emmerde,
c'est l'uniforme. Tant d'années à le porter de force, avec ce
que ça me dégoûte l'armée. Tu sais, quand je rencontre un
militaire dans la rue, je change de couleur. L'autre jour, je
descendais les Ramblas et, en arrivant porte de la Paz, j'entends le clairon qui sonne le baisser des couleurs, et tout le
monde immobile dans la rue, comme si nous étions tous
morts sur pied, en train de saluer, la main tendue. Morts sur
pied, comme le personnage d'*el Borracho*[1] de Roberto Font,
qui est mort assis sur sa chaise. Il a fallu l'enterrer comme
un 4, assis à l'avant de la voiture, à côté du cocher.

Le couple Baquero passa sa double tête par la porte de
l'escalier et avança lentement, les pieds torturés par de
vieilles et mystérieuses cruautés, hochant la tête de-ci de-là
en guise de salut. Ils regardaient vers le soleil couchant en
souriant, chacun portant son tabouret de bois et paille. Ils
s'installèrent sous le mur de séparation entre le 9 et le 7 de
la rue de la Botella. Ensuite, ce fut le tour de Ofelia et
Magda, et le cœur d'Andrès se serra comme une éponge
pressée et abandonnée. Ofelia avait dégrafé les trois premiers boutons de son chemisier et Magda, en s'asseyant par
terre, laissa voir une cuisse brune que le regard devinait
douce et à point comme une peau de pêche.

— Je ne sais pas comment tu résistes, avec deux filles à
la maison.

— Pour moi, les sous-locataires, c'est sacré. Ma mère me
l'a dit cent fois. Si tu dois faire quelque chose de mal, va le
faire loin de la maison, parce que, si un jour il me faut
choisir entre mes sous-locataires et mon fils, et que tu es

1. L'ivrogne.

dans ton tort, c'est toi qui files. Maintenant, il y a un nouveau.

— Un nouveau quoi ?

— Sous-locataire. Un type vraiment étrange. Il est arrivé
avec quasiment tout ce qu'il avait sur lui, et on dirait qu'il
débarque d'une autre planète. Il pose des questions sur tout.

— Qu'est-ce qui t'étonne ? Il doit sortir de prison ou
venir de l'étranger, comme la moitié des Espagnols.

— Quelque chose comme ça. Au début, ma mère se
méfiait parce qu'il passe des heures seul dans sa chambre.
Va-t'en voir quel plaisir il peut trouver dans une chambre et
dans un appartement éclairés par des ampoules de 15 watts
couvertes de chiures de mouches.

— A la maison, on va bientôt mettre l'électricité. Pour le
moment, on s'arrange avec des bougies, des lampes à huile
et à pétrole. Mon beau-frère dit que les premiers sous qu'il
va économiser seront pour faire installer l'électricité et ma
mère qui se demande pourquoi, nom d'un chien, puisqu'on
ne l'a pas eue de toute notre vie, on en aurait maintenant.
Avant la guerre, on avait l'éclairage au gaz, mais j'ai dû aller
vendre le plomb pour gagner quelques sous et de quoi
manger. Il vient d'où, ton sous-locataire ?

— Il a l'air catalan. Tu le verras. Je lui ai dit de monter
ici prendre un peu l'air et il a été très étonné que nous
montions à la terrasse tous les après-midi.

— Pourquoi on monte ici, au fait ? Peut-être pour ne pas
descendre dans la rue. Tu n'as pas cette impression ? Il me
semble que je vis dans un pays qui n'est pas le mien depuis
qu'ils sont là, « eux ». Regarde, regarde-moi celle-là, en train
de fumer.

Ofelia allumait une cigarette à une petite flamme que lui
tendait Magda. Elle retint la fumée et la rejeta comme Vero-
nica Lake dans un film dont Andrès ne se rappelait pas le
titre. Petite et rondelette, Ofelia avait des cheveux bruns per-

manentés par Pepita, la coiffeuse du 14, une des gloires de
l'escalier, avec le perroquet de l'entresol et M. Matias, cava-
lier à la fête des Tres Tombs[1]. La façade du 14 avait aussi de
la personnalité, grâce aux plantations que Mme Lola,
l'épouse de l'écuyer, avait commencées sur son balcon et que
les autres voisins avaient poursuivies du bas de l'immeuble
vers le haut, jusqu'à la splendeur des plantes élevées par
Celia et ses filles sur leur petite terrasse. Au pied du 14, il y
avait Pepa, la reine de la tombola, assise sur sa chaise, les
billets de loterie accrochés à son tablier blanc impeccable,
annonçant le tirage du jour. Elle était en concurrence avec
les vendeuses au marché noir des deux coins, Pichi, la reine
du coin de la rue de la Cera, et Mme Vero, reine du coin de
la place du Padró. Tabac blond. Pain blanc. Criaient-elles,
du matin au soir. Éléments d'un paysage humain de porteuses de paniers à moitié vides, queues d'acheteurs de pain,
femmes occupées à compter les coupons restants sur les
cartes de rationnement, marchandes des quatre saisons clan-
destines enveloppées dans des foulards imprimés, agents de
police fermant les yeux sauf un, El Chino, ce fils de pute de
Chino, qui poursuivait avec acharnement les plus vieux, tous
ceux qu'il pouvait atteindre avant qu'ils ne se perdent dans
le bas de la rue Carretas ou rue Riereta, au cœur même du
Barrio chino. Quincaillers, marchands de vaisselle, chiffon-
niers proposant à tue-tête d'acheter les peaux des lapins
élevés sur certaines terrasses et balcons, comme complément
d'une alimentation précaire, poulets, pigeons, tout sauf les
pigeons immangeables du colombier du señor Roura, un
vieux mal embouché qui dormait sur une paillasse près de
ses oiseaux pour que personne ne les lui vole la nuit, une
trique noueuse d'au moins cinq kilos près de son lit. Aussi

1. Fête annuelle traditionnelle au cours de laquelle des hommes à cheval jouent
du tambour (tombs).

mal embouché que le vieux patron de la laiterie qui ne se
rasait jamais quand il fallait et servait le lait comme si on le
tirait des mamelles de sa propre mère ; sa femme, en
revanche, la laitière, avait toujours un sourire pour les clients
et un peu plus pour le livreur de yaourts, jusqu'à ce qu'un
jour son mari les découvre. Ils étaient sortis en courant dans
la rue, à moitié à poil, poursuivis plus par les cris du mari et
la curiosité des voisins que par une peur réelle.

— Tu as entendu des cris, toi, cette nuit ? Tu es au courant pour Castells ? Ce type qui travaille dans l'équipe de
nuit, à Gracia, il habite juste en face. Il ne se sentait pas bien
et il est rentré du travail. Sa femme n'était pas là. Il était
quatre heures du matin et, elle, la voilà qui se pointe à cinq
heures, le corps couvert de pinçons. Lui, le Castells, il a fait
un scandale, et moi ils m'ont fichu en l'air mon dernier sommeil.

Young soupira tandis qu'il faisait des ciseaux avec ses
jambes et il dit, hors d'haleine :

— C'est pour ça que je ne me marie pas. Un athlète
demande beaucoup de soins.

— Tu ne te maries pas parce que tu n'as pas un rond.

— C'est vrai aussi.

— Quand je me marierai, ma femme vivra comme une
reine. Je ne veux pas qu'elle travaille jour et nuit comme ma
sœur. J'ai dit à ma mère, quand j'étais gamin, que lorsque je
serais grand, elle, elle ne travaillerait pas, et je ne suis pas
loin d'y arriver. Sans la guerre, ce serait déjà chose faite. Elle
travaille encore, la pauvre, dans la confection, comme ma
sœur. Dès que j'ai ma première voiture, je la prends et je
conduis ma mère à Castelldefels, elle n'y est jamais allée, et
à lui, à lui, je vais lui donner à manger comme un enfant doit
manger. Avec tous ces plats uniques et ces tickets de rationnement. Et encore, si c'étaient de vrais plats uniques, bien
remplis et bons. Mais non, c'est tous les jours de la bouillie

au lard, quand il y a du lard, ou des lentilles charançonnées. A la lueur de la lampe à huile, on a du mal à distinguer les lentilles des charançons. L'autre jour, j'ai mis ensemble trois ou quatre pourboires gagnés en allant porter des cartons de fils de soie sur le triporteur de la Sopena et j'ai emmené mon neveu à Las Planas avec Quintana, le coiffeur de la rue du Carmen et un de ses amis dont j'ai oublié le nom. Tu es déjà allé à Las Planas ? Quand tu arrives, au lieu d'aller vers l'esplanade ou vers la fontaine de Mas Guimbau, ou vers les tables de pique-nique près du ruisseau, tu tournes à droite après la voie de chemin de fer et tu prends un chemin jusqu'à une sorte de ferme. Et là, on te sert à manger, Young, et quel repas ! Ils n'ont pas la licence restaurant et c'est pour ça qu'ils sont moins chers pour les gens qu'ils connaissent. Du veau aux artichauts, un veau blanc, blanc comme le lait, et de petits artichauts, bien frits, qui croustillent sous la dent quand on les mâche et qui n'ont pas une seule feuille verte que tu dois cracher. J'ai emmené le petit et tu aurais dû le voir manger comme un marcassin, avec son petit corps squelettique et sa tête d'orphelin. Eh, petit. Dis-lui à Young comment il était ce veau que tu as mangé l'autre jour.

— Blanc.

— Et le pain ?

— Blanc.

— Blanc. Blanc, Young, fait avec du blé.

— Arrête un peu.

— Du pain de blé, je te le jure. La dernière fois que j'avais mangé du pain de blé, c'était en 38, quand j'avais perdu le contact avec mon régiment et que j'avançais, perdu avec quatre autres types. Dans une ferme, près de l'Èbre, on nous a donné un demi-pain blanc.

Ofelia et Magda fumaient et chantaient, souriant à une intime et secrète satisfaction :

Sombra de Rebeca,
Sombra de misterio,
Tú eres la cadena
De mi cautiverio.
Oh, Rebeca,
¡ Eterna obsesión ![1]

Les deux filles se relevèrent et dansèrent enlacées, pouffant de rire, puis du slow elles passèrent à un boogie, d'abord hésitant, puis plus enlevé, et elles finirent par couvrir la moitié de la terrasse avec de folles évolutions qui mettaient en danger leur équilibre juché sur les hauts talons en liège de leurs chaussures en faux daim.

— Allez, Young, tu ne viens pas ? Ta mère ne va pas te voir.

Le sourire de Young détendit les traits de son visage maltraité par les coups. Il montra une bouche édentée.

— C'est que je ne sais pas danser.

— Vous non plus, monsieur Andrès ?

— Guère plus, c'est vrai.

— En voilà des nigauds !

Elles poursuivirent leur fête privée sans prêter attention aux grognements du vieux Baquero : même ici il n'y a pas moyen d'être tranquille, d'échapper aux regards assassins de la vieille, fâchée parce que le vol des jupes découvrait les courbes et les fossettes des genoux. Excité par la danse, le gamin dirigea sa bicyclette vers les danseuses et commença à tourner autour d'elles, accompagné par les petits cris des filles attaquées par ce frelon sur roues. Andrès appela son neveu mais la danse était déjà finie et les femmes s'éventaient d'une main, cherchant l'air nécessaire pour leur respiration essoufflée.

1. Ombre de Rebecca, / Ombre de mystère, / Tu es la chaine / De ma prison. / Oh, Rebecca, / Éternelle obsession !

— J'ai la tête qui tourne.

— Encore quelques danses comme ça et on garderait la ligne. Young, tu les aimes comment les filles, grosses ou minces ?

— Bien en chair.

— Comme Lana Turner ?

— Moi, celle que j'aime, c'est Diana Durbin.

— Cette idiote ! Et vous, Andrès ?

— J'aime beaucoup Bette Davis comme actrice.

— Celle qui a des yeux qui lui sortent de la tête ? Quel goût !

— J'ai dit comme actrice.

— Quel est votre type ?

— Greta Garbo, peut-être, mais elle ne joue plus. Et une Italienne, Alida Valli.

— Vous en avez de ces goûts. Et vous n'allez jamais danser ?

— Non.

— Pas même au Rialto, qui est tout près d'ici ?

Les questions étaient de Magda et Andrès aurait préféré qu'elles fussent d'Ofelia, mais celle-ci était occupée à se recoiffer et à s'arranger en tirant la langue au vieux Baquero pris entre le désir d'être aimable avec la fille et la crainte de dépasser les bornes imposées par le regard sévère de sa femme. Andrès répondit par monosyllabes à l'interrogation de Magda, mais, elle, elle continuait à faire jaillir des questions de sa bouche maquillée en rouge fraise.

— Qui c'est, celui-là ? Un encaisseur ? Le procureur ?

Ils se retournèrent tous vers l'intrus ; un homme mince, de taille moyenne, aux golfes profonds dans la chevelure blonde, portant des lunettes rondes de vieille écaille patinée, qui sortait précautionneusement de l'escalier du 13.

— C'est le nouveau sous-locataire.

Young alla à sa rencontre et revint en le guidant, comme

s'il avait besoin d'un pilote pour pénétrer dans la communauté de la terrasse.

— M. et Mme Baquero, Andrès, Magda, Ofelia, cet enfant est le neveu d'Andrès, le chien s'appelle Tomy. Vous le connaissez déjà, c'est l'un des chiens de mon père. Voici monsieur...

Aucun nom ne sortait de la bouche de Young et c'est le nouveau venu qui dit d'une voix suave, de ténor léger :

— Alberto. Alberto Rosell.

— C'est ça. Alberto.

Une certaine curiosité passe sur le visage des filles, et Mme Baquero montre ses dents en or vert dans un évident sourire. Le nouvel arrivé met ses mains sur ses hanches et regarde vers tous les horizons visibles depuis la terrasse. Ses yeux vont de découverte en découverte, Montjuich, les trois cheminées, les flèches de la cathédrale. Il revient de ce voyage du regard avec un léger sourire qu'il offre à tous ceux qui ont contemplé en silence ses acrobaties visuelles.

— L'hiver, nous montons prendre le soleil. L'été, le frais.

Informe Andrès qui indique la terrasse plus élevée de chez Celia.

« Il y en a qui en ont fait un jardin, comme Celia et ses filles. Dis, Young, ce type-là, au balcon, ce n'est pas Vidal, le petit fils de Mme Pous ? Il n'était pas à l'asilo Durán[1] ?

— Il va, il vient.

— Il n'apprendra rien de bon, là-bas.

Le nouvel arrivé respire comme s'il était en haut d'une montagne, il tire énergiquement ses bras en arrière, augmentant ainsi sa capacité thoracique pour recevoir plus d'air, et sans mot dire il commence un tout aussi énergique tour de terrasse à grandes enjambées.

---

1. Sorte de camp de concentration pour les enfants de parents républicains disparus pendant la guerre civile.

— Il fait pareil dans l'appartement. Il dit que c'est pour activer la circulation.

Il revient de sa course, réintègre le groupe, il attend que les autres aient quelque chose à se dire ou à lui dire.

— Vous êtes arrivé tellement silencieusement que vous nous avez fait peur.

Alberto Rosell sourit en guise de réponse à Ofelia.

— Ce ne sont pas des temps pour se pointer comme ça, comme un fantôme. Il y a quelques jours, on a volé tous les draps de lit étendus sur les terrasses de la rue Riereta et, place du Padró, on a enlevé un enfant pour le mettre à mendier sur le trottoir ou pour lui boire le sang.

— Un enfant ?

— Oui. Un enfant. On dit que c'est un coup des tuberculeux. S'ils sucent le sang d'un gosse, ils guérissent. Ils les prennent aussi pour les faire mendier dans la rue. On a fait une prison pour pauvres à Montjuich, dans le palais des Missions. Mais il continue à y avoir plus de pauvres dans les rues qu'en prison.

Andrés étudiait les réactions de Rosell devant le flot d'informations de la fille. L'homme écoute, concentré, faisant un grand effort pour comprendre, et de temps à autre, si son cerveau repousse une idée inconcevable, ses yeux s'écarquillent à la mesure du doute.

— On a volé les manteaux des neveux d'une amie cet hiver, vous vous imaginez, des manteaux neufs, par les temps qui courent. Un jeune couple leur avait proposé de faire la course pour voir qui allait gagner. Laissez-nous vos manteaux pour pouvoir courir mieux. Ils se mettent à courir et, quand ils reviennent, il n'y avait pas plus de couple que de manteaux.

— On ne peut ouvrir sa porte à personne.

Répète plusieurs fois le vieux Baquero sans quitter son siège.

« L'autre jour, une pauvre femme est venue, couverte de merde, sauf votre respect, elle portait un enfant, et elle a demandé quelque chose à manger. Moi, sans ouvrir la porte, je lui ai dit à travers le judas d'aller m'attendre dans l'escalier. J'ai vu qu'elle s'asseyait sur les marches et j'ai entrouvert la porte, juste assez pour poser une assiette de riz par terre avec une cuiller. J'ai refermé et par l'œilleton j'ai vu qu'ils mangeaient. Ils ont laissé l'assiette et la cuiller à la même place et, quand j'ai vu qu'ils étaient partis, je suis sorti et j'ai récupéré l'assiette. C'était un cas de nécessité, ils avaient très faim, très très faim pour manger ce riz qui était resté plusieurs jours dans le garde-manger et qui commençait à sentir un peu. Tu l'avais réussi.

— Il n'y avait pas grand-chose dedans. Un roux et quatre sardines.

La femme montrait les mains avec lesquelles elle avait réalisé ce miracle.

« Je l'avais gardé pour moi, mais il puait un peu.

— Eux, ils l'ont bien mangé.

— Quelqu'un a vu le banquet qu'a fait l'autre jour la coiffeuse du 14 ?

Ofelia rêvait le banquet tout en le décrivant :

« Ils avaient dégotté un litre d'huile d'olive, de la meilleure, je ne sais pas qui leur avait apporté, ils en ont mis la moitié dans un saladier avec du sel et du poivre, et les deux sœurs et la mère se le sont mangé avec deux baguettes de pain.

— Un demi-litre d'huile ?

— Avec du sel et du poivre doux. J'en ai l'eau à la bouche.

— La bonne huile est un luxe. Moi, j'en ai même oublié l'odeur. Il suffit de renifler les fumets qui montent des poêles par les cours intérieures, cette graisse rosâtre. Même les oiseaux meurent de la respirer.

Andrès ajoutait son grain de sel à l'histoire, il se bouchait le nez tel un oiseau prêt à se suicider dans les mauvaises odeurs.

— Ma sœur va parfois jusqu'à Sainte-Eulalie acheter du riz et de l'huile au marché noir, mais ce n'est quand même pas de l'huile d'avant guerre, l'huile des temps normaux.

— Nous, nous étions très jeunes avant la guerre, mais dans notre village nous prenions de l'huile, nous piquions des croûtons sur des tiges de roseaux et nous les trempions dans le pot d'huile vierge pour qu'ils ramollissent et nous les mangions bien imbibés. Quel régal. L'huile nous gouttait sous le menton. On avait une impression d'abondance.

— Vous venez d'où ?

— De Jaen.

— Vous n'avez pas l'accent.

— Nos parents sont venus à Barcelone à l'approche des nationaux et nous y voici. Elle, c'est ma cousine.

Magda assuma le fait d'être la cousine d'Ofelia, mais elle se désintéressa de l'histoire, elle se dirigea vers le garde-fou de la rue de la Cera. Le soleil se couchait et de la rue montaient des percussions de mains gitanes sur les tabourets du bar Moderne.

— Ça commence !

Cria Magda depuis son observatoire, et Ofelia courut vers elle, suivie d'Andrès, de Young et de l'enfant qui avait abandonné sa bicyclette.

— De quoi s'agit-il ?

Demanda Rosell au vieux Baquero.

— Les gitans de la rue de la Cera. Tous les après-midi, c'est le bordel.

— Ils se battent ?

Rosell avança et se plaça derrière les deux couples dans le seul angle de la terrasse d'où l'on pouvait voir la porte du cinéma Padró, celle du bar Moderne, le trottoir, les tabou-

133

rets, les allées et venues tapageuses des gitans, la photo s'interrompant à droite sur une rangée de sacs blancs disposés devant un magasin.

— Qu'est-ce que c'est, ces sacs ?

— Du fourrage pour les chevaux.

Un gamin gitan essayait de faire partir le feu de la fête avec ses pieds nus sur le trottoir et le claquement de ses petits doigts, mais ils attendaient tous que les vrais artistes, se débarrassant de leur timidité initiale, ou se sentant vraiment attendus, déchaînent le génie de la danse. Ce fut une femme tout en chair et en cheveux qui s'élança dans la rue, les hanches en mouvement et les bras comme deux colonnes dressées vers le ciel, suivie par un homme décharné avec des favoris en fer de hache. Les acclamations devinrent une houle autour d'eux tandis que les mains se multipliaient sur les tabourets en un tam-tam qui accompagnait le va-et-vient des corps. Une voix nasale naissait, dense, dans la profondeur de la rue, elle leur parvenait, étouffée, brisée, comme du fond d'une mer gazeuse.

> *La niña de fuego*
> *Te llama la gente*[1].

Les deux cousines, ravies, tapaient dans leurs mains et Andrès fronça le nez. Young contemplait le spectacle tout en faisant travailler ses biceps. L'enfant était parti tout seul dans un coin, il dansait une parodie enfantine de flamenco sans autre public que le chien perplexe et renifleur.

— Qu'est-ce qu'ils chantent ?

— Vous ne connaissez pas ?

— Non.

— C'est une chanson à la mode...

— Ça fait très longtemps que je ne suis plus à la mode.

1. On t'appelle / La fille de feu.

134

Dit Rosell en s'excusant. Andrès opina et, d'un geste, l'autre l'invita à poursuivre ses explications.

— C'est *la Niña de fuego,* une chanson de Manolo Caracol dansée par sa femme, une gitane qui s'appelle Lola Flores.

— Ce sont eux, là ?

— Non. Ce sont deux imitateurs. Ils ont leur propre troupe. Ils sont venus à Barcelone il n'y a pas très long-temps.

— Ah.

— Ce n'est pas que je n'aime pas, mais je préfère un autre genre de musique. Mozart, par exemple. Et Beethoven. Et l'opérette. *Le Bal de Luis Alonso,* c'est sublime. Albéniz. Je suis en train de me faire une radio à galène pour pouvoir écouter de la musique. A la maison, on n'a pas encore l'électricité. Vous aimez l'opérette ? Parfois, je me glisse dans la claque du Victoria et, en un après-midi et une soirée, je vois six ou sept opérettes. Il n'y a pas longtemps, Emilio Vendrell est passé avec *Doña Francisquita.* On le laisse à nouveau chanter. Il a été interdit quelques années, comme le maestro Lamote de Grignon. Vous avez entendu parler de lui ?

— Oui.

— Il a été exilé à Valence. Il y est peut-être encore. Moi, j'allais aux concerts populaires de Lamote de Grignon avant la guerre et même pendant. J'adore la musique. Il me semble que c'est la chose la plus sublime que les hommes aient faite.

Rosell hésita, avala sa salive et finalement ses yeux de Suisse se perdirent dans un coin de la terrasse. Ses lèvres dirent :

— Je suis musicien.

— Non !

— Si. Je suis musicien. Je crois que je suis encore musicien. J'étais musicien, en tout cas.

— Young, M. Alberto est musicien !

Le boxeur regardait son pensionnaire de haut en bas, comme si son corps démentait sa profession.

— Vous jouez de l'accordéon ?

— Ne sois pas bête, Young. M. Alberto doit au moins jouer du violon ou du piano.

— Du piano. Je suis pianiste.

— Tu vois ?

— J'étais pianiste.

Rosell fait bouger ses doigts dans le vide, à la recherche de touches aériennes.

— Merveilleux. Je donnerais la moitié de ma vie pour savoir jouer du piano, je vous le jure.

Les yeux d'Andrès débordaient de rêve et d'admiration.

— Moi aussi. Je n'ai pas de piano. Celui que j'avais chez mes parents a disparu.

Rosell se mit à rire.

« Eux aussi ont disparu, bien sûr.

Et, comme s'il se parlait à lui-même :

« Tout comme la maison.

— Vous jouiez dans un orchestre à la mode ?

Demande Young.

— Pas exactement.

— Voyons, monsieur Alberto. Si on vous met devant un piano et qu'on vous demande : jouez-nous *la Lettre à Élise,* par exemple, vous sauriez la jouer ?

— Je crois que oui. C'est un morceau de débutant. Comme les *Polonaises.* Ça fait six ans que je n'ai pas joué, mais je crois que je saurais.

— Et *Sous les ponts de Paris* ou un autre refrain ?

— Peut-être. J'en ai quelques-uns en mémoire. Mais, bon. Il y a des partitions. L'important, c'est le piano.

— A queue ?

— C'est égal. L'important, c'est que je me refasse la main.

L'ombre d'un mystère s'est installée entre le pianiste, Young et Andrès. Ces six années durant lesquelles le pianiste ne l'a pas été.

— Vous étiez en prison ?

— Ça se voit ? Je suis sorti il y a une semaine. De San Miguel de los Reyes. Mais j'en ai fait cinq ou six. Même à Barcelone, à la Modelo, pour le jugement.

Andrès fait un clin d'œil à Young.

— Je le lui avais dit à celui-ci. Il y en a quatre qui viennent d'en sortir depuis peu, dans cette rue. Moi-même, j'ai été dans un camp de concentration. Mon beau-frère est rentré de Belchite il y a six mois. Et, l'autre jour, j'ai vu Juanito Cots.

— Tu as vu Juanito Cots ?

Il y a de l'admiration et de la crainte dans le premier geste hors gymnastique que se permet Young.

— Oui. D'abord, je n'en croyais pas mes yeux, comme toi. On le croyait mort à la guerre ou exilé. Sa famille ne savait rien de lui. Et, soudain, le revoilà. Les nationaux l'avaient pris alors qu'il était dans la colonne Durruti. Il était un des premiers volontaires de la rue Botella.

— Et de Barcelone. On a parlé de lui dans les journaux.

— Un exalté.

— Avec des couilles au cul.

— C'est là qu'il faut les avoir.

Dit Andrès en se montrant le front.

— Cots faisait des choses qui ne me plaisaient pas, comme l'assaut du collège Saint-Louis-de-Gonzague, et ensuite brûler les livres de don Isidoro, le directeur, au milieu de la rue du Carmen. C'étaient des livres réacs et de droite, mais, les livres, ça se respecte. En plus, il roulait toujours sa caisse avec sa salopette bleue et son flingue à la ceinture. Et votre fils, il part pas comme volontaire ? demandait sa mère à la mienne. Mon fils partira quand il le faudra.

Et quand il m'a fallu partir, je suis parti et j'ai fait mon
devoir comme lui. L'autre jour, je l'ai vu et il a tourné la tête,
pour ne pas me parler. Il n'est pas reconnaissable. Il a pris
trente ans. Les cheveux entièrement blancs. Il s'entendait
très bien avec celui qui habitait en dessous, juste sous la
terrasse, Cansinos, un type de la FAI[1], un gros bonnet, un
de ceux qui ont fait le coup de feu au couvent des Escolapios
en mai 37. Il est parti en France en 39 et il est mort en
Belgique sous un train. Sa veuve vient parfois à la maison
parce qu'elle était amie avec ma sœur. Quand cette racaille
est entrée dans la ville, comme ils ne pouvaient s'en prendre
au mari, ils l'ont prise, elle, et ils l'ont gardée je ne sais
combien de mois, ils lui ont envoyé de telles raclées qu'ils lui
ont démis une vertèbre. Ce sont des salauds. Ils pourraient
vivre mille vies que ce ne serait pas suffisant pour payer tout
le mal qu'ils ont fait, qu'ils font et qu'ils feront.

Une tête de femme brune, les yeux cernés et un nez semblable à celui d'Andrès, apparaît à l'entrée de l'escalier.

— Bonsoir. Et le petit ?

Le bonsoir s'adressait à la cantonade, la question sur l'enfant à Andrès, et le gamin en voyant la tête de sa mère est
parti en courant se cacher derrière les réservoirs d'eau.

— Viens ici ! Ton père va arriver et il va te demander de
lui réciter ta leçon. Tu crois que ce sont des heures pour que
le gamin tourne en rond sur la terrasse ?

— Ici, il est à l'air.

— Viens immédiatement, ou alors je prends ma sandale.

Elle ne le fit pas, intimidée par la présence de l'étranger.

« Allez, viens, viens vite. J'ai une patate douce toute
chaude pour toi.

Le gamin s'approcha de sa mère et de l'escalier d'un air
décidé. Mais il promit un « Je reviendrai » qui irrita la
femme.

1. Fédération anarchiste ibérique.

138

— Tu reviendras ? Mais pour qui tu te prends, toi, pour dire que tu reviendras ? Tu vas voir ton père !

Andrès hausse les épaules lorsque sa sœur disparaît. Ignorant l'incident, ils sont tous penchés vers le coin de rue magique où dansent les couples qui se sont multipliés, et le carrefour est une scène improvisée sous la lumière des réverbères fraîchement allumés et les dernières lueurs du couchant. Un rythme précis unit les mains qui frappent les tabourets, les corps contorsionnés comme des médiums du rythme. Les lèvres de Rosell fredonnent l'échelle tonale monotone sur laquelle se meut la musique.

— Ils dansent bien !

Ofelia crie presque, les yeux brillants. De dos au spectacle, Andrès contemple les deux Baquero tranquillement assis. Muets. Regards obsessionnellement fixés sur les dessins rectangulaires des pavés, soir après soir.

— Andrès !

La voix brisée de la femme monte dans la cage d'escalier, elle poursuit :

« Quintana !

Et, presque en même temps, débouche sur la terrasse un homme jeune et chauve, le bas des pantalons fixés sur les mollets par deux pinces métalliques. Il porte un tas de livres sous le bras.

— *Las Siete Columnas*[1] !

Annonce-t-il, et à son invitation Andrès accourt. Quintana lui montre un livre après l'autre et il les pose un à un par terre à ses pieds, il en garde un seul à la main et le lève vers les cieux.

« Bordel de Dieu !

En extase, Andrès attend que Quintana finisse de consacrer le livre et le remette à sa portée. Andrès le lui arrache par surprise et le tend à Rosell.

1. *Les Sept Colonnes.*

139

— *Las Siete Columnas !*

Rosell prend le livre, déconcerté. C'est une vieille édition qui sent l'humidité, la poussière s'est solidifiée sur le bord des pages et, pour toute illustration, il y a une frise soutenue par sept colonnes et le nom de l'auteur, Wenceslao Fernández Flórez.

— Vous connaissez Wenceslao Fernández Flórez ?

— A peine.

— Quintana. Ce monsieur est musicien. C'est l'écrivain que je préfère, et je ne regrette qu'une seule chose, c'est qu'il soit devenu facho et qu'il collabore avec cette racaille en disant du mal de la République. Mais ce roman est sublime, comme *el Caballero Rogelio de Amaral* ou *la Familia Gomar*. Vous avez lu *la Familia Gomar* ?

— Je ne crois pas.

Attirées par l'éloquence des gestes d'Andrès, les deux filles abandonnèrent le poulailler du spectacle gitan et s'approchèrent du cercle.

— Qu'est-ce que c'est ?

— Un livre.

Comprit Magda, une certaine méfiance dans la voix.

« Tant de bruit pour un livre ?

Quintana souriait, sûr de lui, et déléguait à Andrès la responsabilité des explications.

— C'est un livre interdit.

— Politique ?

— Il démontre que le monde tient le coup grâce à ce que nous appelons le péché. Ce sont les péchés qui rendent possibles le travail, les relations entre les personnes.

— Et même la bonté.

Ajouta Quintana et il poursuivit :

« Je t'ai dit que le libraire des Atarazanas me fait de plus en plus confiance. Il m'a dit que d'abord il met ses lecteurs en quarantaine, au cas où ce seraient des moutons de la

police. L'autre jour, chez un bouquiniste de la rue de l'Hôpital, ils ont saisi *la Araña negra*[1], de Blasco Ibañez, et *Ainsi
parlait Zarathoustra*, de Nietzsche, et lui ils l'ont conduit via
Layetana[2]. J'ai bavardé avec lui. Que j'aimerais trouver *les
Quatre Cavaliers de l'Apocalypse*, de Blasco Ibañez. Que je
trouve que Fernández Flórez c'est très bien. Je lui ai acheté
Volvoreta dont j'avais déjà un exemplaire et *el Bosque ani-
mado*[3]. Lui aussi il aime Fernández Flórez, mais lui il en
tenait pour *Una isla en el mar Rojo*[4], et patati et patata, j'en
suis venu à parler des *Siete Columnas*, il en avait presque les
larmes aux yeux. Un livre capital, disait-il, en baissant la voix
pour que je ne sais qui ne l'entende pas, parce que nous
étions tout seuls, lui et moi. Et ça, c'est très difficile à
trouver, n'est-ce pas monsieur Damián ? Tout est possible,
m'a-t-il répondu. Aujourd'hui, je suis allé lui rendre *la Montagne magique* de Mann, et voilà qu'il me sort *las Siete
Columnas*. Il me fait un de ces clins d'œil : Vous l'achetez ou
vous l'empruntez ?

— Tu l'as acheté, je suppose ? Je t'en paie la moitié.

— Je les... je les ai achetés.

Et, de la poche de sa salopette, il tire un autre exemplaire
des *Siete Columnas* qu'il offre à Andrès. Il prend le livre
comme s'il était irradié, excessif pour ses mains, et il le
maintient à distance sous son regard approbateur et enthousiaste, il l'approche d'un centre du monde supposé pour le
rendre visible des quatre points cardinaux.

— Quintana, je...

— Ne dis rien. Tu me dois cinq pesetas

— Cinq pesetas ? Nom de Dieu !

— Ça m'a paru bon marché.

---

1. *L'Araignée noire.*
2. Célèbre siège de la police barcelonaise.
3. *Le Bois animé.*
4. *Une île sur la mer Rouge.*

— Pour ce roman, c'est vrai. Je sais par cœur le début d'*el Malvado Carabel*[1] : « Je parie n'importe quoi que c'est la première fois que quelqu'un vous parle d'Amaro Carabel. Cependant, il fit sur cette terre quelque chose de bien plus important que cette grenouille qui suggéra à Galvani l'idée de l'électricité ; cette grenouille est célèbre et l'aimable opportunité avec laquelle elle fit bouger ses cuisses sur le zinc d'un balcon est citée en exemple par tous les professeurs de l'école primaire. »

— Quelle mémoire !

Cria Ofelia et Magda l'incita :

— Encore. Encore.

Andrès ferma les yeux, retint sa respiration, et la première page d'*el Malvado Carabel,* édité par la Compagnie ibéro-américaine de publications, S.A. Renacimiento, Madrid, 1931, apparut avec netteté sur l'écran de son cerveau :

« Je suis tout aussi sûr que jamais n'est arrivé jusqu'à vous le nom d'Alodia, la courageuse et aimable tante de Carabel ; mais je me refuserai obstinément à croire qu'il y ait sur terre une seule personne cultivée qui ne connaisse pas la mère de cet homme dont nous racontons l'histoire. »

— Très bien !

Magda donna le signal de l'applaudissement général, mais Andrès cherchait du coin de l'œil l'effet produit sur Ofelia qui, de son côté, essayait de croiser le regard de Quintana. Rosell applaudit tardivement, très fort, mais il considéra qu'il n'avait pas assez témoigné son enthousiasme, aussi serra-t-il énergiquement la main d'Andrès.

— J'ai toujours eu beaucoup de mémoire. Don Frutos me disait : Vous, Larios, vous pourriez faire droit ou médecine, parce que vous sauriez toutes les lois et tous les noms des os et des muscles. Don Frutos a parlé à mon père qui était un

1. *Carabel le Mauvais.*

de ces agents de police mis à la retraite par la loi de Azaña, et il lui a dit de me faire faire des études. Pauvre homme. Il lui a montré ses mains vides et il lui a répondu : Don Frutos, la circulation, ça ne nourrit pas son homme. Il m'est resté le vice de la lecture, même à la lueur et à la fumée du quinquet, et je me suis fabriqué un lutrin suspendu au plafond avec des câbles pour me tenir mon livre quand je suis au lit l'hiver et comme ça je n'ai à sortir les mains que pour tourner la page. Dans ces maisons, on pèle de froid et j'attrape des engelures.

— Moi, je ne lis même pas le journal. Pour ce qu'il y a à lire...

Ajouta Magda avec une moue de dégoût, et elle expliqua le pourquoi de son attitude :

« Ils racontent tous la même chose. Que Paco Rana[1] a inauguré un barrage...

— Magda.

— Cousine, nous sommes entre gens de confiance. Paco Rana inaugurant des barrages, prononçant des discours qui occupent la moitié du journal.

— Quels sont les journaux autorisés ?

— Dis à don Alberto, Young, quels sont les journaux qui sortent. Toi qui les vends avec tes parents.

Young récita, sur le ton des crieurs de rue :

— *La Prensa, el Ciero*, bon, *el Noticiero universal, el Correo catalán, Solidaridad nacional, la Vanguardia* et *el Diario de Barcelona*.

— *Solidaridad nacional ?*

— L'ancien *Solidaridad obrera*. Avant, c'était le journal anarchiste et maintenant le voilà phalangiste.

— C'est vrai qu'il n'y a pas grand-chose à lire.

Remarque Rosell, dédiant un regard admiratif à la perspicacité de Magda.

1. François la Grenouille, surnom de Franco.

— Il faut être juste. Dans la pourriture générale, les nou-velles internationales de *la Vanguardia* ne sont pas si mal. Les chroniques des correspondants à l'étranger, Augusto Assía, par exemple, ne sont pas du tout mauvaises et pen-dant toute la guerre mondiale ils ont soutenu les Alliés.

— Mais le directeur s'envoie de ces articles lèche-cul à l'égard de Paco Rana l'Invincible...

— Bon, mais ça c'est différent.

— Je ne peux pas lire le journal. Je ne peux pas jouer du piano.

Rosell s'était croisé les bras et les prenait tous à témoin de son impuissance. Il dut rire un peu pour que les autres comprennent qu'il venait de faire de l'humour et, lorsqu'il se vit suivi, il éclata plusieurs fois de rire avant de redevenir sérieux et méditatif. Les deux cousines échangèrent un regard qui disait : Ce musicien est un drôle de type, et Andrès se rappela un botaniste qu'il avait connu au front, un étudiant qui connaissait en catalan le nom de toutes les plantes et de tous les insectes, et qui ressemblait à Rosell comme un pic-vert à un autre pic-vert. Il était mort d'une pneumonie au siège de Teruel.

— M. Alberto a besoin d'un piano.

Expliqua Andrès à Quintana.

— Un piano.

— Un piano.

— Un piano.

Comme un écho décroissant, le mot « piano » parvint même aux oreilles des vieux Baquero qui se regardèrent comme s'ils pouvaient contribuer de quelque façon à résoudre ce problème.

— Cette main a besoin de jouer cinquante fois le *Scherzo en si bémol mineur n° 2*, de Chopin.

Rosell leur montrait sa main droite.

— Et pourquoi cette main-là précisément ?

— Parce que c'est un exercice fondamental pour la main droite, surtout à partir du second thème. C'est une des œuvres fondamentales du répertoire pianistique.

— Vous aurez peu d'occasions de jouer ces choses-là, sauf en concert ou à la radio.

Intervint Ofelia qui osa quelques considérations sur l'avenir de Rosell.

« En revanche, il y a de plus en plus d'orchestres qui vont dans les fêtes. Ils ont donné la permission de refaire des bals de rue organisés par les gens du quartier. L'an prochain, par exemple, qu'est-ce que je raconte l'an prochain, dans trois mois, en juillet, ils vont arranger cette rue et on fera venir des orchestres et des chanteurs. Moi, l'an dernier, je suis allée à la fête du Poble Sec et de Gràcia.

— Mais... mais...

L'indignation d'Andrès pouvait à peine être contenue par l'admiration qu'il éprouvait pour la fille.

— Mais M. Rosell cultive un autre type de musique !

— Parce que celle-ci n'en est pas, de la musique ?

— C'est comme de comparer une charrette avec une voiture américaine.

— Écoutez, Andrès, vous savez ce que je vais vous dire ? Que je n'ai pas la tête à m'embêter. J'aime danser, un point c'est tout. La musique genre pom pom pom pom, je la laisse aux initiés et qu'ils en profitent. On a écouté assez de fanfares ces dernières années. Le deuil et les larmes, j'en ai jusque-là.

Et elle mettait sa main au-dessus de sa tête, cette même main avec laquelle elle prit sa cousine par le bras et l'invita à danser sur la terrasse un fox-trot qui les conduisit vers les ombres naissantes qui s'allongeaient au pied du mur de séparation entre le 9 et le 7.

— Je ne comprends pas, don Alberto. Savez-vous quel air j'ai eu en tête pendant toute la guerre ? Aux pires moments, quand j'étais mort de faim, de fatigue ou de peur, je chantonnais les danses du *Prince Igor* de Borodine. Les gens tombaient à côté de moi et moi je n'en menais pas large et vas-y que je te pousse avec les danses du *Prince Igor*. Tatata tatata tata ta... Ils nous ont pris alors que nous nous étions perdus après avoir traversé une rivière à la nage, avec la capote sur le dos, et encore heureux, parce que cette capote a été l'unique couverture que j'aie eue pendant tout l'hiver suivant. C'est une patrouille commandée par un officier « africain », un légionnaire de merde, qui nous a pris, et il a demandé : Qui est volontaire ? Et deux des garçons qui étaient avec nous étaient volontaires. Ils leur ont flanqué une dégelée, ils pissaient le sang par les oreilles et par la bouche, et ces fils de pute gueulaient : Prenez ça, que ça vous redonne envie d'aller défendre Staline. Je me suis adressé à ce salaud-là et je lui ai demandé d'avoir un peu d'humanité, alors il a commencé à m'envoyer des coups de pied et il a dû marquer quelque chose sur ma fiche parce que la réputation de rebelle m'a poursuivi ensuite pendant tout mon séjour dans les bataillons de travailleurs, les camps de concentration, au service militaire que j'ai dû refaire une deuxième fois, et, quand j'étais dans les camps, tous les coups perdus tombaient toujours sur Larios. Voyons, disait n'importe lequel de ces maquereaux de merde, voyons qui a été le plus rebelle de la semaine ? Larios. Toujours Larios. Il prenait une trique, comme celles en caoutchouc que portent les policiers mais sans armature à l'intérieur et allons-y gaiement, quinze, vingt coups. Vous m'avez déjà entendu crier, vous ? Non, ni vous, ni eux. Je me branchais les danses du *Prince Igor* à tout berzingue et allez... C'est une musique qui m'élève. Elle me fait, je ne sais pas, monter, flotter. N'est-ce pas, monsieur Alberto ?

Rosell hésita mais il finit par dire oui avec la tête, ce qui soulagea et gratifia Andrès. Quintana avait suivi les filles, il

dansait avec Ofelia un slow plein de brusques virages, de
hâtes, de pauses tandis qu'il tenait sa cavalière délicatement
par la taille ; le petit rire fou d'Ofelia ou son « J'ai la tête qui
tourne, j'ai la tête qui tourne » n'empêchaient pas Quintana
de poursuivre ses évolutions avec cette fierté contrôlée d'un
Fred Astaire de quartier.

— Il a des pieds en or. Parmi les amis, nous l'appelons
« le danseur aux pieds d'or », comme Mirco. L'autre jour,
Mirco a dansé aux variétés du cinéma Padró, après *Regre-
saron tres*[1], un très bon film de Claudette Colbert. Tu l'as vu,
Young ?

— La dernière fois que je suis allé au cinéma, on donnait
los Tres Caballeros. Je n'ai pas le temps. Le gymnase. Les
journaux. L'entraînement sur la terrasse. Je veux passer pro-
fessionnel à l'automne et l'an prochain je rencontre Luis de
Santiago et je le prends en deux reprises, après quoi, j'aurai
tout mon temps pour aller au cinéma.

— Mirco, avant la guerre, il s'appelait Mirka.

La perplexité de Rosell dura le temps que mit Andrès à
lui expliquer que Mirco était un transsexuel, un travesti, du
temps où ils étaient autorisés dans les salles de spectacle des
Ramblas ou dans les théâtres du Paralelo, en temps normal,
toujours en temps normal. Gagnés par l'élégance de la danse
de Quintana, les Baquero suivaient ses évolutions avec
intérêt. Magda dansait seule avec son ombre. Young recom-
mençait à sauter d'une jambe sur l'autre et le nouveau resta
tout entier à la disposition d'Andrès. Le tam-tam des gitans
fut interrompu par le klaxon strident des éboueurs.

— Au fur et à mesure que passent les heures, les bruits de
la rue changent. On s'en aperçoit surtout d'ici. Quand je suis
rentré du camp de concentration, je n'avais pas de travail et
je tuais le temps ici, couché, je rêvais, je me souvenais, j'ima-

1. *Captives à Bornéo.*

147

ginais le futur. Le matin, la voix des vendeurs à la sauvette, les queues à la boulangerie, des femmes en train de chanter, des casseroles sur les fourneaux ou le tam-tam du battoir dans les appartements qui ont leur propre lavoir. Et parfois les bottes, les bottes de ces phalangistes de merde en train de défiler et de chanter : *No importa, adelante, sus por el peñon de Gibraltar*[1]. Quand ils défilent, tout le reste est silence, sauf s'ils s'en prennent à quelqu'un. Maintenant, ils le font moins, mais j'ai encore vu ces porcs en train de faire boire de l'huile de ricin à une femme parce qu'elle rouspétait dans une queue, ou lui couper les cheveux à zéro. Vous savez ce que c'est, un chef de centurie ?

Rosell ferma les yeux comme s'il gardait pour lui ce qu'il savait.

« Un chef de centurie est un connard habillé comme un gamin qui commande cent gamins habillés en connards. Moi, les types du quartier qui sont devenus phalangistes après guerre, je ne les salue même pas. Vous en avez chié, vous, don Alberto, pendant la guerre ?

Rosell se mit à rire et effaça du bras toute possibilité de réponse.

« Sur quels fronts vous étiez ?

— Les pires et surtout sur celui-ci.

— Celui-ci ?

— Ici. Tout près d'ici, par exemple. J'étais dans les milices du POUM[2] et on se tirait dessus en mai 37. On nous avait envoyés aider les anarchistes qui se défendaient dans le collège des frères de la Ronda, et c'est là qu'ils m'ont pris. Ils m'ont mis à la prison Modelo, les miens, enfin les miens, les communistes, ceux d'Esquerra republicana[3], et les socialistes, ils étaient tous ensemble contre les anarchistes

1. Peu importe, en avant, sus au rocher de Gibraltar.
2. Partido obrero de unificación marxista, Parti ouvrier d'unification marxiste.
3. Gauche républicaine catalane.

148

et contre nous. J'y ai passé presque un an. Dans la Modelo. Dans l'Espagne rouge.

— Les salauds. Mon beau-frère était au PSUC et il dit des horreurs contre les anarchistes et les gens du POUM.

— Qu'est-ce qu'on peut ajouter ? Ils m'ont lâché et je suis retourné au front. Mais ils n'ont jamais eu confiance en nous qui avions une fiche de « trotskards », comme ils nous appelaient.

Et en 1938, presque à la fin, ils m'ont de nouveau arrêté et mis à la prison Modelo, et ils ne voulaient pas me lâcher même quand les nationaux étaient sur le point d'entrer dans la ville. Finalement, quelqu'un avec un minimum de bon sens a donné l'ordre de nous relâcher et je n'ai même pas eu le temps de passer les Pyrénées. Je suis tombé sur une patrouille fasciste et, là, le calvaire a commencé.

— On vous a jugé.

— Ils ont requis la peine de mort parce qu'ils disaient que j'avais appartenu aux Patrouilles de contrôle [1].

— Et alors ?

— Vingt ans. J'en ai fait presque six et on m'a gracié, mais je dois me présenter tous les quinze jours à un commissariat pendant les quatorze ans qu'il me manque pour purger ma peine. J'ai déclaré ce domicile provisoire et on m'a assigné au commissariat de la rue du Docteur-Dou.

— Ils savent ce qu'ils font, c'est une façon de vous contrôler à vie. Dans quatorze ans, nous serons en 1970. Ça me paraît un chiffre incroyable, comme de dire Mars ou la Lune. Vous vous imaginez tout ce qui peut arriver d'ici là ?

— Tout et rien.

Rosell avait pris les pages de journal qui empaquetaient

1. Police politique républicaine chargée de la chasse à la « cinquième colonne » franquiste.

les livres de Quintana. Il se concentra sur l'une d'elles pleine de photos en héliogravure : « Luis Doria a enthousiasmé la critique de Chicago. Le génial musicien a défendu le droit de l'Espagne à choisir son propre destin. L'Espagne est un artichaut, avec beaucoup de feuilles, mais l'essentiel reste le cœur. » Rosell ne quittait pas des yeux la photo de Doria en jaquette, recevant la baguette d'or des mains de la fille du président Truman.

— Luis Doria est revenu en Espagne ?

— Le musicien ? Bien sûr que oui. Il est resté dehors jusqu'en 1942, environ, il a même joué à un Festival musical de la Costa Brava, en présence des ministres et même de Franco en personne, il me semble, mais je n'en suis pas sûr. Il a fait une carrière expresse. Il est aussi bon qu'on le dit ?

Rosell haussa les épaules et continua à éplucher la présence esthétique de Doria sur la photo, un homme en jaquette, mince, les cheveux soigneusement dépeignés par le fracas de la bataille musicale, un sourire enchanteur de faucon adressé à la fille Truman. Commentaire : « En pleine jeunesse, Luis Doria est une vivante démonstration de l'éternel espagnol. Il a assimilé le meilleur de la culture musicale universelle sans pour autant renier ses racines qui sortent de la tombe du Cid et qui deviennent d'ascétiques peupliers levés vers les étoiles. Doria a mis son jeune prestige mondial au service de la vérité de l'Espagne au moment même où la conjuration étrangère met en quarantaine un peuple qui n'a commis d'autre péché que celui d'avoir étranglé le communisme international de ses propres mains. Hors d'Espagne tout le temps que dura la croisade de libération, Luis Doria sut reconnaître à temps que sa place était en Espagne et aux côtés de l'Espagne. » Rosell plia soigneusement la double page, demanda protocolairement s'il pouvait la garder et la glissa dans la poche revolver de son pantalon. Quintana et Ofelia bavardaient en aparté, tout près l'un de l'autre, et Magda s'était assise à croupetons par terre, les bras abandonnés aux divagations de sa tête plongée dans la pénombre. A ses côtés, la vieille Baquero transformait tout ce qui se passait sur la terrasse en spectacle de diorama, avec une préférence pour le couple Rosell-Andrès, le musicien résistant aux questions et aux déclarations tout en défendant un territoire qu'il dévoilait à peine. Elle n'oubliait pas non plus Quintana qui proposait à présent à Ofelia d'aller au Rialto samedi soir.

— Il y aura quel orchestre ?

— Celui de Ramón Evaristo.

— Oh !

Un oh de bonheur, incrédule devant l'importance de la proposition.

— On pourrait aller manger un peu de thon et boire une bière au Moritz et, après, on va au Rialto.

— Et Magda ?

— Qu'elle vienne aussi, et nous emmènerons Andrès. Il n'a jamais un sou parce qu'il donne tout chez lui et qu'il y a beaucoup de bouches à nourrir. En plus, il a toujours de la famille qui débarque à Barcelone comme si c'était l'Eldorado. Andrès ! Combien y a-t-il de Murciens chez toi ?

— Un seul.

— Tu vois ? Et des Galiciens ?

— Il y en a deux qui vont venir.

— Les Murciens appartiennent à sa famille et les Galiciens à celle de son beau-frère. Et, avec ça, ils habitent un trou grand comme un dé à coudre.

Ofelia vendait des œufs sur le marché de San Antonio. Elle passait toutes ses matinées, du lever du jour jusqu'à deux heures de l'après-midi, à les mirer devant une ampoule pour vérifier leur fraîcheur et à les mettre dans des cornets de papier journal qu'elle roulait elle-même entre deux clientes.

Magda tenait le vestiaire du Rigat, mais seulement pour un temps, parce que la titulaire avait quelque chose aux poumons et qu'on l'avait envoyée au sanatorium. Le bras de Quintana se retrouva comme par hasard contre le sein droit de la fille, un sein vaillamment contenu par un soutien-gorge qui lui donnait la consistance d'un fruit. Quintana n'écarta pas son bras, pas plus qu'Ofelia ne retira son sein, mais elle retira en revanche son genou lorsque la main de Quintana se posa dessus. Elle avait le genou froid comme une pierre et la main de Quintana avait juste eu le temps de percevoir la chaleur qui naissait à la frontière de la cuisse.

— Ma mère est morte à la Garriga peu de temps après y être arrivée avec les républicains en retraite. Mon père est parti en France en 39 et, voyez comment sont les choses, notre frère Pepe est entré à la division Azul[1] et il n'en est pas revenu. Sous le cardigan, la robe était en viscose et la toile s'ouvrait au niveau du décolleté, laissant apparaître la rencontre des deux seins et de fines veines visibles sur la cire blanche de la peau. Quintana parcourut du regard ce corps menu plein de rondeurs. Il porta sa main à sa braguette pour voir si le petit oiseau se mettait à voler. De temps à autre, il avait la sensation que son oiseau s'était enfui de sa cage, surtout quand il avait de mauvaises pensées. Par la porte du 11 jaillit le neveu d'Andrès, il trottait sur ses petits pieds, les yeux effrayés à l'idée que ses comparses de l'après-midi aient pu disparaître de la terrasse. D'une main il tenait un morceau de pain, de l'autre de la courge confite.

— Ça doit être bon, ça.

Commenta le vieux Baquero.

— Tu ne penses qu'à manger.

— Ce doit être à cause de ce que nous mangeons.

---

1. Troupe de volontaires franquistes combattant pendant la Seconde Guerre mondiale aux côtés de Hitler.

Le regard de la vieille, c'est du vitriol, et le mari avale sa langue et ses yeux derrière ses paupières. Le gamin est allé rejoindre son oncle, il lui laisse goûter sa courge.

— Tu es déjà arrivé à la page de *Grand Cœur* où le frère de Procusa offre aux petits enfants de la courge avec du saucisson ?

— J'en suis à l'histoire du petit tambour sarde, mais maman m'a dit de ne pas continuer à lire parce que je pleure.

— Tu pleures ?

— Toutes les histoires de *Grand Cœur* me font pleurer. Maman a lu celle du petit tambour sarde, et elle aussi s'est mise à pleurer.

— Eh ben ! Je lui ai acheté *Grand Cœur* de De Amicis aux puces de San Antonio et voilà que toute ma famille est en larmes.

— Il sait déjà lire ?

— Son père l'a pris en main en sortant de prison et, tous les soirs, cours particuliers, et maintenant il lit comme un speaker de la radio. Je reconnais que ce qu'a fait son père est méritoire, mais moi je serais incapable d'embêter un enfant si jeune pendant ses heures libres.

— C'est bon, ça, petit ?

Le vieux Baquero n'avait pas pu se contenir, il lança sa question de loin d'une voix de stentor.

— Je préfère le chocolat.

— Bien sûr, moi aussi.

Le vieil homme retourna à son grommellement étouffé par la vigilance de son épouse.

— Et celles-là ?

Demanda Rosell en montrant discrètement les deux cousines.

— Elles sont pensionnaires chez les parents de Young, de gentilles filles mais avec des têtes d'oiseaux. Si elles tombent

en de bonnes mains, ça ira, sans ça, non. Dans cette rue, il
y a de jolies filles, de très jolies filles. Vous avez déjà vu
passer une grande brune avec un visage de mulâtresse, mais
qui ne l'est pas ? Mais si, elle se promène toujours avec un
énorme chien, un mâtin.

— Non.

— Elle s'appelle Olga. C'est la plus belle du quartier,
mais elle n'habite pas la rue, elle habite rue Vista Alegre,
tout près d'ici. Je la connais bien parce que c'est là qu'habitent ma sœur, mon beau-frère et deux autres neveux. Mais,
dans cette rue, il y a de très jolies filles. Vous avez vu les filles
de la teinturière ?

— Non.

— C'est difficile de ne pas les voir. Surtout la jeune. Elle
s'appelle Fina et est très mignonne. Brune, petite, les seins
pointus, comme ça.

Le pianiste ne suivait pas, pas plus qu'il n'écoutait les
tentatives d'Andrés pour le situer au centre de ses quatre
points cardinaux.

« Mais je suppose que vous, don Alberto, vous ne ferez
que passer. Dès que vous aurez un piano et que vous referez
votre vie, cette rue, vous l'oublierez complètement. Pour
moi, c'est presque pareil, même si je suis ici depuis que je
suis petit, mon père est mort dans cette maison, mon neveu
y est né, j'y ai vécu le meilleur et le pire de notre vie, je
connais les voisins, ils ont presque tous perdu la guerre et
ils traînent cet après-guerre comme un cadavre. Quand
j'étais au camp de concentration, je croyais sentir l'odeur du
marchand de salaisons, l'arôme de la morue séchée ou
trempée, des olives piquantes dans les cuvettes avec l'ail, le
citron, les herbes, le poivre, ou l'herboristerie, verveine et
camomille, ou El Rápido et son odeur de cuir, de talons en
caoutchouc, la laiterie, la boulangerie, la taverne entre vin et
vinaigre ; je me languissais même de l'odeur des polissoirs à

métaux ou de la corde des espadrilles du coin. Avant la guerre, El Musclaire, un chanteur amateur très doué qui a fini par débuter au Liceo, venait parfois à la taverne du coin ; il avait de la voix, comme Lázaro, mais il l'a perdue à force de boire. El Musclaire chantait des heures et des heures et les gens du haut de leur balcon lui demandaient des chansons, et lui il chantait. Dans ce quartier, les gens passent leur vie à leur balcon pour voir le peu qui se passe dans les rues, et ils le décorent comme un avant-goût du jardin rêvé : géraniums, œillets, asperges, tout ce qui pousse dans ces rues peu ensoleillées, et ils passent derrière les chevaux pour ramasser le crottin pour fertiliser leurs pots de fleurs. Ma mère l'a dit cent fois : Où que j'aille, j'emmènerai mes plantes, sauf au cimetière. Vous connaissez la charbonnière ? C'est une femme sombre, mal coiffée, qui vend des boulets de charbon presque en face de chez nous. Sa fille fait des études d'infirmière, elle l'est peut-être déjà. Si vous les écoutez parler, les uns et les autres, vous entendrez beaucoup de critiques, des opinions mesquines sur des petites vies, mais ils se reconnaissent dans la rue, dans les boutiques, sur les balcons, et ils se sentent en sécurité les uns avec les autres, comme on se sent tranquillisé en rentrant chez soi ou dans un cadre qui vous reconnaît. Nous savons tous que nous sommes toujours sous le regard des autres, peu importe le regard de qui, il suffit de voir la générosité qui leur reste malgré tout. Le matin, cette rue se remplit de vieillards qui peuvent à peine traîner l'orgue de Barbarie ou de chanteurs qui font mal au cœur, ils chantent des chansons en catalan s'il n'y a pas de policiers en vue, ou alors c'est le Machaquito, ce pauvre type de Machaquito, le gitan qui rétame les cuvettes pour pas grand-chose, comme il le dit lui-même, avec tous ses marmots, et de ces balcons commence à tomber une pluie de sous, des petites pièces de dix centimes. J'aimerais savoir écrire comme Vargas Vila ou Fernández

Flórez ou Blasco Ibañez pour raconter tout ça, parce que personne ne le racontera jamais et que ces gens, en mourant, mourront complètement. Je ne sais pas si vous y avez déjà pensé. Savoir s'exprimer, savoir mettre par écrit ce que l'on pense et ce que l'on sent, c'est comme pouvoir envoyer à la postérité des messages de naufragé dans une bouteille. Chaque quartier devrait avoir son poète et son chroniqueur, au moins, pour que dans de nombreuses années, dans des musées spéciaux, les gens puissent revivre grâce à la mémoire.

Les cloches de l'église du Carmen se mirent à sonner comme pour appeler la nuit, mais on apercevait encore les silhouettes. Le chien essayait de remercier le gamin pour ce petit morceau de courge confite qu'il lui avait mis sous le museau.

— Tu n'as pas faim ?

Le chien avait faim, mais pas de courge confite, et l'enfant pensa à lui comme à ces gamins de luxe dont lui parlait sa mère qui avaient tout et qui n'aimaient rien.

« Tu mériterais de connaître une bonne guerre.

Dit l'enfant au chien, et l'animal lui allongea un coup de langue pour se réconcilier avec lui.

« Ou de faire un tour dans un camp de concentration. Comme ça, tu apprendrais ce qui est bon, et tu mangerais tout.

Telle une petite poupée ridée aux cheveux blancs, Mme Asunción prit possession de la terrasse à la recherche de son fils.

— Manolo. Mon Manolo est par ici ?

— Je suis là, maman.

Répondit Young à regret, et il continua à boxer dans le vide sans vouloir voir que sa mère venait droit sur lui.

— Ton père t'a attendu devant l'Antich pour que tu l'aides à faire la distribution.

156

— Il ne m'a rien dit.

— Ça devait être par plaisir qu'il t'attendait.

Mme Asunción levait son menton pointu vers le boxeur et, comme il ne lui prêtait pas attention, elle commença à lui envoyer des coups de poing dans la poitrine.

« Ah ! tu en veux de la boxe. Tiens, en voilà !

— Maman.

Young essaya de s'éloigner de sa bagarreuse de mère, mais Mme Asunción le poursuivait avec acharnement et elle ne se contint que lorsqu'elle vit apparaître son mari dans l'encadrement de la porte. Il avait une barbe de plusieurs jours, des lunettes aux verres cassés depuis deux ans et il se tenait les reins de fatigue.

— Il dit que tu ne lui as rien dit à propos de la distribution.

— Puisqu'il le dit...

M. Enrique s'en alla vers l'un des coins de la terrasse, il sortit un mouchoir de la poche de sa veste en velours, le posa par terre et s'assit dessus en contemplant le bout de ses espadrilles en corde qu'il portait nouées sur le mollet et par-dessus des chaussettes. Ses pieds l'attristaient, lointains petits pour lesquels il faisait peu de chose et qu'il exploitait jour après jour à travers les rues de la ville : *la Prensa, el Ciero*, la besace pleine de journaux sur son dos et les gens du quartier qui n'avaient pas envie de lire. Ronda de San Antonio, de San Pablo, Joaquín Costa, rue du Carmen, place du Padró, Botella, de la Cera, Reina Amalia, la place qui avait été l'ancienne prison pour femmes, terrain vague plein de décombres, amas de ruines sur lesquels fleurissaient la roulette clandestine, le vendeur de tabac de mégots tout frais, des charlatans vendeurs de lames de rasoir Iberia, de crayons Termosan, d'onguent Sloan, d'eau de Cologne pour faire pousser les cheveux, de Rhum-Quina contre les pellicules et la mauvaise odeur de la séborrhée. Le charlatan

157

cracheur de feu s'était inventé un argument de vente, il faisait
le chêne planté sur une main et en attribuait le mérite aux
vertus de pilules fabriquées avec des racines de certains
rosiers, ceux qui donnent les fameuses roses d'Alexandrie.
Cireurs, petites putes amateurs sans permis, un cabas à provisions sous le bras, étameurs, bonimenteurs, chanteurs de
rues brandissant, verts, lilas ou jaunes, les textes des paroles,
braillant les couplets au porte-voix :

> *De Puente Genil à Lucena,*
> *De Loja à Benaméji.*
> *De Puente Genil à Lucena,*
> *De Loja à Benaméji.*
> *Les jeunettes de la Sierra Morena*
> *Meurent de peine*
> *En pleurant pour toi.*

C'étaient tous des concurrents d'Asunción, la femme aux
journaux et de M. Enrique, son mari, un homme taciturne
qui contemplait le grouillant petit marché quotidien comme
une réalité hostile qu'il traversait d'un pas léger, agitant un
journal en guise de signal d'alarme et d'appel d'urgence
pour que les autres le laissent passer : *la Prensa, el Ciero.*
Les journaux du soir étaient plus faciles à crier, disait Young
d'après les théories paternelles : Le matin, seule *la Soli* est
facile à crier, mais mets-toi à crier *la Vanguardia* ou *el
Correo catalán.* Impossible. Et alors *el Diario de Barcelona...*

— Et tu ne t'es même pas occupé de ce malheureux.

Asunción montrait Tomy d'un air accusateur tandis que
celui-ci sautait joyeusement autour d'elle.

— Tu lui as donné le foie que j'ai laissé tout prêt avant de
partir ?

— Vous donnez du foie au chien, madame Asunción ?
Demanda le vieux Baquero en avalant sa salive.

— C'est le moins cher que j'aie trouvé.

— Le foie avec de l'ail, du vinaigre et de l'huile, c'est très bon.

— Je ne dis pas non. Mais qu'est-ce que je vais lui donner, moi, à cet animal ?

— Du foie à un chien...

Grommela Baquero en contemplant avec hostilité le chiot qui courait entre sa maîtresse et la porte de l'escalier pour l'inviter à aller lui donner son repas.

— Il est petit et il ne mange pas beaucoup. Celui, si beau, que j'avais, Cyclone, lui, oui, il mangeait, le pauvre, et je n'avais pas grand-chose à lui donner au sortir de la guerre. Vous vous rappelez Cyclone ?

Question indéterminée de Mme Asunción, les larmes aux yeux.

« C'était la bête la plus affectueuse que j'aie connue. J'ai réussi à ce qu'on ne me l'enlève pas et à ce qu'il ne meure pas durant toute la guerre et il a fallu que ce soit un vaurien, celui qui me l'a empoisonné ! Là, juste là, je l'ai trouvé mort, sous le réservoir d'eau. Allez savoir pourquoi il est allé s'y réfugier. Peut-être que l'estomac lui brûlait et que là il était au frais. Que celui qui me l'a tué crève comme lui, les entrailles en pourriture et le sang comme de la merde.

Une telle haine, énorme, pour un aussi petit corps avait fait naître une brume de tristesse sur toute la terrasse.

— Et que dit le journal cet après-midi, don Enrique ?

— Comme d'habitude, rien.

— Il dit quelque chose de l'affaire du Miracle ?

— Pas un mot sur lui. Mais il parle de l'arrestation de complices du banditisme et du terrorisme.

— Banditisme et terrorisme.

Cracha Andrés en direction de Quintana.

— Moi, je ne lis jamais le journal.

Dit M. Enrique.

— Pour moi, c'est la même chose qu'avec le boucher de

mon village, qui ne mangeait jamais de viande. Mais, dans un bistrot où je buvais mon café-cognac, j'ai entendu qu'ils parlaient des types du maquis.

— Ils occupent une partie des Pyrénées. Et ils sont partout. Aux Asturies. Dans le León. Ils sont arrivés jusqu'à Valence.

— Qu'ils s'en retournent d'où ils sont venus les pauvres, avant qu'on ne nous les tue tous.

Mme Asunción porta un coin de sa saharienne à son œil larmoyant.

— Ils n'arriveront à rien. Ou à faire que tout aille encore plus mal. A susciter plus de haine et de rancœur.

— On m'en a raconté une à propos d'El Massana[1], à Berga, que, bon, il faut vraiment les avoir comme ça, en avoir vraiment, quoi...

Quintana était le fournisseur d'histoires du maquis et personne ne lui demandait d'où il les sortait. Andrès et Rosell s'approchèrent de lui et Quintana riait d'avance en pensant à la drôlerie de l'histoire.

« Il était sept heures du soir et le lieutenant des gardes civils était en train de boire une bière ou quelque chose comme ça dans le café le plus chic de la rue principale de Berga. Soudain, voilà El Massana qui arrive avec quatre ou cinq autres types comme ça, patim, patam, comme s'il se promenait ou qu'il prenait le frais. Les gens du bar regardaient le lieutenant pour voir comment il réagissait, et lui il faisait comme si de rien n'était. Finalement, un sergent ou un caporal ou je ne sais quoi le tire par la manche. Mon lieutenant, mon lieutenant, El Massana est ici. Quel Massana ? Qu'est-ce que tu racontes ? Le guérillero, mon lieutenant. Regardez-le. C'est lui. C'est celui dont nous avons la photo à la caserne. Le lieutenant a regardé le groupe d'El

_____
1. Légendaire guérillero républicain.

Massana du coin de l'œil et il s'est retourné indigné vers le sergent. Lui, El Massana? Allez vous faire examiner les yeux. Ce type-là ressemble à El Massana comme moi à Rudolph Valentino. Et c'était El Massana!

Ils se mirent tous à rire ou à sourire, sauf Mme Asunción qui se planta devant Quintana :

— Et qu'est-ce que vous vouliez qu'il fasse, le lieutenant? Qu'il le tue? Si ça se trouve, il avait bon cœur et il a préféré faire celui qui ne voyait rien. Loin des yeux, loin du cœur.

— Une pétoche du tonnerre de Dieu. Voilà ce qu'il avait.

— S'il avait la frousse, c'est encore mieux. Comme ça, il n'a tué personne et personne ne l'a tué. Un peu plus de frousse et les choses iraient bien mieux.

— Quintana, raconte l'histoire de la fille tuberculeuse.

— Je l'ai déjà racontée l'autre jour.

— Mais M. Rosell n'était pas là.

— Racontez. Racontez. C'est l'histoire du jambon, n'est-ce pas?

Insista le vieux Baquero dont l'aptitude à avaler sa salive s'était développée avec la faim.

— Oui, c'est l'histoire du jambon. Eh bien, c'étaient des guérilleros qui étaient dans la montagne. Il y en a qui disent que c'était le groupe d'El Massana et d'autres que ça s'est passé dans la vallé d'Arán, dans la zone communiste. Enfin c'étaient donc des guérilleros et ils sont allés occuper une ferme. Le paysan n'en menait pas large parce qu'il avait la réputation d'informer les gardes civils et l'armée, et il s'est vu dans de sales draps.

Quintana avait baissé la voix, pour que le vent ne l'emporte pas jusqu'à des oreilles ennemies, et les autres devaient s'approcher pour pouvoir écouter l'histoire.

« Donc, le paysan s'est mis à pleurer à la vue du premier guérillero. Il disait qu'ils étaient pauvres, que les gardes civils leur tombaient toujours dessus, qu'ils l'avaient menacé de le mettre en prison s'il aidait le maquis. Et, si moi je pars, que va devenir ma famille ? J'ai un enfant polio qui ne peut pas m'aider au travail des champs et une fille tuberculeuse. Voyons, je veux voir la fille tuberculeuse, dit El Massana ou un autre, ce qui ici revient au même. Alors le paysan et sa femme, eux aussi avec une frousse du diable, lui montrent la chambre où se trouvait la fille couchée. Le chef du maquis dit à un de ses hommes : Toi qui es médecin, examine-la en présence de sa mère. Ils se sont tous retirés et au bout d'un moment le médecin guérillero sort et dit : Oui, en effet, elle est tuberculeuse, elle a de ces cavernes, on dirait des gouffres.

— Il a dit comme ça ?

— Bon. Moi je n'y étais pas. Il a dit quelque chose dans ce genre. Alors, le chef du maquis est devenu pensif, puis il a donné plusieurs ordres. Bon sang ! Au bout d'un moment, sur la table de la cuisine, il y avait de tout : des boîtes de lait en conserve, du chocolat, un lapin qu'ils avaient chassé, de la confiture...

— Et le jambon ?

— Oui, monsieur Baquero, il y avait aussi le jambon. Un grand jambon de ceux qui ressemblent à de la pierre mais, quand on y enfonce le couteau, ils vous donnent de ces tranches maigres, larges, onctueuses et qui tombent lentement sous la lame.

— Je n'ai plus vu des jambons comme ça depuis qu'on ne vit plus des temps ordinaires.

La tête du vieux Baquero soulignait la véracité de son affirmation.

— Dans un illustré de *Roberto Alcázar y Pedrín*, on voit un très grand jambon.

Ajouta le gamin.

« Roberto Alcázar est dans une prison russe et Pedrín lui fait passer un jambon à travers les grilles.

162

Des formations de puissants jambons passèrent au-dessus de la terrasse durant de longs moments de silence que Quintana respecta pour enfin assener la fin de l'histoire.

— Le paysan et sa femme hésitaient entre l'allégresse et la peur. Ils disaient : Les gardes et les soldats vont venir et ils vont nous demander : Qui vous a donné ça ? En échange de quoi ? Le chef du maquis leur a répondu : Pensez d'abord à votre fille. Tant que nous resterons dans ces montagnes, elle ne manquera jamais de nourriture. Et toi, toi le responsable de cette famille, réfléchis à ce que je vais te dire. Si tu avais dénoncé des militaires, eux ils t'auraient fusillé. Moi, je sais que tu m'as dénoncé bien des fois et, malgré tout, je te tends cette main révolutionnaire. Il lui a tendu la main et le paysan la lui a baisée.

— Et, après ça, je suis sûr qu'il a couru tout droit chez les gardes civils.

Lança le vieux Baquero qui haïssait le paysan à cause du jambon.

— Va savoir si ces histoires sont vraies, marmonna don Enrique.

Andrès, lui, avait la chair de poule chaque fois qu'on racontait ces histoires de maquis. Si ma mère n'était pas veuve, à l'heure qu'il est... Il faut être taillé dans un drôle de cuir pour tout sacrifier à une idée, une idée perdante. Je les admire et, en même temps, ils me font peur. Ils ne peuvent pas être comme moi, comme nous, comme nous tous qui nous taisons et qui remâchons notre défaite peut-être à jamais. A jamais ? Quintana n'était pas d'accord. Les grandes puissances internationales ont trahi la République espagnole, elles tolèrent le régime de Franco, mais, si le blocus a vraiment lieu, le régime ne pourra pas tenir et tous les démocrates s'uniront pour chasser le fascisme hors d'Espagne. Quintana sortit un papier plié du fond de sa salopette, il le déplia et offrit le tract à qui le voulait.

— Je l'ai ramassé ce matin près de l'Hispano Olivetti quand je suis allé faire la distribution avec le triporteur.

Personne ne voulait le prendre et tous le regardaient même avec méfiance, comme si le regarder suffisait déjà à les mettre en danger. Andrès le prit et lut à haute voix :

— « Barcelonais ! Le franquisme vous fait mourir de faim tandis que les pistonnés du régime et les spéculateurs s'engraissent sur le dos de la misère collective. Il faut exprimer la protestation du peuple face à la brutalité de la répression policière. Observe cinq minutes de silence dans ton lieu de travail ou chez toi, où que tu sois, le 20 mai à dix heures du matin. » Signé UGT[1] et PSUC.

— C'est comme de manger du pain avec du pain.

— Qu'est-ce que vous voulez dire exactement, monsieur Baquero ?

— Que les types du PSUC ont pris l'UGT. Qu'ils l'ont empochée.

M. Baquero fit le geste de se voler son propre portefeuille.

« Cinq minutes de silence. En voilà une manière de se battre.

— Il faut retrouver le courage peu à peu, monsieur Baquero.

— Moi, je ne pense plus à retrouver mon courage, plus jamais, Quintana. Vous, vous êtes encore jeunes et le monde peut encore tourner longtemps. Mais moi, mon courage, je l'ai tout dépensé pendant la guerre. Et qu'est-ce que j'ai maintenant ? Un fils mort, un autre Dieu sait où, alors à quoi ça me sert de continuer ? Pour moi, ils peuvent se fourrer l'Espagne où je pense, je leur dis bon appétit. Ma femme et moi, on connaissait bien la cousine de Mme Paquita, une femme qui avait une liaison avec Companys[2], paix à son

---

1. UGT : Union générale des travailleurs, syndicat proche du PC.
2. Président de la Généralité de Catalogne sous la République, fusillé par Franco.

âme. Imaginez un peu tout ce par quoi elle est passée, la malheureuse. Nous sommes allés voir cette relation il n'y a pas longtemps, à peine quelques mois, et nous lui avons demandé comment ça allait. Elle nous l'a dit très clairement comment ça allait, ici personne ne peut bouger le petit doigt, et ce n'est pas une question de jours. Il s'en faudra de long-temps pour qu'on puisse à nouveau seulement bouger le petit doigt.

Le vieux fit un bras d'honneur à l'Histoire, puis il le retourna contre lui, comme un boomerang, les doigts tendus vers sa bouche ouverte et ébréchée.

« Il faut manger pour survivre. Tout le reste, c'est du baratin.

— Comment un régime comme celui-ci peut-il survivre dans une Europe démocratique ?

Demanda Quintana tout en enveloppant le vieil homme dans un sourire tout-puissant.

— Patience et vous allez voir. Au bout du compte, les seuls à pouvoir faire quelque chose seraient les Russes ou les Américains. Les Russes ont assez à faire chez eux. Quant aux Américains, ils ne savent même pas où est l'Espagne.

— C'est vrai. C'est vrai.

Ratifia Rosell avec une certaine gaieté.

« J'ai connu un Américain qui croyait que l'Espagne était collée au Maroc. Il y a longtemps de ça. Très longtemps. C'était à Paris.

— Vous êtes allé à Paris ?

L'intérêt des deux filles pour Rosell les fit se décoller de Quintana et se placer de part et d'autre d'Alberto.

— Il y a longtemps ? Vous avez vu la maison Dior ?

— Il y a très longtemps.

— Monsieur est pianiste.

Ajouta Andrès pour Mme Asunción et son mari.

Tous deux regardèrent leur locataire avec l'air de douter

165

soit de son existence soit de la possibilité qu'il fût leur locataire. Un pianiste, pour eux, était inévitablement adossé à
son piano et l'ensemble ne rentrait pas chez eux.

— Il cherche un piano pour répéter et recommencer à
donner des concerts.

— Recommencer à jouer. Simplement recommencer à
jouer. N'importe quoi.

— Un piano dans ce quartier. Impossible. Peut-être dans
la rue Obispo Laguarda. Là-bas, il y a des maisons avec
ascenseur.

— Et quel est le rapport entre l'ascenseur et le piano,
monsieur Baquero?

— Je me comprends. Il est plus facile de trouver un piano
dans une maison avec ascenseur que dans une comme les
nôtres, avec des escaliers étroits et sans lumière. Je me
trompe?

— Un piano, il y en a un.

Dit Mme Asunción, et elle lança à son mari un regard
mystérieux.

— Où ça?

— Dans l'escalier du 1. La soprano du tramway, celle qui
chante des zarzuelas au théâtre des tramways de la rue Bor-
rell. On annonce précisément en ce moment *le Chant de
l'Alsacienne*, je l'ai vu sur une affiche à la teinturerie.

— *L'Alsacienne*, du maître Guerrero.

Précisa Andrès, et il poursuivit:

— Elle s'appelle Manon Léonard, ou du moins c'est son
nom d'artiste. Elle habite le 1 avec sa mère. C'est vrai. Elles
ont un piano. Parfois elle joue, mais pas beaucoup. Moi je
ne l'ai jamais vue. Mais peut-être elle vous laisserait jouer.

— Un piano ça ne se laisse pas comme ça.

— Mais si elle ne l'utilise pas... Nous en parlerons à sa
mère ou avec Manon Léonard elle-même.

— Pas plus Manon que Léonard.

166

Mme Asunción fit la grimace, pas du tout prête à prendre des vessies pour des lanternes.

— Et vous savez ça comment, madame Asunción ?

— Ne sois pas bête, Andrés. Qui peut s'appeler Manon ? Et tu crois que Léonard c'est un nom espagnol ?

— Ça peut être d'origine française.

— Elle est aussi espagnole que toi ou moi, et la mère comme la fille parlent le catalan.

— C'est une bonne chanteuse ?

— Elle ne doit pas être très bonne parce qu'elle ne chante que pour les conducteurs de trams ou dans les fêtes de villages. Elle a une voix dans le genre de celle de Gloria Alcaraz. Vous aimez Gloria Alcaraz ? Ce qu'elle chantait le mieux, Gloria Alcaraz, c'est *la Fille au bouquet de roses*, de Sorozábal. Lui aussi, il a subi des représailles, comme le baryton Pablo Ertox qui a quitté l'Espagne. Moi, je préfère Pablo Ertox à Marcos Redondo qui est un facho de première. A peine la guerre finie, il est parti à Saragosse chanter un *Salve Regina* à la vierge du Pilar. Maintenant, il y a de nouveaux chanteurs de zarzuelas, mais ils chantent trop et ils s'épuisent tout de suite. Vous aimez, vous, Selica Pérez Carpio ? Et Conchita Panadés ? Et Juan Gual ? Et Florencio Calpe ?

A en juger par la tête de condamné à mort surpris par la décharge qu'il faisait chaque fois qu'Andrés lançait un nom avec point d'interrogation, il paraissait impossible à Rosell que tant de gens pussent chanter. Il décida de hausser les épaules mais avec une neutralité insuffisante pour empêcher Andrés d'en déduire :

— Vous n'aimez pas la zarzuela ?

— Pas beaucoup. Mais je ne la déteste pas non plus, c'est une curiosité.

— A chacun ses goûts.

— Bien sûr.

— Je vous trouve ce piano. Je parlerai à ma sœur, elle connaît plus de gens dans cette rue, on verra bien si elle peut arriver jusqu'à Manon Léonard.

— Elle est jolie ?

Demanda Quintana.

— On la remarque.

Dit Andrès.

— Elle est toujours très excentrique et en pantalon.

Telle fut l'opinion d'Ofelia.

— Elle est teinte en blond platine et elle est un peu rondouillarde. Enfin, rondelette. Elle fait un peu penser à cette vedette, Conchita Leonardos. Et c'est vrai, elle se promène souvent en pantalon et on la critique parce qu'elle rentre tard et que ça n'est pas toujours le même homme qui la raccompagne. Les gens sont devenus mouchards et conservateurs. Rien n'est resté de cet esprit des années de la République et de la guerre, en ce temps-là nous étions tous très tolérants les uns avec les autres. Beaucoup de filles du quartier sont même allées vivre avec leurs amis sans se marier.

— Après ça, le père Cañis est venu arranger des mariages à la Modelo quand les autres sont entrés dans la ville et qu'elles ont toutes eu hâte de rentrer dans le rang.

Poursuivait Mme Asunción, implacable à l'égard des inconstances de l'époque, et Andrès ne voulut pas la contredire. Magda remarquait que c'était l'heure de dîner ou d'aller au cinéma et qu'il était moins cher d'aller au cinéma.

— Quand le père Cañis est mort, et qu'on a exposé son corps au centre paroissial, ma sœur et moi on est allés le voir.

Confessa Andrès.

« C'était un curé, mais il s'est très bien comporté quand ces types-là sont arrivés. Il a obtenu que ma sœur puisse épouser mon beau-frère à la Modelo. Celui-ci était sur le point de naître.

168

— Je n'ai pas parlé de la Modelo en pensant à ta sœur, Andrès.

— Ça ne fait rien. Nous sommes allés le voir. La moitié du quartier y est allée. Il était très impressionnant dans sa soutane, blanc cireux, avec un demi-sourire aux lèvres. Ma sœur m'a dit : C'est exactement le sourire qu'il avait quand il me disait : Ne vous en faites pas, ma fille, il n'y a pas de malheur qui dure cent ans. Elle était très impressionnée, à tel point que, devant le cercueil, elle n'a pas regardé. Moi si. Et c'est vrai, il souriait presque. Il y a curé et curé. Moi non plus, je ne suis pas d'accord avec ce qu'on a fait des curés au début de la guerre, mais parmi eux il y avait beaucoup de sympathisants de la cinquième colonne. Ce sont les mêmes qui se sont lavé les mains quand les autres sont arrivés et qu'ils ont commencé à torturer, à fusiller et à poursuivre par simple méchanceté. Une fois, au front, je me suis engueulé avec un camarade parce qu'il me racontait comme une plaisanterie que, dans son village, ils avaient pris le curé, ils lui avaient mis le tuyau pour gonfler les pneus dans le cul et ils lui avaient gonflé les intestins jusqu'à ce que... enfin...

Les filles avaient tourné la tête comme pour ne pas voir le spectacle et dans cette attitude Magda demanda :

— Et le curé a crevé ?

— Ça, il ne me l'a pas dit.

— Quelle histoire !

Et elles se retournèrent parce que le pire était passé et qu'elles continuaient à hésiter entre le dîner ou le cinéma.

— Et aucun de vous ne va être le gentleman généreux qui va nous inviter au cinéma ?

Quintana et Andrès se regardèrent et tâtèrent leurs poches en douce.

— Je n'ai rien dit.

Dit Ofelia, et elle effaça d'une main tout ce qu'elle aurait pu dire comme Carole Lombard dans un film dont elle avait oublié le titre. Il fallait faire comme ça, reculer la tête, avancer le bras à demi levé et ensuite laisser tomber la main pour donner une claque aux mots gravés dans l'air. Carole Lombard ajustait de son autre main un gracieux petit chapeau tout en savourant son silence, mais Ofelia ne portait pas de chapeau et elle commençait à se sentir exaspérée à l'idée de rentrer chez elle pour fumer les deux Bubys restants convertis en quatre cigarettes roulées dans du papier Smoking. Quintana n'avait rien dans ses poches, il avait tout dépensé pour les bouquins qui enthousiasmaient tellement Andrès.

— Je connais un garçon, il est marin, et quand il fait escale à Barcelone je vois tous les films que je n'ai pas vus de toute l'année.

Proclama Ofelia.

« Il m'a apporté des bas extra-fins français, mais je ne gagne pas assez pour pouvoir les faire remailler quand je fais des échelles. Je crois que ce sont les seuls bas extra-fins du quartier.

— On dit qu'ils sont très faciles à ôter. J'aimerais voir comment vous faites ça un de ces jours.

— Je me les enlève avec les deux mains et tout doucement.

— Vous n'avez même pas de quoi aller au cinéma Hora ? On te paie presque pour y entrer...

— C'est plein de punaises et de pisse de vieux.

— Va savoir si ce ne sont pas les jeunes qui y pissent.

Le vieux Baquero avait pris la mouche.

— Ne vous mettez pas en colère. Les variétés du Hora sont les plus ringardes.

— Il n'y en a pas, des variétés, au Hora.

— Je confonds avec celles du Condal. L'autre jour, un clown s'est mis à faire le poirier sur une table et il s'est cassé la figure cinquante fois. Finalement, il s'est adressé au public

pour lui présenter ses excuses. Il a dit qu'il était très faible.
Que ça faisait cinq jours qu'il n'avait pas mangé.

— Et quelqu'un parmi le public lui a donné un sand-
wich ?

— Non. Ils l'ont applaudi. Beaucoup. Et il était très ému.

— Moi, je préfère pleurer à un film et pas pendant les
variétés. Et, puisque l'ennui semble guetter ces deux char-
mantes personnes, que dirais-tu, Andrès, si nous pratiquions
ton sport favori ?

— Ne sois pas bête, Quintana.

Tel un présentateur de soirées chics, Quintana brandissait
un micro invisible.

— Et maintenant, mesdames et messieurs, Andrès et
Quintana, le couple gagnant de *Mélodies de Broadway* et de
la Fille de Juan Simón, vont vous proposer un voyage vers
les étoiles. De toit en toit, comme Douglas Fairbanks père,
saltimbanque magique sur les cieux d'Arabie. Que pensez-
vous d'une excursion à travers les terrasses jusqu'à l'abîme
de la place du Padró, pour goûter à tous les plaisirs qu'offre
ce coin ?

— C'est possible ?

Magda était enthousiaste.

— Qu'Andrès réponde, c'est lui l'expert.

— Pour être possible, c'est possible, bien qu'il commence
à faire un peu trop sombre.

— Et, comme final à cet étrange voyage vers les mers du
Sud, nous ferons halte au palais de Manon Léonard et nous
lui demanderons de faire don de son luxueux piano à queue
en ivoire afin qu'André Kastelanez et son orchestre nous
offrent un concerto en *si* bémol. C'est comme ça qu'on dit,
n'est-ce pas, monsieur Rosell ?

— Ça dépend, bien sûr.

— Je suis partante. Et, si je n'y arrive pas avec ces chaussures, je les enlève.

171

— Et je vous porterai dans mes bras quand l'occasion le demandera.

Quintana avait repris Ofelia par un bras et il voulait la convertir en une Ginger Rogers étourdie par les évolutions de Fred Astaire. Les rires de la fille ébahirent une Mme Asunción souriante qui suivit de la tête la musique supposée guider l'inspiration dansante de Quintana. Entre chaque pirouette, il criait : Dans une autre vie, je serai danseur de claquettes. Andrés étudiait le pour et le contre de l'expédition et il commença par essayer de se débarrasser de l'enfant :

— Rentre à la maison.

— Je veux venir.

— Demande la permission à ta mère.

— Elle voudra pas.

Devant l'hésitation d'Andrés, Quintana prit l'initiative de se détacher de sa cavalière et de gagner d'un bond la première marche des escaliers de brique qui réunissaient la terrasse du 9 avec celle du 7. Et, derrière lui, Ofelia, Magda, le gamin. Young poussait Andrés et Rosell devant lui.

— Moi, je ferme la marche.

— Toi, Manolo, tu restes ici, il nous faut faire l'inventaire des journaux pour rendre les invendus demain.

— Je le ferai après, maman.

Le peu d'autorité qui restait à Mme Asunción disparut lorsque son mari se mit debout sur ses espadrilles et déclara :

— J'y vais aussi.

— Comment ça, tu y vas ? Mais enfin tout le monde est devenu cinglé ici ? Et tout ça pour un piano. Vous ne pouvez pas descendre et passer par la rue comme tout le monde pour le demander ?

— L'histoire du piano, madame Asunción, c'est un détail. Ce qui compte, c'est l'aventure.

172

Cria Quintana, qui était presque arrivé à la terrasse du 7. Les Baquero s'étaient levés, et, des hauteurs que gagnaient les grimpeurs, ils avaient l'air petits près de Mme Asunción et de Tomy, surpris par la soudaine fuite du gamin et qui reniflait la distance le séparant de lui.

« Adieu. Souvenez-vous de nous tels que vous nous avez vus à l'heure du départ : jeunes et audacieux.

Déclamait Quintana hissé sur le rebord du muret du 7.

— Adieu, messieurs.

Le vieux Baquero saluait avec son béret.

« Très heureux d'avoir fait votre connaissance, monsieur Rosell.

Insista Baquero, le béret spécialement tendu vers le pianiste qui grimpait à quatre pattes.

« Sans cette faiblesse que j'ai, moi aussi j'irais avec eux.

Ce furent les derniers mots qu'ils entendirent de la bouche de Baquero avant que les trois silhouettes ne disparaissent et que l'expédition ne soit confrontée à l'évidence d'une nouvelle terrasse. Tout était différent, du sol en ardoises carrées aux garde-fous, en fer forgé, garnis de pointes métalliques tendues vers de supposés envahisseurs ailés venus par les airs. En face, la terrasse de Celia et de ses filles, des dizaines de pots de fleurs, des jalousies de bois peint en vert, un petit cyprès poussé dans ce qui avait été un tonneau, et Celia en personne en train d'arroser ses tulipes avec un arrosoir, la surprise sur le visage devant le commando escaladeur.

— N'ayez pas peur, madame Celia, je suis Andrès, le fils de Mme Paca et le frère de Rosita, la modiste. Je montre les terrasses à mes amis.

La femme s'inclina, rassurée d'être de l'autre côté de la rue ouverte au milieu comme un précipice rectiligne, à la frontière du paradis. En dessous, les rampants, d'étranges êtres terrestres qui continuaient à vivre en ignorant tout des argonautes des terrasses. Face à Celia s'alignaient un Quintana dégingandé dans son uniforme de livreur, deux filles qui n'arrêtaient pas de rire, pliées en deux, un gamin qui faisait claquer ses bretelles sur son petit corps malingre, Andrès, le fils de Mme Paca, avec son air de garçon pensif, son grand nez et les golfes profonds de ses cheveux ondulés, un homme qui n'avait pas l'air d'ici, du moins pas du quartier, Young, et M. Enrique, celui des journaux, qui la tranquillisa définitivement lorsqu'il lui adressa un salut de la main en lui disant :

— Je vous garde les pages de gravure d'une *Vanguardia* du dimanche.

— Merci beaucoup, don Enrique.

Mais elle s'arrêta d'arroser et prit le prétexte d'un travail derrière la jalousie pour observer en cachette le comportement du groupe mené par Quintana.

— Personne sur cette terrasse. Prenons-en possession au nom des rois de Castille et d'Aragon, Isabelle et Ferdinand. Qu'y a-t-il de remarquable ici, Andrès, grand connétable de Castille ?

— Cet escalier est le seul de la rue à avoir une concierge. Avant guerre, il y avait un trompettiste qui était aussi patineur et on entendait le bruit des roues des patins depuis notre terrasse.

— Qu'est-ce qu'on voit là-bas de l'autre côté du patio ?

Ils s'accoudèrent sur la balustrade qui donnait sur la cour intérieure et, de l'autre côté du vide, ils distinguèrent un homme penché sur un petit tas de papiers qui brûlaient dans un espace qu'il se donnait l'illusion de circonscrire avec ses mains. L'homme leur tournait le dos et, lorsqu'il se retourna au sifflement de Quintana, il leur montra un visage impassible et cireux sur lequel avaient été peints deux yeux minuscules et noirs.

— On peut vous aider ?

— Vous êtes de la secrète ?

174

— Non. Nous sommes des gens d'ici, nous allons vers la place du Padró.

— Je suis en train de brûler de vieilles photos. Ma mère est morte lundi.

— C'est le fils de Mme Remei. Elle est morte lundi.
Expliqua Andrès.

— Toutes mes condoléances.

— Merci. Ma mère est morte lundi et elle a laissé la maison pleine d'albums de photos. A chaque fête ou anniversaire, elle s'offrait des albums qu'elle achetait aux magasins Capitolio ; elle les remplissait de photos. La première date du 4 octobre 1901 et la dernière est celle de mon neveu mort de diphtérie il n'y a pas longtemps. Sur la photo, on le voit avec un rameau, le dimanche avant Pâques. Mais sur dix photos je reconnais à peine une personne. Ces albums sont pleins d'inconnus. Je ne saurai jamais qui ils sont. Je ne veux plus redescendre dans la rue avant 1959, le vingtième anniversaire de la fin de la guerre. Je ne peux pas savoir qui ils sont. Personne ne peut me le dire. J'ai essayé de vivre avec ces albums, tous ces jours derniers, mais je n'ai pas pu.

— Vous avez brûlé toutes les photos ?

— Je n'en ai gardé qu'une seule de ma mère déguisée en Francesca Bertini [1] et une autre de moi enfant. On me voit en train de conduire une voiture et mon frère tire la voiture tandis que je le fouette. On l'a faite au Tibidabo l'année de l'attentat de Sarajevo.

— Comment allez-vous pouvoir survivre tout seul dans votre appartement jusqu'en 1959 ?

— Le type des lavoirs de la rue San Lázaro devait à mon père, Dieu ait son âme, vingt mille pesetas et il m'en versera cent par mois jusqu'en 1959. Pour le moment, j'ai assez de vêtements, parce que mon père s'était fait faire une garde-

---

1. Actrice italienne du cinéma muet.

robe neuve chez Vehils y Vidal en 1935 et il n'a presque rien porté. Moi, je suis toujours en pyjama, en éponge l'hiver, en lin l'été, et, lorsque je monte sur la terrasse quand il pleut, je me mets un imperméable ciré de chez Tobías Fabregat.

— Vous avez besoin de quelque chose ?

Il se contenta de leur tourner le dos. Les filles vissaient d'invisibles vis avec leurs petits doigts sur les tempes, et Andrès racontait l'étrange vie de cette mère et de son fils enfermés dans un appartement de la rue de la Cera Estrecha et ne mangeant que des légumes.

— Le régime végétarien, c'est bon pour certaines choses, mais ça affaiblit.

Don Enrique était le plus pressé de quitter la terrasse du 7 et d'aller à celle du 5 pour y rencontrer peut-être Floreal Roura, le seigneur et maître du pigeonnier, qui, à partir d'une certaine heure, s'enfermait avec ses colombes au verrou et ne répondait à aucun appel.

— La dernière fois que je l'ai vu, c'était en 1941. Un de ses bébés pigeons s'était échappé et avait atterri sur notre terrasse.

— Ici le soleil donne plus qu'au 11 ou au 9.

Remarquait Ofelia.

— Pourquoi ?

— Parce que c'est plus haut et qu'il y a moins d'ombre des maisons d'à côté. Et ça ne sent pas la merde de chien comme la nôtre. Ça n'est pas pour vous offenser, don Enrique, on sait bien comme vous aimez les animaux.

— Non. Ce sont les animaux qui nous aiment. Nous, nous sommes incapables d'aimer.

Ils ne se fatiguèrent pas à chercher ce qu'il y avait derrière les mots énigmatiques du marchand de journaux, et son propre fils ouvrit la marche vers la terrasse du 5 puisque Quintana était occupé à susurrer des promesses à Ofelia.

— Ce que tu chantonnes, c'est une musique de film.

— *La fumée aveugle tes yeux.*

Dit Quintana en soufflant sur ceux d'Ofelia. Magda simulait le vertige pour s'appuyer sur Andrès, mais ce fut Young qui la hissa d'un coup pour lui faire franchir le mètre de dénivellation sans marche qui les séparait du rebord de la balustrade du 5. Magda fut la première à voir la terrasse inclinée pour permettre l'écoulement des eaux vers de vieilles et mourantes gargouilles, et au bout du plan incliné les deux niveaux du pigeonnier, le soubassement en briques, et l'étage en planchettes de bois gris. La silhouette des pigeons simulait le hiératisme des oiseaux de pierre. Et, devant la baraque, jambes écartées, pistolet à la main et chapeau de paille, Floreal Roura, bronzé comme un animal de gouttière qu'il était, le visage mangé par la frange, la moustache, la barbe d'un blanc sali par de vieilles graisses et des traces de nicotine. Il cria :

— Que personne ne bouge ! Considérez-vous comme prisonniers.

— C'est nous, Floreal. Je suis Enrique, le vendeur de journaux.

— Qu'est-ce que vous venez foutre par ici ? Vous avez perdu la clef de chez vous ?

— Les garçons voulaient nous démontrer qu'on peut arriver par les terrasses à la place du Padró.

— Elle est juste là. Je vais parfois jusque-là pour voir « Rose trémière » faire des cercles au-dessus de la fontaine, sur ce qui était le piédestal de sainte Eulalie avant que les rouges ne l'emportent.

— Ils vont remettre la statue.

— Ça va désorienter « Rose trémière », parce qu'après avoir volé en rond elle se pose sur le piédestal vide. Pour elle toute seule. Je crois qu'à ce moment-là elle se sent la reine de la place du Padró. Excusez le pistolet. Il est en bakélite et il n'envoie que des balles de ping-pong. Mais ils veulent

177

tous me prendre mes pigeons pour se les manger. Je les
entends la nuit. Floreal ! Je vais faire une paella avec tes
pigeons ! Floreal, tu peux te faire reluire la queue pour te les
enculer, tes colombes ! Le monde est plein de sauvages. Les
guerres pourrissent tout, mais surtout la sensibilité, les sentiments. Avant la guerre, les gens avaient de meilleurs sentiments. Maintenant, ils n'en ont ni des meilleurs ni des pires.
Ils n'en ont plus. Du tout.

Un bêlement de chèvre arriva jusqu'aux voyageurs.

— Drôle de bruit pour une colombe.

Dit Quintana.

— Ce n'est pas une colombe. C'est une chèvre. Je m'occupe de la chèvre de Joaquín, celui qui était laitier rue de la
Cera et qui est parti après à Montcada i Reixac. Pendant
qu'il cherche une grande maison pour élever des chèvres et
des vaches, je lui garde la seule chèvre qui lui reste. Elle est
aragonaise. Il l'a amenée en train dans une valise en bois
quand elle était petite et elle dépérit. Je ne sais pas s'il
viendra la chercher. J'ai l'impression que sa femme et sa
belle-sœur n'aiment pas cette chèvre. J'élève aussi d'autres
animaux. La chanteuse du 1 m'amène son chien pour que je
lui enlève ses puces et que je le toilette. Sa mère est très
vieille et elle a des allergies.

— Vous n'avez jamais mangé du pigeon, vous ?

— Je peux vous jurer, cher monsieur, que j'ignore ce
qu'est la chair du pigeon. Je mange ses œufs qui sont très
bons et très nutritifs et, ceux que je ne mange pas, je les
vends. Il faut bien vivre. Mon premier pigeon, je l'ai eu pendant ma convalescence à Algésiras, à l'hôpital de l'arrière où
on soignait ceux qui combattaient en Afrique sous les ordres
de Millan Astray. Le pigeon est entré dans la salle et je l'ai
sauvé à coups de poing des mains du gros Paco, un attardé
mental qui les chassait, les étranglait, les plumait aux cabinets et les faisait griller sur le brasero enveloppés dans du

papier chiffon trempé dans l'huile. Il pleurnichait, le gros, parce qu'il disait que celui qui a beaucoup de viande sur le corps a besoin d'encore plus de viande que les autres. Et, à dire vrai, de la viande on nous en donnait bien peu dans notre rata de convalescents. De-ci de-là, une échine de mouton avec plus de nerfs et de cartilage que de maigre. Un moment, j'ai pensé : Donne-lui le pigeon et qu'il en profite, mais la bestiole me regardait comme regardent les pigeons avec cet air de s'interroger, de s'interroger foutrement sur ce qu'il y a à attendre des gens. Et ils te prennent ta volonté. Ils t'obligent à être bon avec eux parce que tu compares leur taille avec la tienne et alors tu penses à la bestialité qui peut être celle de l'homme. Tu veux toucher un pigeon, mon petit ?

Le gamin se cacha derrière son oncle.

— Parfois, je l'emmène place de Catalogne et je lui achète des graines pour qu'il les donne aux pigeons. Mais il en a peur et c'est moi qui dois les leur donner.

— Les graines, c'est très bon pour le pigeon parce que ça lui fortifie le bec et que c'est un vrai festin. On voit bien que c'est ce qu'ils préfèrent. En revanche, je suis très hostile au pain, surtout au pain mouillé, qui ne les nourrit pas du tout et qui me les fait gonfler comme le roi Faruk. Regardez ce mâle qu'on voit par le fenestron. Je l'appelle Faruk. Celui-là, au contraire, le plus voleur et hardi, je l'appelle le Négus, parce que le Négus m'a toujours plu et aussi parce que c'est comme ça que s'appelait mon neveu, celui qui s'est tué rue de la Cera quand il était sur les terrasses en train d'essayer un cerf-volant avec son fils.

Floreal resta pensif et d'un coin caché de son corps sec lui parvint un courant d'air froid et humide qui le déprima. Tant d'efforts. Tant d'efforts pour rien.

« Je ne dors presque pas à les surveiller. Tout est contre eux. La méchanceté, l'envie, la faim. La méchanceté existe toujours, l'envie se renforce en ces temps où mon amour des pigeons offense tant de gens qui se sentent haïs et repoussés. Quant à la faim, c'est bien le pire.

Floreal tourna le dos à ses voisins et embrassa l'horizon proche du pigeonnier.

« Avant de les livrer à la méchanceté, à l'envie et à la faim, je les égorgerai et puis je me jetterai dans la rue de cette corniche.

Il leur faisait à nouveau face et leur tendait une gourde de vin à moitié pleine.

« Il sent beaucoup la poix, mais c'est du bon vin, du bar d'en bas. On dit qu'il est du Priorato. C'est pour ça que je le prends avec du pain sec que me garde la voisine du troisième et du sucre que me donne le type de l'épicerie parce que j'apprends à chanter à son perroquet.

M. Enrique et Quintana en burent un coup mais Rosell et Andrès refusèrent. Refus dont profitèrent Magda et Ofelia qui s'abouchèrent à la gourde, têtant de longues gorgées. Floreal l'arracha à la seconde buveuse et suça avec délice le goulot là où les filles avaient appliqué leur bouche, tout en les enveloppant d'un regard engageant.

— Dans mon pigeonnier, il manque des colombes dans votre genre.

— Nous ne vous dérangerons pas davantage, Floreal.

— Merci de votre visite. Les visites ne sont pas toujours si agréables. Le géant s'obstine à vouloir me faire payer le loyer de ce, je ne sais plus comment il l'appelle, ah ! oui, duplex, ce fils de pute, il appelle ça un duplex. L'autre jour, il est venu avec deux gardes municipaux et j'ai barricadé ma porte d'escalier avec un sommier et des sacs de graines. Je leur ai crié : Au nom de Son Excellence le chef de l'État, mon chef invaincu de la bataille de Xauen, et pour la Révolution nationale syndicaliste, vous ne mettrez pas les pieds ici. Ils ont été impressionnés et ils sont partis. J'ai fait courir

180

le bruit que j'avais été à la division Azul et que j'en étais
revenu à moitié fou. Ils ne reviendront sûrement pas. Par les
temps qui courent, tout le monde a peur. Tout le monde sait
qu'il peut être pris en faute. Si le gérant est parti en courant
quand j'ai invoqué le nom de Franco et de la Révolution
nationale syndicaliste, ça veut dire qu'il n'a rien fait de bon
ni pour l'un ni pour l'autre, qu'il a quelque chose à se faire
pardonner. En plus, regardez.

D'une poche de sa chemise en cretonne, il tira une petite
carte usagée, Juan de Dias Gil Meriondo, pilote aviateur,
division Azul, et la photo de Floreal.

— Mais ce n'est pas toi, Floreal.

— Non. Mais il y a un marché noir de papiers dans ce
genre. Presque tous les poivrots en ont et presque tous ceux
que les flics attrapent se mettent à crier, ils montrent leur
carte et on les laisse tranquilles. J'ai échangé celle-ci au soû-
lard du 7 contre une demi-douzaine d'œufs de pigeon. C'est
bon pour la virilité.

— Moi, je vous ai entendu chanter des chansons phalangistes.

— Qui tu es toi ?

— Andrès, le fils de Mme Paca, du 11.

— Ton père, c'était cet agent de police qui avait si mauvais caractère ?

— Paix à son âme.

— Et comment tu sais, toi, que je chante des chansons
phalangistes ?

— Parce que j'aime me balader sur les toits, pour
m'amuser, et que parfois je vous observe du coin de la
terrasse du 7. Et vous chantez souvent des chansons phalangistes.

— Tu as raison. Je chante le *Cara al sol*[1] et *J'avais un*

1. *Face au soleil,* hymne de la Phalange.

camarade, pour qu'on m'entende et qu'on me respecte. J'ai passé toute la guerre à chanter d'abord *la Varsovienne* et *Hijos del pueblo* [1], jusqu'en mai 1937 lorsqu'on a jeté les anarchistes à coups de bâtons. Après ça, *l'Internationale* et *Els Segadors* [2] parce qu'ici, en Catalogne, c'étaient les communistes et les catalanistes qui commandaient. Les chansons ça fait plaisir, et les gens sont très sensibles à ce que chantent les autres.

— Et, si vous n'aviez pas à vous défendre des autres, qu'est-ce que vous chanteriez ?

— Coucouroucoucou... !

Il imitait le chant du mâle en rut et remuait ses bras comme des ailes tout en sautillant sur ses pieds à la grande joie des filles et du gamin. Andrès se croyait obligé d'attirer l'attention de Rosell et de le tranquilliser sur ce qu'on pouvait attendre de Floreal. Mais le musicien repoussait les mises en garde comme s'il préférait faire face au personnage sans idées derrière la tête, avec un regard d'entomologiste et un sourire au coin des lèvres qu'Andrès aurait pu interpréter comme une marque de mépris mais dans lequel il préféra voir la grimace d'un homme ne sachant pas quelle tête il fallait prendre dans telle ou telle occasion, comment adapter son expression aux circonstances. Chaque fois qu'un des membres de l'expédition se tournait vers l'homme aux pigeons, celui-ci redoublait son simulacre de vol et redoublait son chant d'appel. A présent, il fallait descendre un peu vers une terrasse noyée d'ombre sur laquelle s'ouvraient la lucarne d'une mansarde et le débouché de l'escalier d'accès. Derrière le carreau de la mansarde, une femme, la cinquantaine, la peau fraîche et lisse mais les cheveux teints

1. *Fils du peuple.*
2. *Les Moissonneurs*, l'hymne catalan.

en platine, remuait un ragoût dans un récipient en porcelaine.

— C'est Mme Amparo, la voyante.

Les doigts d'Andrès, poussés malgré ses protestations par la poigne de Quintana, frappèrent au carreau. Le visage indifférent de la femme se tourna vers eux.

— Ah ! vous voilà, fils de pute ? Qu'est-ce que vous voulez que je vous montre, mon cul ou mes seins ?

— Du calme, madame Amparo. Nous sommes les voisins du 11 et du 9.

Cria Young, les lèvres collées à la vitre.

— Je vois que tu as une gueule à téter, toi.

— Je suis Young, le fils de Mme Asunción, je suis avec mon père.

La femme alla vers la fenêtre qu'elle ouvrit et elle se retrouva face à ses visiteurs.

— C'est vrai. Tu es Young. Pardonnez-moi si j'ai été grossière mais ce sont ces vauriens de la rue de la Cera qui viennent toujours, ces sales jumeaux. Ils me montrent leur machin et ils me disent des horreurs. Il y a aussi des jeunes filles avec vous. Vous voulez une consultation professionnelle ?

— Non, il ne s'agit pas de ça, madame Amparo, nous montrons les terrasses à ce monsieur qui est musicien et à un ami d'Andrès, Quintana, qui habite la rue San Paciano.

— Et le petit ?

Demanda Mme Amparo avec une certaine prévention.

— C'est le neveu d'Andrès, le petit-fils de Mme Paca et le fils de Rosita la couturière.

— Ta mère, mon petit, m'a fait une robe en viscose copiée d'un modèle de la revue *Para ti*.

Définitivement souriante, Mme Amparo ouvrit complètement sa fenêtre et ils sautèrent les uns après les autres à l'intérieur de la cuisine-salle à manger de la mansarde. Cui-

183

sine-salle à manger et sanctuaire, en réalité, car dans une niche, entourée de fleurs en tissu, une vierge miraculeuse irradiait toute une polychromie de rayons en plâtre, et sur le marbre du buffet crépitaient les papillons ardents qui flottaient sur des bols d'eau et d'huile, illuminant des portraits laissés par des clients de la voyante.

« Ce sont des photos de fils, de maris ou de fiancés qui sont partis durant la guerre et qui ne sont jamais revenus, sans qu'on sache s'ils étaient morts ou prisonniers. Je leur allume des lumignons pour que Dieu ou le Grand Hasard illumine le chemin de leur retour chez eux. Je tire aussi les cartes, je lis la bonne aventure et je mets fin à la jalousie avec l'aide de la Vierge miraculeuse et trois *Pater Noster* à saint Michel Archange, patron de la générosité. Pour vous deux, une invocation à sainte Rita de Casia, patronne de l'impossible, serait bénéfique, parce que vous avez déjà un corps de femme et que vous parlez et riez comme des célibataires.

— Nous ne sommes pas venus pour avoir recours à vos services, madame Amparo, mais par curiosité. On ne vous dérangera pas longtemps.

A la dure lumière de la cuisine, les yeux de M. Enrique avaient l'air rouges et malades derrière ses verres cassés, comme blessés par les brisures.

— Comme vous voulez. Mais on dirait bien que ce gamin est jaloux.

— Il a des vers. On lui donne du sucre du Dr Sastre y Marqués.

— C'est la jalousie.

— Les vers, les oxyures.

— La jalousie. Viens ici, petit.

La voyante prit le neveu d'Andrès et l'assit sur ses genoux en se tournant vers la sainte. Elle commença un dialogue de chuchotements tandis que du pouce de la main gauche elle dessinait, sur la peau transparente du front de l'enfant, des signes de croix. Ensuite, elle le reposa par terre, et, de ses doigts trempés dans une tasse d'eau et de fleurs pilées, elle traça d'étranges parcours sur le front du neveu d'Andrès.

— Si je lui faisais ça trois fois par semaine, sa jalousie s'en irait.

— Je me demande bien de qui il peut être jaloux. Il est le roi à la maison.

— Il y a une ombre dans sa vie, une ligne entre la joie et la tristesse.

— Depuis le retour de prison de son père, il est plus triste.

La voyante cligna triomphalement de l'œil vers tous les présents qu'elle prit à témoin de sa perspicacité.

— Dis à ta sœur de me le conduire. Je ne la ferai pas payer. J'ai plusieurs retouches à faire faire et en échange j'ôterai la jalousie de son fils pour rien.

— Mais il a aussi des vers.

— C'est la jalousie qui les provoque.

— Je voudrais savoir...

— Qu'est-ce que tu voudrais savoir, ma fille ?

Magda hésitait, arrêtée par les coups de coude que lui envoyait sa cousine.

— Je voudrais savoir si un homme reviendra dans ma vie.

— Blond ou brun ? Marié ou célibataire ? Il se lève du pied gauche ou du pied droit ?

— Il était brun, brun et très fort. Il avait été marié, mais sa femme était morte de la plèvre et je ne me rappelle pas de quel pied il se levait. C'était un artiste.

— Artiste de quoi ?

— De cirque. Il lançait des poignards sur une femme attachée à une planche et il l'entourait comme ça, tout autour.

— Tu as été sa fiancée ?

La voix de Magda se brisa.

— J'ai vécu avec lui. Trois mois. Dans le cirque. J'étais celle qui était attachée à la planche et lui me lançait des poignards. A Vinaroz, il m'a un peu touchée, ici, à l'épaule, une lame m'a frôlée et m'a laissé une petite cicatrice. Il pliait aussi une barre d'acier et moi je la lui portais pour montrer qu'elle était très lourde, que je pouvais à peine marcher.

— Il t'a laissée ?

— Le cirque a fait un bide et nous sommes venus ici à Barcelone. Un beau matin, il a disparu, ni vu ni connu.

— Tu habites là où tu vivais avec lui ?

— Non, mais j'ai laissé des renseignements pour le cas où il reviendrait.

La voyante posa ses mains ailées sur le front de Magda, avec les pouces elle lui ferma les yeux, les autres doigts pressaient différents points du front et s'en furent ensuite vers les oreilles pour en boucher les orifices et empêcher qu'un quelconque bruit étranger n'y pénètre.

— Ouvre les yeux. Non. Il ne reviendra pas.

— Et comment pouvez-vous le dire en étant si sûre, si sûre ?

— Je ne peux pas te révéler tous mes secrets, mais la réponse est dans tes yeux. Tes yeux sont pleins d'hommes de passage.

— Je n'ai eu que deux fiancés.

— C'est égal. Tes yeux sont pleins d'hommes de passage.

Un cercle de respect marquait la distance entre les visiteurs et la voyante.

— Vous faites aussi le truc de la boule ?

Demanda l'enfant. La voyante le regarda durement mais elle alla vers l'interrupteur, éteignit la lumière et pendant un instant il n'y eut pas dans la pièce d'autre luminosité que les dernières clartés du jour ou les premières lueurs de la pleine lune qui imprimait dans le ciel sa rondeur de gravure. Soudain, la voyante retira ce qui ressemblait à un vase au milieu de la table et à sa place apparut une boule de cristal blanche illuminée. Hypnotisés, hésitant à partir ou à rester, les visiteurs virent la voyante prendre place devant la boule et les inviter à s'approcher.

— Les voix et la force magnétique des corps font se mouvoir les nébuleuses internes dans ce petit univers blanc.

— Je veux partir.

Pleurnichait Magda, attristée par les révélations de la voyante. Andrés non plus ne se sentait pas à l'aise, surtout à cause de son neveu qui lui tirait le bas du pantalon, effrayé par l'obscurité et la mobilité des lumières laiteuses de la boule de cristal.

— Ne croyez pas que c'est une boule courante. Un usurier de la rue Regomir me l'a rapportée d'Amsterdam.

— De fait, madame Amparo, nous avons abusé de votre patience et nous passions juste en allant voir si Mlle Manon permettrait à ce monsieur d'utiliser son piano en attendant qu'il en ait un à lui.

— Je ne crois pas qu'elle soit chez elle. Mais dites bien à la vieille que c'est moi qui vous envoie et que j'ai vu dans les cartes que quelque chose de bon arrivera dans la vie de celui qui laissera ce monsieur jouer sur son piano. Comment vous appelez-vous ?

— Alberto. Alberto Rosell, pour vous servir.

— Vous n'avez pas l'air espagnol. Vous avez cet aspect que certains Catalans arrivent à avoir en s'entraînant beaucoup.

— Quel aspect ?

— De Suisse ou de Hollandais. Mon mari était dessinateur. Il faisait des portraits dans les cafés les plus chics de la ville, et il était très catalaniste, très du sérail. Et il me disait : Amparo, il y a des Catalans qui sont tellement furieux de ressembler aux Espagnols qu'ils arrivent à changer de physionomie et ils finissent par être suisses ou hollandais. Mon mari était de ceux qui auraient préféré que les Catalans soient noirs pour se distinguer plus clairement des Espagnols.

Mme Amparo montra un des portraits invoqués par les petites lampes à huile.

« C'est celui-là. Celui qui ressemble à un marin hollandais. Il a disparu pendant la retraite, mais il n'avait jamais tiré un seul coup de feu et il devait plus sûrement courir derrière les jupons d'une milicienne que fuir Franco. Avec un fusain et un bloc de papier, il est capable de gagner sa vie dans n'importe quel coin du monde. Un jour, il reviendra.

— Le sien, bien sûr, il reviendra.

Grogna Magda d'une voix étouffée à l'oreille de sa cousine. Au revoir et échanges de vœux de chance et de santé précédèrent l'enjambement du rebord de la fenêtre et le retour sur le toit doucement incliné vers le numéro 1 promis. La terrasse redevenait plane, entourée d'un parapet en brique et pleine de linge étendu que son isolement préservait de la piraterie d'autres maisons. Quintana et Ofelia se perdirent en courant entre les draps et la lingerie masculine et féminine, mais au bout de quelques instants ils se firent repérer par des appels étouffés qui alertèrent les autres.

— Que le gamin n'approche pas. Ça n'est pas pour les mineurs.

Avisa Quintana et, par gestes, il les invitait à contempler le spectacle d'une fenêtre illuminée dans la cour intérieure du 1.

Une femme, jeune mais marquée, repassait du linge sans autre vêtement qu'une combinaison et, derrière elle, on apercevait un gaillard en petite tenue qui lui baissait l'une ou l'autre bretelle, faisant jaillir des seins ronds et éclatants comme des obus, dont il excitait les pointes mauves en les tordant. Sans se satisfaire du pelotage nord, les mains de l'homme gagnèrent le sud, passèrent sur les rondeurs doubles des hanches, soulevèrent l'ourlet de la combinaison et, sous le regard des voyeurs, à demi cachée par la planche à repasser, apparut une touffe frisée et brune symétrique distribuée de part et d'autre d'une ligne de chair que l'excitation progressive des doigts de l'homme coloriait de mauve.

— Ma mère ! Quel con !

Laissa échapper Quintana. Imperturbable, la femme mettait plus d'attention à suivre le va-et-vient de la proue du fer que les appels tactiles de l'homme, bien que sa bouche émît des mots qu'on aurait dit de protestation mais qui pouvaient tout aussi bien être des gémissements d'animal froid et sans appétit.

— Ça suffit. Ça n'est un spectacle pour personne.

M. Enrique les obligea à se retirer.

« Vous aimeriez, vous, que quelqu'un vous surprenne dans votre intimité ?

— Mais ils ne le savent pas. Ils n'en souffrent pas.

— Ils ne s'embêtent pas.

Commenta Magda en riant un peu. Le bras de M. Enrique indiquait le bord promis et la falaise de façades qui donnait sur la place du Padró. Ils s'en furent rue de la Botella. La vaste perspective sur la place leur renvoya la réalité du monde où il leur faudrait retourner. Là étaient les rues, les rails du tramway n° 1 qui arriverait par la rue de l'Hôpital et repartirait vers San Antonio Abad en direction des Rondas, la tour à horloge des écoles paroissiales, les flèches de l'église en brique de Puig y Cadafalch, construite sur les ruines du couvent des hiéronymites, brûlé durant la Semaine tragique, une boulangerie, le tailleur Mas, la fontaine du Padró, avec ses visages de pierre érodés par le vent et l'humidité, encore entourée d'une queue de gens venant y puiser de l'eau pour boire ou pour tout autre usage, le bureau de tabac Viladot au pied d'une fausse façade cachant une chapelle romane dont l'abside pointait dans la cour du lavoir de la rue San Lázaro, anciennement lazaret de charité de la ville, à quelque deux cents mètres de l'hôpital de la Santa Cruz et de San Pablo, des magasins de meubles et, aux coins de la rue de la Botella, sur la place du Padró, la droguerie Casas et la pharmacie avec son emblème, un serpent entortillé autour de la coupe de la santé.

— Ça c'est tout. Un autre monde. Un autre horizon.

Déclama M. Enrique, séduit par tous ces chemins qu'offrait le carrefour.

« Regardez cette nouvelle rue qu'ils ont ouverte à coups de bombes. Sur les murs, on voit encore les traces des vies brisées.

Don Enrique grimpa sur un lavoir et, sans lâcher des yeux l'horizon, il développa tout un discours mental qu'il avait gardé sa vie durant pour une occasion comme celle d'aujourd'hui.

« Qui sommes-nous ? D'où venons-nous ? Où allons-nous ?

— Mais qu'est-ce qu'il raconte ton père ?

— Laisse-le. De temps en temps, il fait dans le discours. A Montjuich, devant les statues du Palais national, il fait toujours des discours face à la ville.

— Et vous, les pierres qui contemplez indifférentes le passage des générations...

— Quand il était jeune, il faisait du théâtre à l'Ateneo ouvrier de Sants.

— ... c'est à vous que je m'adresse pour que vous soyez indulgentes avec les hommes et les femmes qui habitent parmi votre indifférence. Ce sont des vies destinées au pourrissoir, mais votre sort n'est guère plus enviable, faux rochers, vous serez des ruines et le temps vous transformera à nouveau en pierres des chemins ou en poussière des sentiers sans même la mémoire...

— Merde ! Il parle bien !

— Il est un peu poète. Mais comme il n'a pas fait d'études...

Les filles applaudissaient, ce qui eut pour effet de rendre muet le marchand de journaux. Il arrêta le mot et le geste et abandonna sa quiétude d'un bond qui le rendit à la hauteur des autres et à la normalité du commentaire.

— Rappelle-moi, Manolo, qu'en descendant il faut que nous achetions à la droguerie Casas de la poudre bleue pour colorer la chaux en préparation. Ou tu passes souvent de la chaux, ou les punaises te mangent tout cru.

— Les punaises ou les puces, don Enrique, je vous crois, moi j'ai les aines à vif, je ne comprends pas pourquoi c'est là qu'elles se fourrent.

— Je sais bien pourquoi, moi.

Commenta Quintana, au bord de l'oreille d'Ofelia. Ouvertement chef de l'expédition, don Enrique ouvrit la porte en bois rafistolée qui donnait accès aux escaliers du numéro 1, dut sortir de sa poche un briquet en laiton pour que la flamme les guide dans ce puits de ténèbres.

— Que personne ne se trompe de porte. C'est au premier étage.

Ils descendirent en s'aidant des coudes entre des rampes de fer rouillé et des murs qui s'écaillaient à leur passage. M. Enrique frappa à la porte avec un marteau en forme de poing en fer et il calma les chuchotements de ceux qui le suivaient pour coller son oreille au bois. Il perçut les pas traînants de quelqu'un et une voix ténue qui annonçait son arrivée à la porte. Elle ouvrit le judas et l'on vit apparaître par l'orifice deux yeux fragmentés.

— Qui est là ?

— Enrique, celui qui vend les journaux, le mari de Mme Asunción. Je viens avec des amis. C'est Mme Amparo qui nous envoie, celle du 3.

— Avec qui êtes-vous ?

— Avec mon fils et des amis. Un artiste qui veut faire la connaissance de votre fille.

— Un artiste. De quoi ? Il chante ?

— Non. Il joue du piano. Il est pianiste.

— Ah, pianiste !

Elle ouvrit la porte juste assez pour vérifier la présence intégrale d'Enrique à la tête des autres.

« Que de gens !

— Doña Amparo nous a donné une commission pour vous.

— Entrez. Attention à ce que l'enfant ne touche à rien. J'ai beaucoup de souvenirs et je ne voudrais pas qu'ils se cassent.

Une entrée avec un portemanteau en bois, des compteurs électriques à découvert, une console de luxe avec des pieds tournés, style Empire, dorés à la pourpre, et sur la console une Diane chasseresse presque dépouillée de tout vernis, l'arc tendu en direction du couloir couvert d'un papier peint reproduisant des pergolas soutenues par des colonnes corinthiennes, des étangs, des nénuphars, des oiseaux aquatiques et, entre deux colonnes, la porte d'une chambre fermée, et, deux mètres plus loin, une autre chambre ouverte avec des rayonnages bourrés de livres, un buste de Chopin, des reproductions de tableaux que Rosell identifie dans un murmure.

— *La Madone* de Munch et *A Tabarin* de Rouault.

Mais il a peu de temps pour s'étonner devant la force des tableaux parce que cette pièce, au-delà de la table de chevet avec tapis de cretonne, c'est un Schimmel qui la préside, près de la porte-fenêtre du balcon, entrouverte, qui donne sur la rue de la Botella, presque en face de la pharmacie du coin. Andrès l'incite à l'ouvrir, mais M. Enrique l'en dissuade d'un geste et il va vers la vieille femme qui a été la dernière à entrer dans la pièce. Les yeux méfiants sous la perruque blanche, et un châle en fausse soie bleue sur les épaules tombantes.

— Attention aux statuettes.

— Mme Amparo nous a dit que vous ne verriez pas d'inconvénient à laisser notre ami, M. Rosell, jouer du piano. M. Rosell est mon locataire, il rentre d'un long voyage et ça fait des années qu'il ne joue plus de piano.

— Si c'est juste un petit moment...

— Quelques minutes. M. Rosell aimerait parler avec votre fille pour voir s'il ne serait pas possible qu'il vienne jouer à des heures creuses, sans gêner personne, le temps d'asseoir un peu sa situation.

— Ça, ça dépend de ma fille. Moi, je m'en lave les mains. Mais un piano, c'est une chose délicate. Jouez, jouez, mais faites attention parce qu'on l'a fait accorder il y a peu et, chaque fois que l'accordeur passe, c'est une vraie rente qu'on lui verse.

Rosell se regarda le bout des doigts des deux mains, il s'assit sur le tabouret, souleva le couvercle et parcourut plusieurs fois des yeux l'étendue blanche et noire du clavier, comme si par le seul regard il lui arrachait une musique qu'il était seul à entendre. Il se retourna et se sentit entouré et poussé par l'attente de ses compagnons, mais, ce qui l'incita à appuyer sur les touches, ce fut le regard méfiant de la vieille. Avec énergie, il fit une double échelle musicale, *crescendo* et *decrescendo*, et à la dernière note il respecta une minute de silence. Il ferma les yeux pour convoquer l'*allegro* mélancolique d'*el Polo* d'Albéniz. Les mains de Rosell ont de la mémoire, le sourire de ses lèvres en répond, mais de temps en temps la main doute, la note se soutient et les yeux déconcertés se ferment à la recherche de l'idée et de la pratique du son oublié. Malgré des silences excessifs et des notes traînantes, *el Polo* avance assez pour que l'assistance en soit bouche bée et salue de hochements de tête la maîtrise de Rosell. La vieille, tranquillisée, a cherché un petit fauteuil et regarde l'un après l'autre les visages intrus en essayant de se les rappeler. C'était un morceau que Rosell avait joué devant de nombreux jurys, il savait que c'était son point fort, il devait frôler les notes parce que la pièce était pleine de dissonances, pour aborder, après une suite de triolets rapides, huit mesures conduisant à la conclusion, en un vibrant *fortissimo* qui exalta les esprits de l'assistance jusqu'à leur couper le souffle. Silence. Puis tout le monde se mit debout pour applaudir avec frénésie.

— Bravo !

Criait Quintana qui avait l'air sérieux et la chair de poule.

— Putain !

C'est tout ce que pouvait dire Andrès. Rosell s'était tourné et les regardait, détendu, souriant, le corps appuyé sur ses cuisses.

— C'est du Granados, maestro ?

— Non. C'est *el Polo* d'Albéniz, c'est un morceau assez difficile que je choisissais toujours quand je voulais être bon. Je l'ai interprété comme un mauvais débutant.

— Mais qu'est-ce que vous racontez ! C'était magistral.

— Vous connaissez ce morceau tellement romantique qui fait la la la lalala la ?

— *Rêve d'amour*, de Liszt.

— C'est ça, c'est ça !

Implorait Ofelia, les yeux remplis d'émotion et les mains jointes comme pour la prière. Rosell chercha la tonalité et ses mains interprétèrent le morceau tandis que, derrière ses paupières closes, lui apparaissait la caricature dix-neuviémiste de Liszt devant son piano en train de se jouer lui-même en concert, souvenir d'un mur de conservatoire ou peut-être d'un livre. Chopin, George Sand. Beauté de la jeunesse ! Parfum, lune, amour... lisait-on au bas de la première vignette ; puis défilent des images de Liszt, cheveux en bataille, en train de jouer ses principales œuvres, *Dante, la Légende de saint François, Hamlet, Faust,* enfin

Liszt, fatigué mais content de lui, saluant le public. Rosell
ouvre les yeux, l'enseigne de la pharmacie s'est allumée, derrière lui quelqu'un fredonne le morceau, deux voix. Un
homme, Andrès sans doute, une femme, Ofelia ou Magda.
Rosell se retourne. Ofelia, Ofelia chantonne l'air avec la passion de celle qui chanterait sur scène. M. Enrique s'est assis
par terre, les genoux dans les bras, il s'abandonne à la surprise de la virtuosité ; Young contemple les contractions
autonomes de son biceps droit ; le gamin est sorti sur le
balcon, Quintana a passé un bras sur les épaules d'Ofelia qui
suit, comme Andrès, le glissement des notes entre silence et
silence. Magda branche sa propre déprime sur celle de la
musique et contemple le pianiste comme un confesseur en
train de dialoguer avec elle. Quant à la vieille femme, elle
somnole, un œil ouvert, et, lorsqu'elle refait périodiquement
surface, elle a un sourire pour le talent du pianiste.

— Vous ne voulez pas quelque chose de plus gai ?
— Vous connaissez *Qu'importe un boogie de plus* ?
Demande Ofelia.
— Non. Ne me demandez rien de postérieur à 1939.
— Et des chansons des films de Fred Astaire et Ginger
Rogers, vous en connaissez ? *La fumée aveugle tes yeux,* par
exemple, ou *Douce Amanda,* du film de Spencer Tracy et
Katharine Hepburn, ou *el Continental.*

Ma douce Amanda s'élève entre les hésitations et les
appoggiatures de la voix de ténor léger de Rosell, qui chante
les notes que ses mains ont oubliées.

— Qui joue du piano ?

Crie-t-on de la rue. Andrès se penche au balcon. C'était
Juan, le marchand de morue, qui posait la question. Il sortait
de sa boutique les manches retroussées, se séchant les mains
et les bras dans son tablier blanc.

— C'est un pianiste, monsieur Juan.

Les yeux d'Andrès remontèrent la rue Botella vers le

débouché de la rue de la Cera, ils virent qu'à la porte de la
taverne et tout autour du siège de Pepa la vendeuse de billets
de loterie s'étaient formés deux petits attroupements suspendus aux notes de piano qui s'échappaient par le balcon
ouvert de l'appartement de Manon Léonard.

— Elle va chanter, elle ?

— Non. Elle n'est pas là. C'est un pianiste de mes amis,
un très bon pianiste.

De la teinturerie sortirent Fina et sa sœur Conchita, elles
prirent place sous le balcon de Manon et de tous les balcons
fleuris du 14 commencèrent à sortir des gens, les oreilles
attentives à l'appel de la musique. Du groupe de la taverne
sortit Julio, le fils de Pepa, la vendeuse de billets de loterie,
il tenait par la main une fille brune et il demanda à Andrès :

— Ton copain, il saurait jouer un boogie ?

— Non. Depuis 1939, il ne sait plus rien.

— D'accord. Dis-lui de jouer quelque chose qui bouge.

Andrès plongea la tête dans l'appartement.

— Vous sauriez jouer quelque chose qui bouge ?

Rosell ferma les yeux et chanta à tue-tête avant que ses
mains ne viennent musicalement épauler les paroles de la
chanson :

> *Madre, cómprame unas botas*
> *Que las tengo rotas*
> *De tanto bailar*[1].

Et le charleston explosa dans les pieds, les mains, les
genoux de Julio le danseur, caché derrière de solides lunettes
aux reflets d'océan, Julio, le roi des bals du quartier, San
Clemente, Riereta, Botella, San Salvador. Personne ne faisait
danser les filles comme le timide et distant Julio, un pantin

---

1. Mère, achète-moi des bottes, / Les miennes sont toutes cassées / A force de
danser.

agile et musclé qui oubliait son corps dès qu'il entendait ne fût-ce qu'un orgue de Barbarie. Il y avait dans la rue, autour de Julio et de sa cavalière, autant d'attention qu'autour de Rosell dans l'appartement.

— Ils sont en train de danser dans la rue !

Annonça Andrès enthousiaste, et tous se précipitèrent sur le balcon de Manon Léonard, sauf Magda et M. Enrique qui était toujours assis, plongé dans une profonde tristesse muette.

— Monsieur Enrique.

— Oui, Magda, ma fille.

— Elle n'aurait pas dû me le dire comme ça.

— Te dire quoi ? Qui ça ?

— La voyante. A propos de ce fiancé que j'ai eu dans un cirque. Elle le sait, elle, s'il reviendra ou pas ? Et ça m'a fait très mal quand elle m'a dit que j'avais les yeux pleins d'hommes.

— Elle ne t'a pas dit ça. Elle t'a dit que dans tes yeux passaient beaucoup d'hommes.

— Elle m'a traitée poliment de pute.

— Pas du tout, ma fille, pas du tout. Elle t'a dit que dans tes yeux il y avait encore de la place pour beaucoup d'hommes, qu'il ne fallait pas t'inquiéter, que tu connaîtrais encore bien des hommes.

— Moi, je n'ai pas compris ça. La vérité est que si Félix revenait je repartirais avec lui. Pas parce que la vie du cirque est agréable, il fallait vraiment tout faire : aider à monter le chapiteau ou jouer les cibles quand il lançait les poignards, et je n'en menais pas large parce que bien des fois il était allumé. Mais c'était un très beau garçon, costaud et très drôle. Avec lui, je ne m'ennuyais jamais. Je préfère le cirque à ce que je fais maintenant, dame-vestiaire au Rigat. C'est plein de trafiquants répugnants qui portent leur sale mentalité sur la figure. De gros types. Gluants. Être gros par les temps qui courent, ça dit clairement de quel bord on est.

— Pas toujours. Il y en a qui grossissent en mangeant du vent.

— Je préférais le cirque.

— Ta mère.

Remarqua Andrès à l'intention de son neveu, lorsqu'il vit sa sœur sortir de son pas nerveux et rapide par la porte du 11. Tout en avançant, la femme demandait aux badauds ce qui se passait et s'ils avaient vu son frère et son fils, ils n'étaient plus sur la terrasse et Dieu seul savait où ils pouvaient bien être. A la hauteur de la taverne, quelqu'un lui dit que son frère était sur le balcon du numéro 1 et elle s'y dirigea d'un pas décidé tandis que le gamin se cachait en riant derrière un rideau et qu'Andrès se préparait à affronter la tempête. La femme brune aux yeux cernés se posta sous le balcon, son nez s'affrontant en duel avec celui, semblable, de son frère :

— Et le petit ?

— Il est ici. Il écoute la musique.

— Par où êtes-vous passés ?

— Par les terrasses.

— Par les terrasses, avec le gamin ?

Elle va faire une crise d'hystérie, pensa Andrès, et la femme vociférait sa colère et sa peur tandis que son frère pénétrait dans l'appartement et poussait son neveu pour qu'il aille rejoindre sa mère.

— Elle va me frapper avec sa pantoufle et ça me fait rire.

— Je vais lui dire de ne pas le faire.

— Je préfère rester à écouter ce monsieur jouer.

— Il jouera une autre fois rien que pour nous. Aujourd'hui, c'est la nouveauté et tous les gens sont venus.

Il accompagna le gamin jusqu'au palier et regagna le balcon en courant.

— Il descend. Ne le bats pas. Tout ça est de ma faute.

— Le battre, moi ?

La femme prenait les badauds et autres auditeurs à témoin de l'infamie qu'ils venaient d'entendre et, lorsque l'enfant parut, elle s'empara de lui comme s'il revenait de Russie après une longue absence et elle l'emporta, enlacé, abreuvé de recommandations, d'avertissements, de menaces et de câlins nerveux. M. Juan, le vendeur de morue, sortit de sa boutique avec un sac en gros papier plein d'olives et l'offrit à Andrès.

— Tiens. Donne-le au pianiste pour que ça l'inspire.

— Merci beaucoup, monsieur Juan.

Andrès descendit dans la rue, prit le cornet et remonta les marches trois par trois, ses jambes chantant d'allégresse.

— Ce sont des olives piquantes dénoyautées.

Ils les prenaient deux à deux, et Magda en fourra aussi deux dans la bouche du pianiste qui continuait à jouer, esclave de *Mi jaca.*

> *Mi jaca galopa y corta el viento*
> *Cuando pasa por los puertos*
> *Camini... to de Jerez*[1].

Chantaient les gens dans la rue, et Quintana entrouvrait le bas du cornet pour en faire couler l'eau pimentée aromatisée aux herbes dans laquelle baignaient les olives, et il recevait ce goutte-à-goutte parfumé dans sa bouche ouverte.

— C'est très bon.

— Laissez-m'en un peu.

Demandait Ofelia, et elle recevait un filet d'eau rougie par le piment.

— Avec plaisir.

— Elles sont très bonnes.

La mère de Manon accepta deux olives mais elle les

1. Ma monture galope et fend la bise / Lorsqu'elle passe par les ports / Sur la route de Jerez.

mangea d'un air soucieux, parce que ces choses fortes me font monter la tension et que j'ai déjà 18. Au confluent de la rue de la Botella et de celle de la Cera, flanqués à leur gauche par le vendeur d'espadrilles, à leur droite par un kiosque à boissons et sandwichs, deux policiers municipaux virent devant eux une rue noire de gens sur les trottoirs, les balcons, la chaussée, tous suspendus à une musique qui venait du carrefour de la rue de la Botella et de la rue de l'Hôpital. Le caporal Sánchez et moi-même, alertés par l'anomalie de la situation, nous sommes disposés à intervenir et avons fait appel à un habitant du quartier pour qu'il nous informe sur ce qui arrivait.

— Je ne sais pas. Quelqu'un joue du piano.

Compte tenu du fait que, en vertu des dispositions concernant l'ordre public en vigueur en cet an VII de l'Ère triomphale, toute réunion publique ou privée excédant cinq personnes est interdite, quelles que soient les raisons de ladite réunion et à défaut d'avoir sollicité l'autorisation auprès du gouvernement civil, les soussignés sont entrés dans la foule en demandant d'abord s'il s'agissait d'un malheur susceptible de susciter une naturelle préoccupation.

— Il est arrivé un malheur ?

— Non. Non. Ils jouent du piano.

Et, parvenus au foyer de l'émeute, un groupe d'habitants du quartier postés sous un balcon d'où s'échappait la musique d'un piano, même si à première vue il pouvait aussi bien s'agir d'une radio, le fait est que nous procédâmes aux sommations opportunes :

— Circulez. Dispersez-vous.

Et, de l'une des personnes qui de manière insultante, malgré la correction de notre intervention, nous demandait s'il était interdit de jouer du piano, nous exigeâmes qu'elle nous présente ses papiers. Il s'agissait de Carlos Esteve Bernades, nom que nous transmettons afin qu'on puisse rechercher s'il a eu dans le passé des responsabilités subversives. Après nous être présentés au numéro 1 de la susdite rue de la Botella, nous avons pu vérifier qu'en effet c'était bien un pianiste qui jouait pour quelques amis, tous identifiés à notre demande, sauf le pianiste qui n'avait d'autre papier qu'un ordre de mise en liberté conditionnelle émis par la Direction générale des prisons et contresigné par le directeur de la prison pénale de San Miguel de los Reyes, au nom d'Alberto Rosell Mataplana, nom que nous portons au dossier au cas où il se trouverait sous le coup de poursuites parallèles à celles qui furent à l'origine de son jugement et de sa condamnation. Compte tenu du fait qu'il y avait, pour l'occasion, huit personnes dans l'appartement, nous leur avons ordonné de réduire leur groupe s'ils voulaient continuer à écouter de la musique et, en notre présence, quatre d'entre eux déguerpirent. Moyennant quoi, la situation redevenant normale au susdit premier étage du 1 de la rue de la Botella, nous avons regagné la rue et vérifié que la normalité avait repris son cours. La plupart des commerces étaient déjà fermés et la circulation des gens et des véhicules s'effectuait tout à fait normalement.

— Il fallait que je parte. Je mangerai quelque chose dans un bistrot en allant au Rigat.

— Mes parents m'attendent depuis une éternité, mais le voyage valait vraiment la peine, la musique et la compagnie de la belle Ofelia que j'accompagnerai jusqu'à sa porte et avec qui j'ai rendez-vous pour aller danser au Rialto samedi prochain.

— Je n'ai pas dit oui.

M. Enrique bâilla à son tour, il se releva et poussa son fils vers l'évidence d'un lever à l'aube, le lendemain, pour aller chercher les journaux. Après ça, il avait l'autre moitié de la matinée prise par la gymnastique et la course à pied dans le bois de la Fuente del Caracol, à Montjuich.

— Mais, vous, continuez à jouer. Andrès vous tiendra compagnie et cette dame est déjà presque endormie. Je vous félicite, monsieur Alberto, et je vous envie. Ce sont des hommes supérieurs, ceux qui ont le don de l'expression. Vous, vous pouvez vous expliquer à travers la musique. D'autres peignent ou sculptent ou chantent. Moi, je me rappelle avec regret tout ce que j'aurais pu être et que je n'ai pas été.

Rosell, désireux de les voir partir au plus tôt pour se retrouver seul face au piano, répondait aux amabilités avec des inclinaisons de tête et d'excessifs hochements de dénégation.

— Je regrette de vous avoir fourré dans cette sale histoire, s'excusa Andrès.

— Une sale histoire ? Mais vous m'avez trouvé un piano.

— La police...

— Qu'est-ce qu'ils peuvent me faire ? C'est interdit de jouer du piano ?

— Et puis nous vous avons demandé des choses que vous avez jouées par gentillesse.

— J'ai retrouvé la mémoire des doigts. Pour moi, c'est vital de trouver un piano. Après, on verra. Je donnerai des cours ou je chercherai du travail comme arrangeur ou comme accordeur. N'importe quoi, mais j'ai besoin d'une pratique constante.

— Quand vous étiez étudiant en musique, ou en piano, enfin... qu'est-ce que vous vouliez être ?

— Tout.

— Maintenant, il y a beaucoup d'orchestres à la mode et, quand les musiciens parlent à la radio, ils disent tous qu'ils voulaient être concertistes, qu'ils avaient fait de la musique pour donner des concerts. Vous aimez, vous, Iturbi [1] ?

_____
1. Pianiste valencien.

202

— C'est à peine si je l'ai entendu. On le voit beaucoup au cinéma, non ?

— Pas tant que Xavier Cugat [1], mais encore assez.

— Qui est Xavier Cugat ?

— Vous ne savez pas qui est Xavier Cugat ?

Non, il ne savait pas, mais il savait qui était Iturbi. Rosell se passa la main sur la tête comme pour essayer de localiser le coin réservé à la mémoire perdue durant presque sept ans. Il était plein d'histoires carcérales qui ne lui servaient plus à rien mais qui, s'il les perdait, laisseraient un trou dans une vie qui après tout était bien la sienne, tandis que les autres, au-dehors, avaient continué à apprendre un autre mode de vie, à accumuler une autre mémoire.

— Je ne sais pas qui est Xavier Cugat. Mais je sais encore qui sont Franco et Stravinski.

— Et Luis Doria.

— Oui. Et Luis Doria.

— Vous avez vu qu'il y a une coupure de presse de Luis Doria fixée au mur avec une punaise ?

Rosell se leva et se dirigea là où Andrès le lui indiquait. Il était là. C'était un long article de *la Vanguardia* signé Luis Doria. Il surveilla du coin de l'œil le sommeil de la vieille et retira la punaise avec l'ongle pour pouvoir lire l'article à la lumière : « Désordre et justice musicale. » « Je ne vais pas encore commenter le jugement de parti pris de Goethe sur le désordre et la justice, mais je m'attacherai en revanche au thème de la liberté créatrice telle que la définissait Stravinski lorsqu'il s'opposait dans la *Poétique musicale* à Wagner et à Verdi. Le grand Igor écrivait : " Tandis qu'on abandonnait Verdi au répertoire des pianos mécaniques, on saluait avec complaisance Wagner comme le révolutionnaire type. Rien n'est plus significatif que cet abandon de l'ordre à la muse

1. Trompettiste catalan.

203

des chemins à l'heure où l'on glorifie le sublime dans le culte du désordre. " Stravinski attirait l'attention sur les excès du libertinage wagnérien et rappelait la nécessité de l'autolimitation de la liberté créatrice, précisément comme une preuve de la possibilité de cette liberté. " En ce qui me concerne, ajoutait Stravinski, je ressens une espèce de terreur lorsque, en me mettant au travail, j'ai, devant l'infinité des possibles qui me sont offerts, la sensation que tout m'est permis. " Se souvenir de la prévention stravinskienne et l'appliquer à sa conduite créatrice, en art comme en politique ou dans tout autre domaine, n'est-ce pas le plus haut degré accessible de la liberté ? Je me sens libre parce que je me refuse à l'absence de contrainte et que je soumets ma musique à des règles naturelles qui sont inhérentes à tout système artistique, et à des règles sociales qu'exige de moi l'autre créateur, le public, que je ne peux que mépriser quand il tolère de moi la médiocrité ou le mensonge. Étrangler de mes mains le public complaisant et, de ces mêmes mains, construire un piédestal pour le public qui m'indique les limites de la vérité artistique... »

— Fils de pute...

— Qu'est-ce qu'il dit ?

— Le contraire de ce qu'il avait toujours dit.

— Vous le connaissez ?

— Celui-là, même son père ne voudrait pas le connaître.

Il reposa l'article où il était et se perdit un moment dans sa perplexité. La vieille dormait et c'était cruel de la réveiller pour lui demander pourquoi cet article de Doria était punaisé au mur.

— Vous êtes pressé, Andrés ?

— Non. J'ai déjà fait tout ce que j'avais à faire. Je n'ai pas sur moi la clef de la porte d'entrée parce qu'elle est en fer et très lourde. Il faut que je rentre avant dix heures, avant que le veilleur de nuit ne la ferme.

— J'ai encore une demi-heure. Ça vous ennuie si je joue encore un peu ? Si vous partez, plus rien ne justifie ma présence chez une inconnue, près d'une vieille dame endormie, devant un piano qui ne m'appartient pas.

— Je resterais volontiers davantage, la musique ne me lasse pas. Je vais fermer le balcon et, comme ça, la musique parviendra plus étouffée jusqu'à la rue.

Rosell fit signe que oui avec les yeux et il s'assit à nouveau devant le clavier, caressant les touches jusqu'à ce qu'éclate la musique qu'il portait en lui depuis qu'il avait commencé à lire l'article de Doria, un morceau lié à une discussion presque oubliée entre lui et un Doria radicalement différent de celui qui avait écrit ce texte. Sous ses mains enflait *Mikrokosmos* de Béla Bartok. Le public doit être violé. Il doit quitter son siège terrorisé, avec un sentiment de viol. D'abord, il sera indigné, investi de la dignité que lui confère le fait d'avoir payé sa place, mais, si l'artiste ne se rend pas et qu'il poursuit son agression, il passera de l'indignation à l'étonnement et de l'étonnement à la panique. L'artiste du futur ne pourra être appelé artiste que lorsqu'il aura expulsé les Philistins du Temple et du marché de l'art construits par la bourgeoisie. Et Doria lui avait pris sa partition de Bartok et l'avait déchirée en mille morceaux...

— Clown !

Murmura Rosell, mais il se mit à rire. Derrière lui, Andrès avait pris possession du petit fauteuil et voulait écouter, mais la nuit l'avait envahi. Cette musique ne lui disait rien et il goûtait seulement la savante majesté des gestes du pianiste devant une note, sa manière d'en frôler une autre, d'arrêter le son, ou le silence, de déchaîner soudain un rythme inattendu. De la fatigue au dégoût, du dégoût à l'évidence de l'avenir. Le retour chez lui. Les gens qui lui font la gueule à cause du dîner en retard et réchauffé. L'étroitesse de la chambre avec son lit de camp, à peine un sommier, et le

205

lutrin suspendu dans l'attente des lectures d'hiver, si lecture il y avait, s'il n'y avait rien d'autre à faire que de rester dans ce bordel à vérifier la médiocrité de la vie, sans autre musique que le bruit des machines à coudre de sa mère et de sa sœur, ou des chansons dans la cour. Le vaste monde avait une autre musique, qui commençait au-delà de l'horizon de la place du Padró.

— Un jour, je reviendrai et, par ma réussite, je redonnerai leur dignité à ces vieilles maisons et à ces gens vaincus. De l'autre bord de l'horizon...

Aucune image poétique ne lui venait. Pas même ça. La musique du pianiste lui pesait, il voulait qu'il en finisse au plus vite mais il ne voulait pas se faire mal voir. La rue était sa solitude sous les lumières des réverbères à gaz, peu d'appartements éclairés, quelques lueurs qui vacillaient encore, lampe à gaz, à huile, bougies. Le tramway n° 1 passa dans un bruit strident, rentrant à moitié vide au dépôt, et, derrière lui, comme si elle attendait son passage pour traverser la voie et entrer dans la rue, Manon Léonard et ses cheveux platine, une veste en faux astrakan, une jupe serrée et des souliers à talons hauts portant deux mollets peut-être un peu trop épais et lourds. Manon rentrait en vitesse, elle portait un petit caniche dans ses bras. Elle s'engagea dans la rue et devant sa porte lui parvint la première vague de musique, *les Adieux* de Chopin, à présent, interprétés avec un certain dégoût. Mi-effrayée et mi-curieuse, Manon Léonard monta les escaliers aussi vite que le lui permettait sa jupe serrée. Elle trouva du premier coup la serrure de son appartement et lâcha le chien pour qu'il cherche, avec des aboiements étouffés, le chemin habituel de la cuisine où l'attendait son dîner.

— Maman. C'est moi.

Quelqu'un jouait du piano au-delà du couloir recouvert de papier peint imprimé d'irréelles pergolas, de colonnes à chapiteaux corinthiens, de nénuphars, de lacs et de lointaines silhouettes de danseurs tels des libellules sur l'eau. La mère se réveille dans son rocking-chair, un homme jeune qu'elle a peut-être déjà vu s'est levé du petit fauteuil et se retire prudemment tout en balbutiant des salutations et celui qui joue du piano s'est aussi levé. Il est encore de dos mais il se retourne tout en fermant derrière lui, sans regarder, le couvercle du piano avec ses deux mains. Il balbutie des bonsoirs et des excuses. Soudain, il se tait. Comme s'est tue Manon Léonard en voyant le visage du pianiste, une ancienne et si chère présence. Un souvenir. Quelqu'un d'autre qui est lui. Lui précisément.

Andrès mettrait de longues années à oublier comment Rosell avait dit : Teresa ! Et comment, presque en même temps, Manon Léonard avait crié : Albert ! Et comment ils s'étaient embrassés, et comme ils avaient pleuré.

— Exactement comme lorsqu'un enfant retrouve ses parents dans une gare ou dans une rue très passante. Un jour, j'ai vu mon neveu pleurer comme ça. Il croyait qu'il nous avait perdus, et soudain il nous a vus, et il pleurait pareil, comme le pianiste et Manon Léonard. Enfin. Teresa.

Raconta fidèlement Andrès à Quintana, le lendemain, tandis qu'ils faisaient les cent pas sur ce qui avait été la prison des femmes de la place de la Reine-Amalia. Andrès shootait dans des pierres, au hasard.

III

— Non. Je ne crois pas avoir été injuste avec Falla. Mieux que ça, pour la première du *Retable de maître Pierre* à Paris, en 1923, je crois, au tout début de l'été 23, je lui ai dédié une chronique dans *le Courrier musical,* et vous savez bien que Falla a d'abord été prophète à Paris avant que de l'être à Madrid. Ici, on a accordé à *l'Amour sorcier* toute l'attention qu'il méritait et je crois qu'à Madrid la première a été un échec relatif. Mais c'est évident que dans les années vingt j'étais plus jeune qu'aujourd'hui, d'au moins dix ans.

Darius Milhaud se mit à rire et seul Luis Doria fit sem-blant de ne pas comprendre. Teresa laissa échapper un petit rire de soprano léger, Larsen rit carrément, Albert Rosell, lui, sourit d'un air complice.

« De fait, face à une splendide œuvre musicale comme celle de Falla, les plus jeunes d'entre nous goûtaient plus ce qu'elle avait de sensibilité exotique, le reflet de cette sensibi-lité romantique et pleine de contrastes que nous attribuons volontiers à l'Espagne, que sa qualité musicale au sens strict, technique et culturel. Et cette valorisation de l'exotisme nous rendait plus tolérants à l'égard d'un impressionniste étranger, comme l'est dans le fond Falla, qu'à l'égard des papes de l'impressionnisme français. Nous les respections mais nous les combattions, avec une certaine amabilité, tou-tefois. Nous autres musiciens, nous sommes moins agressifs que les peintres ou les écrivains. Du moins les musiciens français, peut-être est-ce dû au fait que la société nous prête moins d'attention qu'aux peintres et aux écrivains. Maintenant, les choses se sont améliorées, mais, quand j'étais jeune, enfin, plus jeune, pour être plus précis, juste après guerre, dans le Paris du début des années vingt, il n'y avait même pas de grand public pour la musique. Il y avait quatre associations symphoniques : la Société des concerts du Conservatoire, qui donnait des concerts tous les dimanches à quinze heures dans une petite salle de l'ancien Conservatoire, un orchestre de glorieuse tradition, mais avec un répertoire terriblement conservateur. Ensuite, il y avait la salle Gaveau, bien sûr, où l'on a présenté l'autre jour *Jeune France,* nous en avons déjà parlé, dirigée par Chevillard, un fou de Wagner, Schumann et Liszt ; les concerts Colonne au théâtre du Châtelet et, finalement, le théâtre de l'Opéra, les samedis et les dimanches en début d'après-midi, concerts organisés par l'association Pasdeloup dirigée par René Baton. C'était peut-être l'association la plus audacieuse à l'origine. Mais, pour que les jeunes aient leur chance, il fallait aller dans les salles de musique de chambre, à Pleyel, chez Érard, à Gaveau ou à la salle des Agriculteurs. Mais aucune de ces salles n'était remplie. Si, l'Opéra, quand on donne un opéra, parce que c'est une manifestation sociale et tout le monde sait que l'Opéra de Paris est le plus mondain, mais la musique de concert, rien. Je me souviens de salles à moitié vides. Je ne veux pas me jeter des fleurs, mais ce que nous avons entrepris avec le groupe des « Six », même si nous n'avons jamais été vraiment six, et en particulier grâce à la stature culturelle de Satie et aux précoces succès d'Honegger, a beaucoup aidé à créer un nouveau climat. Mais, j'insiste, nous n'avons jamais eu, nous n'avons toujours pas, et nous n'aurons jamais le prestige culturel et social des écrivains et des peintres. La France fait un complexe d'infériorité musicale face aux Italiens et aux Allemands, mais en revanche elle a une conscience claire de sa grandeur universelle tant en littérature que dans les arts plastiques.

— Satie courait sur des échasses derrière la musique et il ne l'a jamais rattrapée.

— Qu'est-ce que vous dites ?

Milhaud n'avait peut-être pas entendu ce qu'avait dit Doria ou peut-être n'avait-il pas aimé ce qu'il avait entendu. Le sourire continuait à illuminer son large visage de *bon vivant**, d'un calme apparent à peine trahi par les éclairs incisifs, rapides, pointus du regard, un visage ambigu entre deux rondeurs : l'épaisse chevelure brune et le non moins épais et fort double menton qui pendait au-dessus de sa lavallière.

— Satie n'a jamais été un vrai musicien.

— Une telle affirmation demande une justification à la hauteur de son audace.

— Qu'est-ce que l'hippopotame, monsieur Milhaud, chair ou poisson ?

— Chair, évidemment.

— Mais il ne vit que dans l'eau. Satie est comme un hippopotame tournesol.

— Pauvre Satie. Il se méfiait beaucoup du jugement de la postérité, mais il est mort au moins dans l'assurance de passer à l'histoire de la musique, pas dans celle des sciences naturelles.

Milhaud rit à nouveau, la bouche en demi-lune, large, comme si elle essayait de tenir autant de place que le menton, mais ses yeux pointus étaient fixés sur le méprisant Doria et c'est à lui qu'il adressa ses arguments.

« Sans Satie, l'avant-garde musicale française d'aujourd'hui est inexplicable. Tout comme sont inexplicables le cubisme et le fauvisme sans les impressionnistes. Lorsque

Satie commençait à composer, dans les années quatre-vingt, le débat se situait entre Wagner et Berlioz. Satie ne prit parti ni pour l'un, ni pour l'autre. Il avait toujours eu l'intuition de ce qui allait se passer et peut-être est-il passé avec trop d'insouciance sur ses propres trouvailles. Mais je vous donnerai un exemple. Il était un musicien tout à fait accompli en 1917, son prestige atteignait presque celui de Ravel, d'Indy ou Debussy. C'est alors qu'il rencontre Cocteau et ils collaborent ensemble pour le ballet *Parade*. Notez bien, jeune homme : livret de Cocteau, décors de Picasso, musique de Satie. Ce fut le premier spectacle cubiste et Satie avait alors cinquante et un ans. Je mettrai chapeau bas devant vous si à cinquante et un ans vous êtes capable de créer quelque chose d'aussi radicalement nouveau, nouveau en 1917, que *Parade*. Le scandale fut énorme et le nationalisme musical réactionnaire, celui-là même qui est en train de renaître, qui renaîtra sans doute encore dans la lutte esthétique contre le Front populaire, accusa Satie, Picasso et Cocteau, les auteurs, et Apollinaire, le propagandiste, et Diaghilev, le réalisateur du ballet, il les accusa d'être des *boches**, des collaborateurs de l'étranger. Satie apporte une nouvelle écoute dans *Parade*, et après guerre, avec l'irruption du jazz américain, beaucoup ont pris conscience que cette nouvelle écoute était nécessaire pour entendre *Parade*. Vous l'avez présente à l'esprit ? Non ?

— Je suppose que vous faites allusion au *Rag-time du paquebot* ?

— Mention très bien, monsieur...

— Rosell. Albert Rosell.

— Mention très bien. Mais je voudrais convaincre votre incrédule compagnon qui campe sur ses positions et qui reste sourd. Vous, monsieur Doria, dont je connais le talent musical ratifié par Poulenc et Auric, vous avez des oreilles de pierre si vous ne percevez pas cette faculté d'anticipation de Satie. Et surtout le grand modernisme de son attitude. Le grand relativisme moral et esthétique de Satie. Il vit dans un perpétuel sarcasme qu'il n'adresse pas seulement à ce qu'il méprise esthétiquement, mais essentiellement à ce qu'il aime, à lui-même, à sa propre œuvre. En ce sens, Satie est même plus moderne que le surréalisme, il est plus au cœur de la grande constante de l'art de ce siècle. Mais, même à l'intérieur de la vague surréaliste, le respect de certains d'entre eux pour Satie est évident. J'ai collaboré avec un article au numéro 2 de *Littérature* en 1919. Il s'intitulait « Le bœuf sur le toit » et je signais sous le pseudonyme Jacaremirin, et, dans le même numéro, Georges Auric publiait un article sur une œuvre, alors récente, de Satie, si je ne m'abuse il s'agissait de *Parade,* précisément.

— Vous parlez de ce pauvre Erik ?

— Madeleine, il y a ici quelqu'un que le talent d'Erik laisse sceptique.

Madeleine Milhaud servit à Doria le seul verre qu'elle portait, champagne et jus d'orange, elle se libéra du plateau et joignit les mains comme si elle priait Doria de respecter Satie.

— Lorsque nous étions fiancés, Darius et moi, nous allions tous les jours voir ce pauvre Erik, malade. Ensuite, Darius est parti pour l'Orient, il en est revenu en mauvaise santé, alors j'allais toute seule voir Erik, mais il était si mal, si mal que j'ai couru chercher Darius et que je lui ai dit : Si tu ne vas pas le voir tout de suite, tu ne le reverras plus vivant. Darius fit un effort surhumain et il m'a accompagnée à l'hôpital. Trop tard. La chambre était déjà vide.

Madeleine Milhaud réprima un sanglot, elle posa sa main sur sa bouche et quitta la pièce en courant.

— Délicieux, le tailleur d'après-midi de votre épouse, monsieur Milhaud. C'est un Schiaparelli ?

La question de Doria surprit Milhaud un instant, juste le temps de se composer un sourire et une formule d'adieu.

— Mademoiselle, messieurs, bonsoir. Doria, je préfère

votre musique à vos opinions sur la musique et en particulier à vos opinions sur Satie. Vous devriez savoir que le frère d'Erik, Conrad, m'a nommé son exécuteur testamentaire pour ce qui concerne son œuvre. Je me suis chargé de publier tout ce qu'il avait laissé inédit.

Il s'était levé, imité par ses invités, et au bruit des chaises Mme Milhaud accourut, une main sur ses yeux rougis.

— Vous partez déjà?

Doria s'inclina comme un gentilhomme chevaleresque et prit le bout des doigts secs de Mme Milhaud, sur lesquels il déposa un baiser sonore qui se répercuta sur les coupes de cristal Rosenthal alignées sur les rayons d'une armoire vitrée.

— Pourquoi êtes-vous si peu généreux avec Satie?

— Comme on dit chez moi : Le mort au trou et le vivant à table, ce qui, traduit en bon français, serait : *Le cadavre exquis boira le vin nouveau**.

Et il passa la main de Mme Milhaud à Rosell qui, ne sachant qu'en faire, choisit finalement de la serrer à peine et de la laisser en l'air pour que Larsen puisse la prendre. *Le cadavre exquis boira le vin nouveau*, récitait Milhaud, et il riait en les raccompagnant à la porte.

— Doria, vous pouvez être le génie musical dont le surréalisme a besoin, bien que Breton ne soit pas excessivement épris de musique.

— Je suis aussi poète.

— Je n'en doute pas. Comment s'appelle la cantate que l'on vous a commandée pour l'Exposition internationale de l'an prochain?

— Ça s'appelle *L'écrivain révolutionnaire René Crevel est mort**.

La roublardise méditerranéenne et juive de Milhaud fut cette fois insuffisante pour dissimuler sa surprise, et Madeleine jeta même un petit cri d'enthousiasme, secouée par le contenu du titre.

— Vous faites allusion à ce malheureux incident de l'année dernière ?

— Malheureux incident ? Ce fut un assassinat moral perpétré à Paris par un agent du stalinisme.

— Je ne me rappelle pas bien ce qui s'est passé.

— C'étaient les prolégomènes du Congrès des intellectuels antifascistes. Le commissaire politique stalinien Ilia Ehrenburg refusa la participation de Breton parce que celui-ci l'avait un jour giflé. Le jeune Crevel était un ancien communiste encore bien vu par Ehrenburg et il intercéda en faveur de Breton. Ehrenburg resta sur ses positions : Breton s'est comporté comme un flic. S'il prend la parole, la délégation soviétique se retire du Congrès. Crevel prit un taxi avec Tristan Tzara et Jean Cassou. Il déposa ses amis chacun chez lui puis il se fit conduire à son domicile de Montmartre. Il s'est suicidé cette nuit-là et le lendemain, dans les colonnes de *l'Humanité,* on pouvait lire le titre suivant : « L'écrivain révolutionnaire René Crevel est mort. »

— Lamentable. Les excès du dogmatisme et du sectarisme sont toujours lamentables.

— Je ne partage pas votre opinion, monsieur Milhaud. Le cadavre de Crevel est plus intéressant que son œuvre médiocre. Sa mort, entre mes mains, devient une œuvre d'art et une accusation morale.

— *Le cadavre exquis...*

— *... boira le vin nouveau.*

Doria termina la phrase que Milhaud avait commencée et souligna le silence en faisant une pirouette sur l'un de ses pieds, précédant ainsi la retraite confuse de ses compagnons. La voix de Milhaud penché sur la rampe de bois de l'escalier domina le bruit des pas descendant les marches.

— Il ne suffit pas d'avoir du talent, monsieur Doria. Encore faut-il savoir le gérer.

Mais Doria ne lui concéda pas le bénéfice de la réplique

et continua à dégringoler les marches à grand bruit. Ils sortirent de l'immeuble et là il continua à marcher devant les
autres, sans se laisser émouvoir par les appels de ses amis et
sans céder à Teresa qui essayait de l'accrocher par un bras et
de l'arrêter. Ce n'est qu'après avoir tourné le coin de la rue
que Doria se détendit, il se tourna vers les autres en leur
tendant les bras, il les étreignit, les embrassa sur les joues.

— Nous avons été géniaux.

Larsen n'arrêtait pas de dire « Il est zinzin », et il luttait
contre le z, son ennemi numero un dans cette langue qui lui
était étrangère, Rosell était toujours aussi déconcerté et
Teresa indignée et offensée.

— Je ne sais pas comment nous avons été, nous, mais toi,
tu t'es comporté comme un sauvage. Tu nous emmènes. Tu
obtiens l'audience et tu fiches tout en l'air en disant des
bêtises contre Satie alors que tu voyais toute l'affection de
Milhaud pour lui.

— Milhaud a essentiellement éprouvé du respect pour
Satie, ce qui n'a rien à voir avec de la tendresse. Satie doit
plutôt lui sembler embêtant. Et par ailleurs cette visite a été
tout sauf anodine et désormais Milhaud n'oubliera plus mon
nom, ni le titre de la cantate que je créerai l'an prochain, ni
mon caractère. Il ne dira pas dans le milieu : J'ai connu un
jeune musicien prometteur, mais j'ai connu un bâtard, un
sauvage avec une langue de vipère et un talent certain. De
vous tous, il ne se souviendra même plus d'ici une demi-
heure, pauvres innocents. Peut-être se souviendra-t-il de ce
splendide V que ton chemisier dessine entre tes seins,
Teresa, mon amour.

— Nous avions décidé que tu lui demanderais de me faire
passer une audition à l'Opéra-Comique, et Larsen, lui, était
dans l'attente de cette bourse de l'Institut pour laquelle
l'opinion de Milhaud était décisive.

— Patience, dans quelques mois vous n'aurez besoin
d'aucun Milhaud. Il vous suffira d'être avec Luis Doria.

— Luis est zinzin.

Se répétait Larsen en portant un doigt à sa tempe, occupée comme presque toute la tête, à l'exception des yeux gris, par une chevelure blonde presque blanche. Teresa luttait contre son indignation et contre l'argumentation persuasive de Doria. Rosell les suivait. Il avait besoin de garder une certaine distance pour ne pas être englouti par ses compagnons d'été, à Paris. Je suis à Paris, se dit-il, et il fut presque ému lorsque cette idée se matérialisa dans la présence du Pont-au-Change et de l'île de la Cité comme un grand bateau de luxe amarré là, devant eux.

Cher Rosell, je regrette que votre hâte d'arriver un peu plus vite à Paris afin, selon vos propres paroles, de vous convaincre de l'existence de Paris, nous empêche de discuter de votre avenir. Je me réjouis de l'obtention de cette bourse et ne vous empêcherai pas de rechercher Luis Doria à Paris. Je sais que vous étiez condisciples à Barcelone et qu'il ne vous est pas sympathique, mais Doria fait là-bas une carrière honorable et il est homme à faire son chemin dans les pires conditions. Faites attention et gardez vos distances. A petite dose, il peut vous être utile, mais à forte dose il peut être pesant. Vous le savez. Je partage vos opinions en ce qui concerne les dernières œuvres de Pahissa dont vous me parlez dans votre lettre, même si la critique est de son côté, on ne peut pas nier que parmi tous les musiciens espagnols il est celui qui savait le mieux ce qu'il voulait être plus tard. Maintenant qu'il y est arrivé, cela déconcerte tout le monde. De la dissonance pure à cet amour violent pour Falla, il y a un long parcours que Pahissa a fait sans que nous en prenions conscience.
J'étudie la proposition de Londres. Ne vous effrayez pas de votre mauvaise oreille pour les langues étrangères. Parlez peu, écoutez beaucoup et vous verrez bien qu'avec le temps cela viendra tout seul. Où en est votre *Après Mompou ?* Votre idée d'*Hommage à Buster Keaton*, le ballet sur la courte pièce de Garcia Lorca, me semblait plus intéressante.
Tenez-moi informé de vos allées et venues dans Paris et, j'insiste, attention à Doria,

Robert Gerhard

PS : Saluez don Ricardo, Viñes naturellement, si vous le voyez.

— Moi j'ai vécu cinq ans, Albert, dans cet appartement du Marais, et si je le quitte, c'est parce que j'ai envie de traverser la Seine pour voir ce qui se mijote sur la rive gauche ; là-bas, c'est en pleine ébullition, ça restera la capitale intellectuelle du monde tant que durera le Front populaire. Mais, pour quelqu'un qui débarque, comme toi, le Marais est un quartier idéal et le prix de ce petit appartement de Sainte-Avoye, un cadeau ou presque. C'est combien par mois ta bourse ? Cinq cents francs. Tu veux mon avis ? La Généralité aurait pu être plus généreuse avec toi. La prochaine fois que je verrai Ventura Gassol, je lui dirai deux mots. Ils croient qu'à Paris un adulte peut vivre avec cinq cents francs par mois ? Tu seras obligé de *tapiriser** un peu. *Tapiriser*, ça veut dire avoir un *tapir**, donner des cours à un de ces crétins qui étudie la musique parce qu'il veut être Debussy quand il sera grand. Dans l'appartement, il y a une cuisine et tu peux te faire le petit déjeuner et un repas par jour, ce qui te fera faire des économies. Je te parle de tout ça parce que je l'ai vécu. Maintenant, mon sort a changé et je veux que tu te sentes comme tu dois te sentir, toi, oui, toi, Albert Ròsell, enfant de Sants, *escolanet*[1] de la paroisse de Sant Medir, premier prix du concours de piano Ricardo-Viñes ; tu es à Paris, tu es déjà musicien, tu vas assister à des cours de direction d'orchestre au Conservatoire de Paris et tu vas coudoyer la crème du cœur culturel de monde, surtout si tu m'écoutes et si tu me suis. Le jeudi, je suis reçu dans le salon des Noailles, et Adrienne Monnier a mis sa librairie à ma disposition pour que j'aille y donner un récital à ma convenance. J'ai pris date, le 15 septembre. Je réciterai des poèmes dans la première partie et dans la seconde je jouerai

1. Écolier, en catalan dans le texte.

quatre à cinq brefs morceaux. Tu ne te rends pas compte, mais Adrienne Monnier est aussi importante à Paris que Sylvia Beach, une autre libraire éditrice. C'est Beach qui a édité l'*Ulysse* de Joyce et dans les salons de l'une comme de l'autre passe tout ce qui compte sur la rive gauche, aujourd'hui la seule. Pound, Hemingway, Paulhan, Romain, Valéry, Gide, Chamson, Malraux, et chez la Monnier ont joué Satie et Milhaud. Les Amis du livre, c'est le nom de sa librairie. Moi, cette appellation me semble très toc, mais ces Français si délicieux trouvent ça bien.

Il fut ému par le Marais, surtout en le découvrant à partir du carrefour Rambuteau-Beaubourg. Le déploiement marchand des magasins d'alimentation de la rue Rambuteau promettait arômes et parfums d'un souk rationaliste ; un ordre pour les pommes et les pêches, un ordre différent pour les poissons et les viandes découpées selon un sens cartésien du rythme visuel. Et, soudain, le quartier plongeait comme en lui-même à la porte du passage Sainte-Avoye, rue du Temple. Masques de pierre chargés d'histoire, gargouilles, portes cochères de bois affichant l'intelligence et la richesse, petits hôtels particuliers aux couleurs du temps, cachant toute une végétation derrière de hauts murs et une perspective de corridors et de loges menant vers la splendeur finale de jardins entrevus, avec des statues de sel noircies par l'histoire. Une ville riche qui se respecte, pensa Rosell, tout haut.

— Ne sois pas plouc. Ne laisse pas la ville s'imposer à toi comme une personne. Comme ça, tu ne la domineras jamais.

Luis Doria déboutonna sa braguette et se mit à pisser contre le corset métallique qui protégeait les arbres de la place des Vosges. Les mains de Rosell l'auraient volontiers reboutonné. Il avait cependant arrêté son geste. Un geste indigné impuissant à arrêter cette profanation. Pendant ce temps, Teresa se promenait sur le gazon à la recherche du centre de la place d'où l'on pouvait contempler le riche

concert des façades construites en harmonie. C'était la première fois que Rosell venait place des Vosges, première station d'un chemin de croix rêvé depuis l'adolescence après
lecture d'un vieux guide illustré de Paris, édité par Hachette
en 1925, *Paris en huit jours,* avec la description des places :
Étoile, Concorde, Vendôme, Bastille, République, Vosges, et
c'était précisément la place des Vosges qui lui apparaissait
en premier comme une révélation du fait que les rêves, fussent-ils de pierre, existaient.

Doria l'avait reçu dans ce quatrième étage du 4, passage
Sainte-Avoye où Rosell avait débarqué avec deux valises et
toute la fatigue d'un voyage qui *a posteriori* lui semblait un
tunnel débouchant sur l'apothéose de la gare d'Austerlitz.
Ses valises étaient plus gênantes que lourdes, et il vit à peine
ce Paris du petit matin jusqu'à ce que le taxi le dépose
devant le passage. Le premier et le dernier taxi que je prendrai dans cette ville qui mérite d'être parcourue à pied,
découverte pierre par pierre du bout des doigts. Les escaliers
en bois se dérobaient sous les semelles ferrées de Rosell, et
l'ascension fut un calvaire que ne fit pas oublier l'accueil
d'un Luis Doria indolent, sans assez de mains pour indiquer
ce que les lèvres voulaient manifestement taire. Un appartement de trois petites pièces et des toilettes, cuisine-salle à
manger-salon de musique, avec un Pleyel, deux chambres,
l'une pour couple léger, l'autre pour une personne mince de
profil et une pièce reine, galerie-musée des dadas de Doria,
reproductions de tableaux, livres, couvertures de magazines,
coupures de presse.

> *Seins développés, raffermis, reconstitués,*
> *Salières comblées par les*
> *Pilules orientales*.*

Ou bien un reportage de *Voilà* sur un vieux chasseur de
couleuvres de la forêt de Fontainebleau, ou la reproduction

du portrait d'Apollinaire fait par Picasso, la une d'une revue
sur laquelle on voit Hitler se contemplant dans un miroir où
il apparaît accompagné d'un squelette. Par terre, un tapis de
livres que les habitants de l'appartement tirent au sort. Parfois, Doria s'arrête devant l'un de ces objets culturels épars.
Il regarde la couverture, le titre, le nom de l'auteur; de sa
hauteur d'homme, il choisit et commente à la fille qui l'accompagne, Teresa, Teresa Lleonart; c'est ainsi qu'il l'a pré-
sentée à Rosell. Et c'est à elle que Doria commente *l'Amour
fou*, de Breton, *les Beaux Quartiers*, d'Aragon, ou *les Six
Femmes du roi Henri VIII*, de Paul Rival, surréalisme, mili-
tantisme et pornographie, les dernières nouveautés de l'esprit.

— Voici ta chambre jusqu'à ce que je quitte l'appartement. Pendant ce temps, Teresa et moi nous partagerons la
grande chambre, parce que nous sommes plus vieux que toi,
du moins moi, parce que Teresa est plus grosse que moi et
que toi et qu'elle et moi nous faisons parfois l'amour et que
nous avons besoin d'un lit plus grand.

Puis le couple assista aux déambulations du nouveau venu
à travers l'appartement. Teresa fut arrêtée dans son désir de
l'aider par la main caressante, exhibitionniste de Doria qui
éclaboussait le jeune homme triste et pensif de sourires ironiques.

— Rosell. Tu n'as pas changé. Tu as toujours ton air
préoccupé du temps du Conservatoire. On dirait qu'un travail de cyclope t'est tombé dessus. Changer le monde de
place. Où veux-tu le porter?

Mais Rosell ne portait que ses rares vêtements, ses livres,
quelques exemplaires des dernières publications barcelo-
naises dont il avait supposé qu'elles plairaient à Doria.

— Mais qu'est-ce que c'est que ça? *La Batalla*. Tu en es
encore là? Tu tombes mal. Le trotskisme n'a pas une bonne
image en France, surtout dans la gauche officielle.

— Le POUM n'est pas trotskiste.

— Il a reçu la bénédiction de Trotski. Et ça ? *La Huma-nitat, D'aci, d'alla*...

Doria se renversait dans le canapé et Teresa essayait en vain de tempérer sa grossièreté.

— Tu le connais.

— Oui, je le connais.

Répondait Rosell, indigné et sans savoir quelle tête prendre.

— Malheureux. Tu viens à Paris avec *la Humanitat* et *D'aci, d'alla*. C'est comme d'arriver en France avec une bou-teille de champagne catalan de Sant Sadurní d'Anoia ou avec une boîte de foie gras de la Garriga.

Mais Doria ne voulut pas que sa plaisanterie désarçonnât complètement Rosell. Il se leva, le prit dans ses bras et le poussa vers Teresa.

« Je ne vous avais pas présentés. Teresa Lleonart, elle dit qu'elle est chanteuse, mais si tu l'entendais... Je crois surtout qu'elle a un grand talent corporel, un peu cubiste. Elle ne rate jamais une manifestation antifasciste, ni une grand-messe du Front populaire. Elle a déjà chanté en Espagne au cours de quelques concerts d'anciens élèves de Mercedes Capsir et à présent elle essaye d'intégrer le chœur de l'Opéra-Comique.

— Tu veux chanter de l'opéra ?

— Je ne sais pas. Pour le moment, je veux vivre à Paris.

Teresa parlait avec les silences des gens qui parlent peu, qui ont des difficultés à trouver les mots. En revanche, elle riait constamment de Doria, son spectacle plus que son amant, elle ne le quittait pas des yeux, dans l'attente, la demande d'une blague, d'une de ces pirouettes de l'esprit dont Doria était prodigue.

— Et sur le plan politique ?

— Pour l'instant, tout est calme.

224

— La presse française parle à peine de ce qui se passe en Espagne, mais parfois elle spécule sur la patience des militaires devant les provocations du Front populaire.

— Quelles provocations ?

— Il te faudrait lire la presse d'extrême droite française. A côté, *ABC, la Vanguardia* sont des feuilles paroissiales crypto-communistes, *Gringoire,* par exemple, c'est fabuleux, on ne peut pas dire plus d'horreurs profascistes en moins de place. Les types du Front, ça les irrite beaucoup. Ils l'appellent « la feuille infâme » ; mais moi ça me paraît excitant, comme une vierge nue, grosse et réactionnaire. *L'Action française, Candide.* Il y aura un coup d'État en Espagne ?

— Je ne crois pas.

Avec un sourire de supériorité, Doria avait passé en revue la mémoire culturelle partagée.

— Que font Gerhard et Querol ? Cubiles, Iturbi, Blancafort, Pahissa ? Et cet orgueilleux de Halffter ?

— Quel Halffter ?

— Le petit Ernest.

Doria lui lança une feuille de papier qui plana jusqu'à lui comme un pigeon réticent.

« A quelques jours près, tu as raté deux événements extraordinaires : la victoire électorale de Léon Blum et le lancement de la " Jeune France ".

— De quoi s'agit-il ?

— C'est un groupe de jeunes musiciens inquiets qui veulent se promouvoir en groupe, selon la mode actuelle.

— « *Salle Gaveau, mercredi 3 juin 1936. Premier concert symphonique de la " Jeune France ", consacré aux œuvres de Germaine Taillefer* *... » Mais Taillefer est du groupe des « Six », avec Satie, Milhaud, Auric et compagnie.

— Continue à lire, jeune villageois, je t'expliquerai ensuite.

— « *... et des " Quatre Compositeurs ", Yves Baudrier,*

225

Olivier Messiaen, Daniel Lesur, André Jolivet, avec le concours de l'Orchestre symphonique de Paris, sous la direction de Roger Désormière, des " Ondes Martenot " et de Ricardo Viñes, pianiste*. »

— Ricardo Viñes !

— Toujours le même vieux batailleur. C'est le seul musicien espagnol que je respecte parce qu'il est toujours égal à lui-même, comme le temps. Ces quatre morveux ont mis des morceaux de Taillefer au programme pour ne pas se mettre les « Six » à dos. Milhaud est très puissant. C'est un musicien qui écrit, et un musicien qui écrit a un double pouvoir. J'ai obtenu une audience avec Milhaud. Dans quelques semaines, et, si tu es sage, je t'emmènerai.

« Prépare-toi à t'étonner, avec mesure, bien sûr, en villageois, en paysan, parce que tu es un paysan, Rosell, et je te connais bien, pas vrai. Tu es peut-être plus encore un ouvrier, de Gràcia.

— De Sants.

— Un ouvrier de Sants, Rosell. Cette France t'étonnera, ce Paris où tu viens d'arriver, même si au seuil de juillet le pouls de la ville s'affaiblit et si les gens qui comptent font leurs bagages pour la côte basque, la Côte d'Azur ou la Normandie. C'est le Paris de toujours, qui frémit en se demandant ce qu'il adviendra après la victoire du Front populaire. Et tout peut arriver, Rosell, parce que par exemple un ministre, un certain Pierre Cot, ministre de l'Air, va créer un Conseil national des jeunesses aériennes, selon le communiqué de son chef de cabinet, Jean Moulin ; et ça, ça veut dire que toute la jeunesse française volera, volera, volera. Un autre ministre, Léo Lagrange, va porter dans les faits la pratique du droit à la paresse de Lafargue. Il va obtenir que même les ouvriers aient des vacances payées et aillent faire des croisières en Méditerranée : « La Corse, Alger, Barcelone, cent vingt-cinq francs », et il va appuyer

les olympiades populaires face aux olympiades nazies
d'Adolphe Hitler, et des auberges de jeunesse, pour que les
enfants grandissent en contact avec la nature.

> *Ma blonde, entends-tu sur la ville*
> *Siffler les fabriques et les trains?*
> *Allons au-devant de la vie,*
> *Allons au-devant du matin*.*

« C'est la révolution, Rosell, la révolution pacifique, l'ins-
tauration de la social-démocratie, le triomphe de Bernstein
sur Lénine, Luxemburg et les malheureux prophètes de la
Commune. Je t'emmènerai au mur des Fédérés au cimetière
du Père-Lachaise, pour que tu pleures ce qui aurait pu être
et n'a pas été. Le 24 mai, il y a eu une manifestation si
grande qu'elle aurait rendu inutiles même les mitrailleuses.
Teresa, toi qui y étais, raconte à Rosell ce que tu as ressenti.

— C'était très émouvant.

Et Rosell eut l'impression que les yeux de Teresa s'emplis-
saient de larmes.

— Voilà le Paris où tu arrives et dans quelques jours, le
5 juillet, ton président, notre président, *el nostre honorable
president*[1], Lluis Companys, partagera la tribune de Garches
avec Pierre Cot, Lagrange, Cachin, Malraux... Comment lui
a réussi la prison à notre *honorable president*?

— Il a vieilli.

— Quel manque d'imagination.

Trop de Doria pour un premier jour à Paris, un Doria qui
occupait tout l'espace de l'appartement, qui touchait à tout,
possédait tout, Teresa, les livres, l'information, la mémoire,
Rosell lui-même, et il sut gré à Teresa de proposer de faire
un tour dans le Marais et ses alentours et d'aller dîner dans
un bistrot près de la place de la République. Place de la

---

1. En catalan dans le texte.

227

République, il allait voir la place de la République, la Bastille et la place de la Nation. Et la place des Vosges ? Doria
riait de la géographie des places que Rosell promenait dans
son imagination. Les Vosges aussi. C'est là où, en voyant
Doria pisser sur Paris, il eut la plus radicale sensation de
refus ; il partagea une première confidence avec Teresa.

— Il faut le prendre comme il est. Tu le connais. Il est
excité par ton arrivée, même s'il n'en a pas l'air. Depuis qu'il
a reçu ta lettre, il ne parle plus que de ça. Il a une certaine
image de toi, une autre de moi et encore une autre d'un autre
et, quoi que tu fasses, il ne changera pas d'image. Tu le
connais.

— Qu'est-ce que tu as pensé du Marais, paysan ?

— Une merveille.

— Ne te laisse pas impressionner, je te le répète. Le
Marais n'a pas vu un événement depuis qu'Auguste Comte
sautait sa maîtresse dans ces rues-là. C'est comme Granol-
lers [1] mais avec Luis Doria en prime.

Il fallut traverser toutes les rues et avenues partant de la
place de la République, onze, compta Doria, pour que
Rosell satisfasse son avidité de légende et il eut du mal à
s'arracher à la perspective de Magenta ou du boulevard Vol-
taire. Teresa lui passa un bras autour de la taille et une
bouffée de chaleur et de honte le mit en mouvement vers la
rue Béranger où Doria affirmait qu'il y avait un bistrot assez
bien pour un palais déformé par *l'escudella i carn d'olla, la
botifarra amb mongetes* [2] et l'omelette de pommes de terre.
Rosell suscitait chez Doria quelques mots en catalan, mais il
les prononçait en exagérant, comme s'il voulait se moquer
d'une langue provinciale, même si son castillan à la fois fran-
cisé et catalanisé n'était guère meilleur. Le bistrot sentait le

1. Faubourg de Barcelone.
2. En catalan dans le texte : pot-au-feu, saucisse-haricots.

beurre et le persil, et Doria, se chargeant de la rééducation du palais d'Alberto, s'empara de la carte.

— Pour commencer, une douzaine d'escargots de Bourgogne, ensuite, une *entrecôte marchand de vin** et, en toute logique, une bouteille de beaujolais pour effacer de tes papilles la trace du vin de Priorato allongé au syphon dont tu as l'habitude. Ne mens pas, Rosell, je t'ai vu boire du priorato à l'eau gazeuse.

— Jamais.

Protestait Rosell, qui transpirait d'une indignation soudaine.

— Et de la bière avec de la limonade, une infamie qui pourra te rapprocher des nombreux infâmes de cette ville qui avalent ça sous le nom prétentieux de *demi panaché** alors qu'on devrait appeler ça *cochonnerie**, parce que mélanger la bière et la limonade, c'est une *cochonnerie*.

Le plateau de fromage suscita chez Doria une longue explication sur le rôle des fromages dans l'art français de la table, dans le savoir, Albert. Vous autres Espagnols vous ne connaissez que le fromage en boule et le fromage de la Manche, des fromages solides de peuple qui a faim depuis longtemps. En revanche, les Français disposent de presque trois cents variétés de fromages qui vont de la subtilité du *fromage aux fines herbes** à la brutalité du *roquefort**. Rosell n'aimait pas le fromage mais il dut en goûter trois variétés.

— Souviens-t'en bien, Rosell, pour le jour où on t'invite chez des gens d'ici. Ne dédaigne jamais le fromage et n'en goûte jamais moins de trois, sans quoi tu passeras pour un excentrique et on te chassera d'abord de la maison, ensuite de la ville et enfin du pays.

Rosell doutait de la véracité de la menace mais le fou rire de Teresa lui ôta ses doutes, et l'empressement de Doria à mettre Paris à tes pieds, Albert, au plus vite, Albert, les poussa dans la rue. Ils prirent le métro à République jusqu'à Saint-Germain et Doria lui décrivait le Paris qui vivait au-dessus de leurs têtes. En ce moment, nous traversons le fleuve, Albert, et nous nous dirigeons vers la rive gauche, vers le présent et vers le futur. Dès que tu pointeras ton nez au carrefour Saint-Germain-Saint-Michel, tu sauras dans quelle ville tu es, tu sauras que tu es dans la capitale des idées de l'Occident. La mémoire de Rosell s'affola devant l'océan de propositions que Doria, au fil dément de ses propos et de ses pas, dévoilait à ses yeux. En une énumération chaotique, il se rappelait la statue de Danton, les affiches de *Blanche-Neige et les Sept Nains*, des *Temps modernes*, les entrées et sorties au Flore et aux Deux Magots à la recherche des momies de la culture.

— Pas le moindre Malraux à se mettre sous la dent. Dans ce coin, on trouve d'habitude les gens de *Vendredi*, la revue intellectuelle du Front populaire, Chamson et Jean Guéhenno y pontifient toujours, Saint-Germain-des-Prés et le Quartier latin sont en ce moment le centre intellectuel de cette ville qui a abandonné Montparnasse à son destin.

Et les bras de Doria poussaient Montparnasse vers les enfers de l'obsolescence et de l'oubli, comme s'il le méritait. Teresa criait pitié pour ses pieds endoloris et pour l'évidente fatigue de Rosell, qui ouvrait démesurément les yeux tant pour tout assimiler que pour ne pas s'endormir. Doria prit finalement pitié d'eux, il laissa partir Teresa vers l'appartement qu'elle partageait avec deux sœurs autrichiennes au croisement Raspail-Montparnasse. Retour des deux hommes à pied jusqu'au Marais, retour muet grâce à un mutisme soudain de Doria et à la fatigue obsessionnelle de Rosell qui cheminait dans un désert de rêve plein d'oasis de lits propices et de souvenirs brisés d'un passé récent. Les adieux à la gare de France, les inévitables parents malgré les protestations, la dernière enveloppe avec le dernier argent de sa mère qui sentait encore la cliente du salon de coiffure, les humidités de shampooings réchauffées au sèche-cheveux. Soulagement sur le visage du père, enfin de la distance entre le fils militant du POUM et un pays qui pouvait exploser n'importe quand. Le soulagement n'était pas que paternel ; Albert se regarda dans la vitre du compartiment et il lut aussi du soulagement sur le visage reflété, à l'égard d'une histoire qui restait derrière lui, désormais sans obstacles moraux ou esthétiques, le baiser avec la musique, des visages de conspirateurs dont il s'éloignait comme on quitte des geôliers moraux, des vieux mots gris, des ombres sous la luminosité totale de l'horizon, Paris. Adieu au paysage des dernières charges de la police de la dictature, de l'assaut du CADCI[1], le 6 octobre 1934. Mais il fallait faire attention et, en plus d'une occasion, Rosell s'était surpris à regarder ses mains, des mains d'albâtre, de pianiste, insistait sa mère devant les clientes, trop courtes, trop courtes pour faire un bon concertiste, doutait son père, qui savait que des pianistes d'autrefois s'étaient allongé les doigts en serrant des pommes de terre chaque fois un peu plus grosses, les pommes de terre, essaye les pommes de terre, Albert, Albert, ce fils unique, placement musical d'une coiffeuse et d'un vendeur de tissus de la rue Trafalgar, main large et dure, habile à jeter et déployer les rouleaux de tissus sur le comptoir de bois, main experte à dompter, main de père, Albert, tes mains sont trop courtes pour un concertiste. Et pour tenir un flingue ? Albert se regardait les mains l'une après l'autre pour le cas où il lui faudrait prendre un pistolet, un fusil, une bombe dans ce pays au sang chaud.

— La Catalogne est une oasis dans une Espagne convulsive. Ici, il ne se passe rien et, si ici il ne se passe rien, quel prétexte les militaires auront-ils pour se soulever ?

1. CADCI : Siège d'un syndicat de petits employés.

— J'avais l'âge de partir. J'ai attendu cette chance année après année.

— Tu arrives cinq ans trop tard.

Doria s'était allongé dans la *chaise longue**, il fumait une cigarette de hachich qu'il avait roulée de ces mains fines et longues qui dessinaient dans l'air l'intention ultime de ses discours.

« Si tu as sommeil, dors.

— Non. Je me suis réveillé. Trop d'images pour un premier jour.

— Trop de places. Qu'est-ce que tu revois le mieux de tout ce que tu as vu ?

— La statue de Danton.

— Curieux. Parce que tu dois être davantage partisan de Robespierre.

— Bien sûr.

— Tout partisan de Robespierre porte en lui un Danton et finit comme Danton et comme Robespierre. La guillotine a mis d'accord les meilleures intentions révolutionnaires. Mais la bourgeoisie qui a su gré à Danton lui a élevé des statues et a donné son nom à des tas de rues partout en France, alors qu'elle est toujours fâchée avec Robespierre, terrifiée par lui, plutôt. Robespierre l'a confrontée au plus cruel des miroirs, celui qui représentait le mieux son avidité de despotisme et de dictature de classe.

— J'avais l'âge de partir. J'ai vingt-sept ans.

— Et moi presque vingt-neuf. J'ai passé cinq ans à Paris, ni trop, ni trop peu pour obtenir ce que j'ai obtenu.

— En Espagne, on parle de toi.

— Je sais. Ma sœur m'envoie toutes les coupures de presse de Adolfo Salazar, Julio Gómez, Subirá, Castell, Ruiz Albéniz. C'est curieux, mais on parle plus de moi à Madrid qu'à Barcelone. La meilleure critique, c'est Juan Ignacio Mantecón qui me l'a faite quand j'ai créé *Catacric-Catacrec* à Perpignan. Si tu étais venu en 1931, tu aurais d'autres perspectives. Moi, je suis presque arrivé. La commande de l'Exposition internationale peut être décisive. Tu ne peux pas imaginer ce que sera Paris dans un an. Tout le monde aura les yeux fixés sur l'Exposition. Elle sera une caisse de résonance pour des renommées qui dureront jusqu'à la fin du siècle. Luis Doria crée sa cantate *L'écrivain révolutionnaire René Crevel est mort**.

— Il existe, René Crevel ?

— Il existait. Un imbécile inutile, un compagnon de route des staliniens à qui ils ont flanqué une gifle en pleine gueule et qui n'a pas su digérer la leçon. Il s'est suicidé. Vingt-sept ans, Albert, et, ici, c'est comme si tu recommençais à zéro.

— Viñes m'a donné une lettre pour Marguerite Long et une autre pour Auric. Gerhard me recommandera à...

— Vingt-sept ans. Il y a cinq ans tu en avais vingt-deux, c'était le bon moment. Pourquoi tu n'es pas venu alors ?

Il était fatigué et ne pouvait pas se mettre en colère. Un certain sens de l'orgueil ou du ridicule l'empêchait d'éclater en ressentiment et autocompassion et de lui jeter à la figure que pour lui ç'avait toujours été facile de faire ce qu'il voulait, qu'il n'avait pas dû se traîner, pendant cinq ans, d'académies de piano en intérims dans des groupes musicaux ou des orchestres de casino afin d'économiser quelques sous tout en continuant à présenter des concours jusqu'à la bourse, la bourse Ricardo-Viñes pour Paris. Peu de travaux de composition terminés, aucune grande création, tout au plus une interprétation privée pour Viñes ou pour Gerhard qui lui vouait une certaine estime.

— Vous avez un sens de la netteté qui n'est comparable qu'à celui de Mompou, mais il vous faut écouter tout ce qu'a écouté Mompou pour obtenir cette fabuleuse utilisation du silence, m'a dit Robert Gerhard.

— Il aurait dû te conseiller de quitter Barcelone. L'Espagne entière est une cave. Elle n'existe pas. Pas plus avec la dictature qu'avec la République. Tu as bien vu, toi, comment ont été enterrées les tentatives de réforme musicale de García Morente et de Salazar. Gerhard l'a bien compris, il s'arrête à peine à Barcelone. De Vienne avec Schönberg à Londres pour diriger son propre orchestre, m'a-t-on dit. Tout un tintouin autour du « groupe catalan » et ils n'ont pas assez de jambes pour partir en courant. Il faut quitter l'Espagne pour y retourner en triomphateur. C'est un pays de Caïns misérables, envieux, ignorants et puants. Mais cette ville est dure, surtout avec les faibles et les amateurs, et elle ne se rend que lorsque tu lui donnes quelque chose, alors elle te nomme *illico* enfant chéri et te dit : Bienvenue, monsieur Doria, vous entrez dans la vitrine des triomphateurs de ce monde. Un instant, j'ai eu peur du danger, précisément quand le Front populaire a gagné et qu'a changé le directeur de l'Exposition internationale. Je me suis précipité comme un éclair. Ils ont commencé à me donner des explications sur les travaux du Trocadéro ou du palais de Chaillot. Merde, merde pour les travaux, leur rythme dépend de l'attitude de la CGT, moi, ce que je veux savoir c'est le programme des représentations, on le maintient ou pas ? On le maintenait, il y avait toujours mon nom et celui de ma cantate.

— Teresa n'habite pas ici ?

— Elle reste dormir quand je le veux. Non. Elle doit sauver les apparences et, en plus, moi je n'aime pas m'attacher à quelqu'un. C'est une bonne fille, elle a un corps qui m'attire, énorme, cubique, dur, mais, tu vois, prends-en de la graine, c'est une amatrice qui ne fait jamais rien à fond. Elle dispose d'assez d'argent pour végéter de manière médiocre et travailler aux bêtises qui lui passent par la tête. Tout cela ne mérite pas une place dans cette ville qu'occuperait bien mieux un génie. En réalité, si elle ne couchait pas avec moi, elle n'aurait aucune fonction ici. Le plus important qu'elle ait fait dans sa vie, qu'elle fera dans sa vie, ce sera d'avoir couché avec Luis Doria. Mais tu ne peux pas non plus faire une confiance totale à ces personnes apparemment opaques, parce que, le jour où tu t'y attends le moins, elles écrivent des Mémoires et elles te falsifient le portrait pour la postérité. Elles mentent ou disent des vérités insuffisantes, captées par des esprits insuffisants. Je suis terrifié rien que d'y penser. Ça me terrifie de ne pas contrôler mon image pour l'éternité.

Rosell s'endormit sur le ronron du monologue de Doria, et il rêva que Luis Doria et lui naviguaient sur un lac ou un étang, tel sans doute qu'il supposait être celui du bois de Boulogne, Teresa dansait sur les eaux, cubique, cubique comme la lui avait décrite Doria, image qui coïncidait avec celle d'une des femmes puissantes de Picasso courant du néant on ne sait où sans autres atours qu'une tunique blanche et une étrange panique sexuelle. Teresa au milieu de sa danse s'enfonçait dans une crevasse de l'eau et lui, Rosell, appelait Doria au secours, en vain. Ce dernier riait comme s'il ne voulait pas croire ce que ses yeux voyaient à l'évidence. Le lendemain, Doria était silencieux et de mauvaise humeur. Il se leva après Albert et partit sans rien lui dire. Il lui sut gré de lui laisser sa liberté et il sortit dans la rue avec une liste de courses à faire. Trouver Marguerite Long, Óscar Esplà, Georges Auric et Tomás Bonet, une commission dont l'avait chargé Andreu Nin[1] en personne. Avant chaque objectif, il préparait mentalement en français la conversation qui pouvait s'ensuivre. Il mémorisait le vocabulaire, les tournures de langage qu'il avait revues ces derniers mois en prévision de son départ. Mais il n'avait pas prévu la prononciation peu académique des concierges de Paris, et il finit par parler un langage de signes et de noms écrits sur le papier

---

1. Le chef du POUM.

pour comprendre que Mme Long était à Carcassonne, Georges Auric en Italie et Óscar Esplà en Amérique. Paris était donc vide pour lui s'il ne trouvait pas Bonet et il se reprocha une fois encore la précipitation de ce voyage, reproche tout rhétorique, parce que cette libre découverte des rues de Paris sous le soleil rutilant des débuts de juillet lui causait une satisfaction intime, et, en passant devant les fromageries de la rue de Seine, sur le chemin de l'appartement présumé de Bonet, il entama une conversation d'expert avec les fromages : Toi, tu es le roquefort, toi le cantal et toi le brie, les trois qu'il avait goûtés la veille au soir. L'escalier qui menait à l'appartement de Bonet était aussi raide que celui de Sainte-Avoye, il avait en plus un air sinistre, humide et inquiétant qui se prolongeait au-delà du seuil. Un homme d'une quarantaine d'années, roux, écouta avec méfiance les raisons qui conduisaient Albert Rosell à se faire ouvrir sa porte. Il renifla presque, avant de le lire, le mot d'Andreu Nin que Rosell lui donnait.

— Passe, camarade. Excuse-moi si je t'ai paru méfiant mais à Paris les faux camarades sont plus dangereux que les fascistes. Cette ville est en pleine fièvre stalinienne. Les serpents hypnotisent leurs victimes avant de les mordre.

Sur la table de la cuisine-salle à manger s'entassaient des épreuves d'imprimerie que Bonet repoussa dans un coin pour poser ses coudes en toute commodité en faisant face à Rosell, preuve de la persistance d'une certaine prudence.

« Andreu t'a dit quelque chose d'autre ?

— En réalité, je n'ai pas parlé directement avec lui. Le message m'a été donné par un camarade de Sants. Il savait que j'allais à Paris et Nin lui a demandé s'il y avait un inconvénient à ce que je serve de courrier.

— En vacances ?

— Non. Je viens m'installer. J'ai une bourse. Je suis musicien.

— Et tu quittes l'Espagne comme ça! Là-bas, ça peut éclater d'un jour à l'autre.

— Je ne crois pas. En Catalogne, il ne se passe presque rien. Et si en Catalogne il ne se passe rien...

— Et alors? Qu'est-ce que ça a a voir? Nous autres Catalans, nous sommes tous pareils. Nous pensons que la Catalogne, c'est le nombril du monde. L'Europe sent la poudre. La guerre mondiale est inévitable. Ici, ils jouent à l'unité de la gauche et on les laisse jouer le temps que les pouvoirs de l'argent et des armes se préparent. Hitler et Staline sont les vampires qui vont sucer le peu de sang qui reste à l'Europe.

— Il y a encore une distinction à faire entre le nazisme et le stalinisme.

— Théoriquement, c'est possible, mais si tu avais vécu d'ici la persécution de Trotski et de sa famille ou l'information directe sur les procès de Moscou, les premiers, parce qu'il en arrive une deuxième série, je ne sais pas si tu dirais la même chose. Je vois tous ces intellectuels en train de jouer joyeusement avec le stalinisme, manipulés par des agents du Komintern comme Willy Munzemberg, agent déclaré et qui malgré tout est accepté dans les salons parisiens et qui monte des congrès d'écrivains antifascistes qui sont en réalité des plates-formes de propagande stalinienne. Et des pédés comme Gide qui leur servent la soupe, ou des héros de salon comme Malraux. Si un jour Staline débarque à Paris, il ne restera rien de toutes ces crapules intellectuelles. Pour le moment, ils se plaisent à leurs réunions à la Coupole autour d'un romancier qui s'appelle Ilya Ehrenburg. C'est lui le seigneur et maître de l'intelligentsia française.

— Mais j'ai lu un article très élogieux de Trotski sur *la Condition humaine* de Malraux...

— Et alors? Trotski est trop tolérant avec cette bande d'intellos décadents. Et, en plus, lui c'est lui, et nous c'est nous. Où tu habites?

Rosell lui donna son adresse et, lorsqu'il mentionna le nom de Luis Doria, toutes les préventions du rouquin irrité s'exacerbèrent.

— Avec cet imbécile ?

— C'est un musicien de talent. Un peu casse-pied, ça c'est vrai.

— Il y a quelques années, quand il est arrivé à Paris, il s'est présenté comme sympathisant du Bloc obrer i camperol[1]. Selon lui, il était intime avec Maurín et Nin. Il est même venu parfois assister à nos réunions. Évidemment, pour des raisons de sécurité, nous avons déménagé Chez Petiot à Montmartre. Dans une rue en pente et, des fenêtres, on voit tout ce qui se passe à trois cents mètres à la ronde. Je ne suis pas fou. Le stalinisme guette et ici ils ont assassiné le fils de Trotski dans un lit de l'hôpital où il avait été opéré et nous ils nous ont catalogués agents trotskistes. Ce Doria, ton ami, est un *dilettante* de la pire espèce. Il y a un certain temps, profitant d'une visite de Nin, nous avons organisé une réunion, Doria nous a rejoints en manteau d'astrakan et toque russe. Il a dit : Je suis déguisé en prince Romanov. Souviens-toi, Chez Petiot, à Montmartre. Nous nous réunissons le jeudi soir mais, chaque fois qu'il arrive quelque chose d'extraordinaire en Espagne, on y va pour établir le contact. Tu apprendras vite que depuis l'exil on connaît mieux la situation espagnole qu'en Espagne même. Qu'est-ce que vous savez là-bas de la conspiration de Mola et Franco ?

— Ce sont des rumeurs continuelles, mais Franco a l'air tranquille aux Canaries.

— Peut-être vaut-il mieux que tout éclate d'un coup et que nous sachions à quoi nous en tenir. Tout plutôt que cette République d'aveugles, sourds et manchots. Tu veux militer à Paris ? Si tu veux, nous t'assignons une cellule territoriale

1. Bloc ouvrier et paysan.

ou nous te mettons dans l'un des fronts, culturel, par exemple.

— Je vais y réfléchir.

Rosell se leva et Bonet lui lança un regard en coin qui le cataloguait.

— Je ne me suis pas trompé en te voyant. Tu es en vacances. Moi, je n'ai pas eu de vacances politiques depuis la Semaine tragique. Je suis depuis plus de vingt-cinq ans sur la brèche, d'abord comme anarchiste et maintenant avec Nin, un des rares politiciens auxquels je me fie et qui connaît le pot aux roses parce qu'il a vécu en Union soviétique toute l'irrésistible ascension du tsar bolchevik. Là où je suis sont l'Espagne et la lutte révolutionnaire internationale.

— Ça me semble très bien.

Rosell pressa le pas vers la sortie et précipita les adieux.

— Un vrai révolutionnaire n'a jamais de vacances.

Grommela Bonet dans son dos juste avant de refermer la porte. Mais moi je ne suis pas un vrai révolutionnaire, se dit-il, satisfait, lorsqu'il retourna à la tiédeur grise de la rue de Seine, sous un ciel nuageux, tandis que résonnait un tonnerre de plus en plus proche et prometteur de pluie. Il passa, la tête à demi tournée, devant la statue de Danton, il ne voulait pas avoir l'air d'un plouc émerveillé devant des statues sacrées et il fut ébahi par l'impression de solidité historique, d'assurance historique, de vérité historique que le sculpteur avait su donner à la statue. La pluie le cingla à Saint-Séverin et lui fit chercher un refuge sous les stores des terrasses des bistrots. Le serveur ne tarda pas à lui sauter dessus.

— Eh bien, un demi panaché.

Et, devant l'assentiment du garçon, il se sentit bien, tranquille, parce que Doria n'était pas là pour lui reprocher une boisson aussi idiote, et accepté parce que le serveur avait souri, content de lui et de son client. Assis à la terrasse devant son verre couleur paille couronné d'écume, Rosell se mit à contempler les gens à la recherche des différences apparentes avec ceux de son pays. Peut-être les filles sont-elles plus grandes, moins rondes, et les hommes plus grands et plus gros. A peine s'était-il formé une opinion qu'il devait la rectifier parce qu'apparaissait devant lui une exception humaine. Ils sont mieux habillés. Ils ont un niveau de vie plus élevé. Que sais-je ? Et qu'est-ce que ça peut me faire ? Je suis l'un d'eux et ce pendant deux ans, au moins. Dès qu'il serait entré en contact avec Long, il obtiendrait une audition privée et un programme de rencontres et, une fois la glace brisée avec Auric, il demanderait à Gerhard de le recommander pour la création d'*Après Mompou*. Il avait déjà trouvé un titre en français, imaginant que la première aurait lieu à Gaveau ou à Pleyel. Certes, il n'avait vu Pleyel qu'en photo à propos d'un concert de Viñes ou de Rachmaninov en personne. Après la création d'*Après Mompou*, ce serait le tour de *Buster Keaton et sa fiancée*.

Monsieur Federico Garcia Lorca. Très cher monsieur. Je m'appelle Albert Rosell et je suis un musicien de Barcelone résidant à Paris, où a été récemment créée, salle Pleyel, une série de courts morceaux pour piano de ma composition, *Après Mompou*. Ce fut un succès comme le prouvent l'article d'*Avant-critique*, du *Ménestrel* et le commentaire de Milhaud dans *Musique et Théâtre* que je joins à ma lettre. Le motif de cette lettre est de vous informer que j'ai composé un ballet moderne à partir de votre pièce *Buster Keaton et sa fiancée*. J'aimerais beaucoup que vous soyez présent lors de sa création à Paris, sur la chorégraphie à laquelle travaille le ballet Joos, dernier cri du ballet moderne européen.

La pluie avait cessé et le soleil se glissa sur les rives de la Seine que Rosell regagna en traversant le pont Saint-Michel. Mais, juste avant, il était resté quelques instants immobile, retenu par une chanson de type espagnol qui sortait d'un tourne-disques aussi puissant que caché. *Sombreros y Mantillas*, un refrain qui lui parvint comme une bouffée de nostalgie qu'emportèrent les eaux du fleuve et le spectacle des palais pleins de pouvoir et, supposait Rosell, de gloire. Son guide à la main, il partit vers Notre-Dame pour jouir en touriste du chemin du retour. Il contempla Notre-Dame en passant, parce que la place était pleine de touristes armés d'appareils photo et même de trépieds et il ne voulait pas être confondu avec l'un d'eux ; d'ailleurs, elle lui parut moins impressionnante que son image rêvée ou littéraire, spécialement celle qu'il conservait du *Notre-Dame de Paris* de Victor Hugo. Son arrivée sans encombre à Beaubourg, Rambuteau, Sainte-Avoye le remplit d'une satisfaction que troubla la découverte d'un étranger dans la chaise longue occupée la veille par Teresa et Doria. Un homme grand, osseux, blanc, dont le visage se réduisait à une forêt de poils blonds trouée par une fine bouche rose pâle et par deux yeux gris.

— Je m'appelle Gunnard Larsen. Doria m'a donné la clef. Vous devez être Rosell.

Il parlait un castillan heurté, comme s'il composait ses phrases sur une imprimante mentale et qu'il les offrait ensuite à la considération du récepteur, avec une certaine timidité et la crainte de s'être trompé.

« Je suis plus ou moins hispaniste. J'ai écrit un livre sur l'Espagne. Vous ne lisez pas le suédois, n'est-ce pas ?

— Non.

— C'est une question stupide. Il n'y a que les Suédois pour lire le suédois. J'adore Albéniz.

Et Larsen ferma lentement les yeux, paupières tremblantes, en un geste rhétorique qui soulignait la profondeur de son enthousiasme pour Albéniz, pour Falla, pour Granados, pour Turina, et ses bras essayèrent de se gonfler de muscles lorsqu'il voulut extérioriser la force de l'Espagne, la folle vitalité de l'Espagne.

« La Castille.

Biceps.

« L'Andalousie.

Triceps.

— Qu'est-ce que vous pensez de l'Alhambra ?

— Je n'y suis jamais allé.

Ce fut comme un direct au menton de son âme suédoise, il battit des paupières et reprit le combat.

— Les taureaux. Et Niño de la Palma [1].

— Non. Je regrette. Je ne supporte pas la corrida.

— Caramba ! C'est étrange. Parce que vous êtes de Jerez.

— De Jerez, moi ?

— Oui, de Jerez. C'est Doria qui me l'a dit.

— Je suis catalan, de Barcelone. Albert Rosell, pianiste, pour vous servir.

— Misérable !

L'insulte s'adressait à Doria, elle était si violente que Larsen s'était levé et serrait les poings à s'en rendre les articulations plus blanches encore que le reste de la peau, ce qui était une performance.

« C'est la blague classique de ce givré. Ça m'étonnait en vous voyant. Vous avez un air très, très, je ne sais pas comment dire, mais en tout cas pas de Jerez. Luis, tu es un misérable !

Le cri était lancé en direction de la chambre que s'était réservée Doria, et ce dernier apparut sans autre vêtement qu'un kimono noir.

« Tu m'avais raconté qu'il était de Jerez.

— En Espagne, tout le monde est de Jerez. Nous avons tous la double nationalité.

— Mensonge.

Le Suédois n'était pas prêt à se laisser tromper.

1. *Torero* fameux.

— Bon, peut-être Albert est-il une exception. L'important, c'est que vous ayez fait connaissance. Albert, voici un homme étrange qui chante le flamenco avec autant de force que la Niña de los Peines[1] et autant de savoir qu'Antonio Chacón.

Le Suédois baissait la garde. Il accepta de bon gré une proposition qui parut surprenante à Rosell :

« Chante quelque chose à cet ami catalan. Il est catalan mais aussi ami. Ami catalan.

Doria insista comme si c'était très difficile de convaincre un Suédois qu'un Catalan pouvait être un ami.

— Qu'est-ce que je chante ?

— Cette jolie chose que tu as apprise à Madrid, l'an dernier.

Le Suédois chercha le centre géométrique de la pièce, il se pétrifia, les bras tendus, paumes amorçant un battement doux qui s'intensifia selon un rythme interne et secret, puis éclata avec violence tandis que de ses lèvres jaillissait la chanson :

En el café de Chinitas,
Dijo Paquiro a Frascuelo,
En el café de Chinitas,
Dijo Paquiro a su hermano :
Este toro ha de morir
Antes de las cinco y media,
Este toro ha de morir
Antes de las cinco y media[2].

— Olé !

Cria Teresa, apparue soudain dans l'encadrement de la porte, fermant de ses mains un autre kimono noir. Larsen

1. Chanteuse de flamenco célébrée par Lorca.
2. Au café de Chinitas, / Paquiro dit à Frascuelo, / Au café de Chinitas, / Paquiro dit à son frère : / Ce taureau doit mourir / Avant cinq heures et demie, / Ce taureau doit mourir / Avant cinq heures et demie.

accepta la plaisanterie en souriant, sans ouvrir les yeux et sans cesser de battre frénétiquement des mains.

> *Y al dar las cinco en el reló*
> *Se salieron del café,*
> *Y al dar las cinco en el reló*
> *Se salieron del café,*
> *Y era Paquiro en la calle*
> *Un torero de cartel[1].*

— Non, non, Gunnard.

Déconcerté, le Suédois laissa Doria occuper sa place théorique au milieu d'une scène théorique. Doria essaya de reprendre la gesticulation de Larsen.

« Jusqu'à *Se salieron del café,* c'est très bien. Mais, après, tu chantes trop vite. Il te faut t'arrêter, regarder le public comme si tu allais lui révéler quelque chose de très important, une vraie révélation. Tu dois prendre cet air-là, exiger l'attention et avec le bras tu dois souligner ce que tu dis, *Y era Paquiro en la calle un torero de cartel.* Allez, à toi, comme ça, *Era Paquiro en la calleeeee... un to... re... ro... de... cartel !* Écoute bien, *cartel* avec assurance, avec tout l'accent et tout le corps qui s'appuie sur la dernière syllabe, *tel,* et tu termines d'un coup de talon.

Le Suédois reprit sa place et répéta :

— *Era Paquiro en la calleeeee... un to... re... ro... de... cartel !*

— Très bien. Pas aussi fort, *tel,* tu vas te casser les dents si tu prononces si fort. Pour aujourd'hui, ça peut aller.

— Je sais que c'est bizarre qu'un Suédois...

— Bizarre ? Mais pas du tout. Tu as trouvé ça bizarre, Albert ?

— Non.

1. Et lorsque cinq heures sonnèrent / Ils sortirent du café, / Et lorsque cinq heures sonnèrent / Ils sortirent du café, / Et, dans la rue, Paquiro était / Un torero de cartel.

Dit Albert, plus attentif à la nudité voilée de Teresa qu'aux goûts exotiques du Suédois qui continuait à réfléchir sur les utiles corrections de Doria.

Les jours suivants, jusqu'au grand meeting politico-sportif du 5, il comprit peu à peu que Larsen était un faire-valoir de Doria, plus savant que ne le soupçonnait ce dernier, et qui, en réalité, n'acceptait son rôle que par fascination pour Teresa.

— Voyons, quel jour sommes-nous ?

Dit Doria, le 5 juillet au matin, en sortant de sa chambre avec Teresa, tous deux dans leurs inévitables kimonos noirs qui étaient, selon Doria, leur unique emprunt à Jean Cocteau. Doria consultait l'almanach Berr 1936.

« Je ne peux pas m'endormir si je n'ai pas l'almanach Berr sur ma table de nuit. Il est indispensable. Regarde, par exemple, aujourd'hui, 5 juillet 1936, sainte Zoé, très intéressante, cette sainte. Voyons quelles pensées on nous suggère : *Rien de meilleur pour stimuler l'appétit des enfants, des convalescents, des anémiés que le sirop Foskin à base de quinine et de lacto-phosphate*. Moi, je ne gaspillerais jamais de la quinine pour les enfants ; la quinine est une substance mythique, littéraire, et les enfants devraient être au lait synthétique jusqu'à vingt ans. Continuons : *Recettes culinaires. Beignets de bananes : partager dans le sens de la longueur des bananes mûres à point et épluchées*...

D'une main il tenait l'almanach, il glissa l'autre sous son kimono et se mit à agiter son sexe devant Teresa qui suffoquait d'indignation.

— Mais tu es...

— *Les mettre dans un plat, les saupoudrer de sucre fin et les arroser de kirsch*... et après... Teresa...

— Tais-toi, tais-toi, tu es fou.

Il poursuivit avec le calendrier du chasseur, les maladies de la pomme de terre, les prévisions astrologiques pour les

245

nouveau-nés et les natifs de juillet. A ce stade, il fut interrompu par Larsen. Il avait trouvé une voiture pour les emmener à Garches, près de Saint-Cloud, sur l'esplanade des Quatre-Cèdres, où ils arrivèrent au beau milieu du rallye moto précédant la course cycliste. Companys avait déjà pris la parole, Rosell le distingua cependant au loin, avec cette tête de vendeur catalan attentif que lui avait donnée la nature, parlant avec des gens importants, supposa Rosell. Et c'était le cas, Lagrange, Pierre Cot, Cachin, Zyromski, Marrane... Malraux.

— Malraux !

— Oui. C'est étonnant qu'il se soit laissé inviter dans ce genre de manifestation. Excusez-moi, je vais le saluer.

Doria se détacha du groupe de ses amis et partit parmi la foule, les bolides métalliques à pédales, la poussière et les échos de voix d'une chanteuse interprétant un succès de Rina Ketty :

> *J'attendrai*
> *La nuit et le jour,*
> *J'attendrai toujours*
> *Ton retour*.*

— Accompagne-le si tu as envie de connaître Malraux. L'invita Teresa.

— Non. Je sais à peine qui c'est. Je connais bien son nom, je sais qu'il a écrit *la Condition humaine* mais je ne l'ai pas lue.

— C'est un *condottiere*. Un prince du nihilisme. Un émule de Schopenhauer déguisé en marxiste, mais, un de ces jours, le chevalier du néant fera surface, manifestant le néant qu'il porte en lui.

Récita Larsen avec passion. Un petit orchestre jouait sous les arbres et les haut-parleurs commentaient les incidents de la course. Doria dialoguait familièrement avec Malraux, et l'écrivain penchait la tête, entraîné peut-être par son front immense, tout en regardant de ses grands yeux presque panoramiques la gesticulation de spadassin de Doria et en portant sa main à son visage pour se gratter le menton du bout des doigts.

— Et vous, vous êtes espagnols ?

C'étaient huit robustes gaillards, perdus dans le désert, portant béret et foulard rouge autour du cou.

« Nous vous avons entendus parler castillan. On nous a dit que Mariano Cañardo était dans la course. Et que le Tour de France passait par ici.

Albert était plus déconcerté que ses interlocuteurs.

— Mariano Cañardo ?

— Vous ne savez pas qui est Mariano Cañardo ?

— Non. De quel Tour de France parlez-vous ?

— Enfin, qu'est-ce qui se passe ici ? Qu'est-ce qu'on donne ? Nous n'avons entendu que des discours.

— Le président de la Généralité de Catalogne vient de parler.

— Qui ça ?

— Companys.

— Et qui c'est celui-là, vous dites ?

Cet échange d'incertitudes déboucha sur le silence jusqu'au retour de Doria qui se tourna vers ses compatriotes. Cañardo ? Il courra plus tard, presque au petit matin. C'est une course en nocturne. Ça ne fait rien, nous l'attendrons. Nous avons pris plusieurs gourdes de vin et des kilos de chorizo de Navarre, nous sommes navarrais et nous partons pour un tour d'Europe en camion sans rien d'autre à manger que du chorizo de chez nous, du vin de la Ribera et du pain acheté là où nous passons. Doria s'empara de l'une des gourdes qu'ils lui tendirent et il but une longue gorgée au milieu des applaudissements ibériques qui saluaient sa manière de faire jaillir le liquide et de l'arrêter sans en répandre une seule goutte. Les Navarrais s'en furent en chantant : *El vino que tiene Asunción ni es claro ni es tinto ni tiene color*[1], au milieu d'une sympathie générale qui se traduisit par quelques vivats pour l'Espagne tandis que Doria confirmait à ses amis que Cañardo n'arriverait jamais à Garches.

— Je crois qu'il est en train de courir le Tour de France, mais pour eux c'est la même chose. Ce qu'ils aiment c'est la fiesta, manger du chorizo, boire du vin. Garches ou Vladivostok, pour eux c'est pareil.

Larsen théorisait sur le chorizo et comparait cette étrange charcuterie avec certaines variétés balkaniques épicées aussi au paprika.

— Le piment est une sorte de tache culturelle qui différencie l'Espagne des passions de celle qui n'en a pas. En Catalogne par exemple, il n'y a pas de piment. Et pas de chorizo. Tout le chorizo que l'on trouve à Barcelone vient de Castille et d'Aragon.

Remarquait Doria.

— En Galice, il y a du chorizo ?

— Oui, Albert, en Galice il y a du chorizo. J'ai parlé de toi à Malraux. Je lui ai dit : André, un de ces jours je te présenterai un ami qui arrive juste d'Espagne. Il est très intéressé par ce que tu peux lui raconter de ton voyage en Allemagne pour intercéder en faveur de Dimitrov. En Espagne, on t'admire beaucoup pour ça. Ils ont considéré que c'était un acte de courage.

— Mais moi...

— Tous les motifs sont bons, Malraux sera l'intellectuel le plus puissant de ce pays à la mort de Gide.

— Mais je n'avais pas la moindre idée ni de ce voyage, ni de Malraux...

---

1. Le vin d'Asuncion n'est ni blanc, ni rouge, il n'a pas de couleur.

— C'était l'année dernière, Gide et Malraux sont allés voir Goebbels, et, quelques semaines plus tard, ils ont relâché Dimitrov, qui avait été accusé de l'incendie du Reichstag. Ils l'ont libéré.

— Ça, oui, je savais. Mais pas le voyage.

Le rouge aux joues de Rosell traduisait le choc intérieur que représentait pour lui la perspective d'une rencontre avec Malraux au cours de laquelle il lui faudrait mentir à partir du mensonge de Doria. Il se retint de lui crier de ne plus l'aider, qu'il préférait se passer de son aide ; de fait, Doria n'attendait aucune réponse et il emmenait Teresa et Larsen à sa suite, attiré par les mille curiosités de ce sabbat sportif du Front populaire. Si nous voyons Companys, nous protesterons pour la misérable bourse qu'ils t'ont donnée. Rosell courut derrière Doria, balbutiant, indigné : Tu t'en garderas bien, je ne te permets pas... Mais les rires de Teresa et le sourire malicieux de Doria l'obligèrent à s'arrêter, comme un pantin brisé et bête, conscient soudain de sa bêtise, du fait que, incapable de maintenir la distance suffisante, il entrait sans cesse dans la logique de Doria. Il se tut durant le voyage de retour bien que Doria fit défiler sous son nez, à la manière d'un torero agitant sa cape pour que la bête fonce, tous les sujets concernant les rouges. Larsen, lui, continuait son numéro d'hispaniste, prenant en note les traits de génie de Doria et essayant de s'attirer les grâces de Rosell en lui parlant de l'attitude très pittoresque de la culture française à l'égard de l'espagnole. Pour un Français, c'est toujours une surprise de se rendre compte qu'il a assimilé un peu de ces cultures qu'il considère comme exotiques, et dans cet exotisme il place des cultures aussi proches que l'italienne et l'espagnole ou aussi éloignées que la chinoise ou la japonaise. Rabelais avait été le premier grand écrivain à donner une définition implicite de l'exotisme ; dans le second chapitre du *Quart Livre*, il parle de « *mar-*

*chandises exotiques et pérégrines qui étaient en l'allée du
môle et par les halles du port* »*, et les Français ont choisi
un exotisme espagnol qu'ils ont utilisé dans la littérature
romantique puis, comme dans une course de relais, ils l'ont
passé aux musiciens impressionnistes.

— De fait, j'ai commencé à m'intéresser à l'Espagne à
travers un texte de Chateaubriand que nous traduisions en
cours de français dans mon école de Malmö. *Le Dernier
Abencérage**. Il n'est pas très loin de la vision de l'Espagne
de certains voyageurs comme Dumas, Gautier, Mme Sand ou
Mérimée. Mais, alors que le témoignage littéraire fut plutôt
naturaliste et négatif, le muscial, lui, se plut à idéaliser, tout
en n'étant pas moins falsificateur à vos yeux, je suppose, Du
Rondeau de Saint-Saëns au *Don Quichotte et Dulcinée* de
Ravel.

— Il y a aussi un changement d'idéologie en littérature.
Entre le *Torquemada* de Victor Hugo, publié en 1882, et *la
Petite Infante de Castille* de Montherlant, il y a une évolution de la critique de l'Espagne réactionnaire faite par un
idéaliste postromantique à l'exaltation de ce même parti pris
réactionnaire faite par un crypto-fasciste.

Et, en disant « crypto-fasciste », Doria s'adressait expres-
sément à Rosell, il l'invitait à prendre part à une conversation que Larsen l'aidait à construire pour lui. Mais Rosell
s'était imposé de résister, de ne pas suivre Doria sur son
terrain.

— C'est étrange comme le mépris est toujours là et
comme derrière l'exotique espagnol on voit toujours
l'Afrique, Saint-Saëns a écrit une œuvre qu'on dit très « hispaniste » parmi la critique française et cette œuvre s'intitule... *Africa*.

— Même si ce n'est pas ton problème, Albert, je sais que
tu te sens très catalan. Milhaud lui-même a écrit que la
musique moderne espagnole requiert deux oreilles, l'une

pour écouter Falla et l'autre pour écouter Mompou. Même si Falla a ici un plus grand public. *Le Retable de maître Pierre* a été créé à Madrid en mars 1923, et en juin de la même année on en donnait la première à Paris dans les salons du prince de Polignac. *Les Faubourgs* de Mompou ont bien plu aussi, mais on leur a trouvé une sonorité trop civilisée pour être espagnole. Ces silences de Mompou qui t'impressionnent tellement, Albert.

Teresa était assise à l'avant, entre Larsen au volant et Doria ; il lui était difficile de mesurer l'impact des tentatives de conversation sur Rosell, mais parfois elle se retournait complètement sur son siège et adressait à Rosell un sourire d'encouragement à continuer dans sa rogne et non à l'abandonner. Finalement, Doria s'étira et ne discuta plus qu'avec lui-même. Il avait reçu un mot de Piero Coppola, le directeur artistique de Gramophone, « La voix de son maître ». Il était intéressé par un enregistrement de son *Catacric-Catacrec*, ce qui était important, tant pour lui-même que pour la nouvelle musique. A l'évidence, Coppola se détachait des impressionnistes et spécialement de Ravel avec qui il était comme cul et chemise, l'un des habitués de son refuge de Montfort-l'Amaury, en bordure de la forêt de Rambouillet. Un jour, je t'emmènerai, Albert, dit Doria, mais Rosell faisait semblant de dormir et les trois autres l'abandonnèrent à son sort de faux dormeur, les yeux aussi clos que la bouche, possédé par un désir véhément de regagner Paris au plus vite pour y réaliser son projet de solitude et de rencontre avec lui-même. Il obtint que Larsen le dépose tout seul place du Châtelet, les autres partirent vers un récital privé de Mme Loria dans le salon que venait d'ouvrir un dramaturge californien. A peine arrivé dans l'appartement, Rosell s'assit au piano et interpréta des fragments de Chopin, Turina, Mompou et la série d'obstacles sonores, comme il les appelait, qui ouvrait le thème musical dominant de *Buster Keaton et sa fiancée.*

Il ferma le couvercle du piano, content de lui.

Cher Gerhard, presque tout s'est produit selon nos prévisions, tant les vôtres que les miennes, Doria est plein de bonnes intentions, mais de trop d'intentions, et moi j'ai besoin de contrôler mes pas, de savoir où je mets les pieds, ce que je fais et ce que les autres me font faire. Pour l'instant, ce qui m'intéresse le plus, c'est la ville, la seule chose qui soit authentiquement à. ma disposition, parce que tous les contacts que je devais prendre se sont dérobés pour cause d'été. Peu importe. Je veux m'imprégner de la ville et, si Doria me laissait écouter, ne me forçait pas à agir, à me prononcer, ma relation avec lui serait plus profitable. Excusez, s'il vous plaît, cette lettre écrite dès mon arrivée, mais à qui d'autre que vous pourrais-je me confier ? Vous pouvez me comprendre. J'ai besoin de me recentrer. Il est possible que Doria quitte Paris cet été, dans ce cas-là son appartement resterait pratiquement à ma disposition dès la mi-juillet ou vers la troisième semaine de ce mois. Je serai heureux alors. Je me sentirai protégé dans ce petit appartement. Le piano et moi. Je suis un pianiste et mes mains et ma tête ne sont pas seuls à le savoir. Il n'y a pas un coin de moi qui ne le sache et je suis décidé à n'avoir d'autre engagement que la musique, sans que toutefois une position comme celle d'Eisler, pour moi beaucoup plus musicien que Weil ou Dessau, cesse de m'intéresser. J'ignore si vous avez rencontré Eisler durant vos années d'étude aux côtés de Schönberg, mais je suis très intéressé par cette conception de « *musique militante* », bâtarde sans l'ombre d'un doute du point de vue de Schönberg ou de Stravinski, surtout de Stravinski, avec sa haine forcenée de tout ce qui est soviétique. Mais je suis attiré par cette ouverture à une musique communicationnelle servant de support à des idées de critique et de changement, sans négliger la rigueur musicale, et même sans abandonner l'exigence de la nouveauté spécifiquement musicale. Particulièrement intéressant est le travail d'Eisler en tant que compositeur, pianiste et chef d'orchestre du Porte-Voix rouge, le mouvement d'éducation culturelle ouvrière de Berlin. Je n'ai pas le moindre enthousiasme à l'égard de la politique culturelle officielle de l'URSS, du stalinisme, mais j'aime beaucoup tout ce que les Allemands ont essayé de faire et ce qu'ils tentent encore, malgré Hitler. D'après ce que j'ai pu en savoir, Eisler est venu l'année dernière ici, en France, il a dirigé *l'Olympiade internationale de musique ouvrière* à l'initiative de Piscator. Je ne pense pas que ça ait été un grand succès, si j'en crois les commentaires de Doria, bien qu'il soit particulièrement méprisant à l'égard de ce nouveau réalisme critique qui, selon lui, infecte et débauche l'autonomie de l'art. J'insiste. Ma curiosité est totalement mentale et pleine d'imagination parce que je n'ai jamais entendu jouer la moindre note d'Eisler. En revanche, j'ai pu lire la partition du *Chant du Komintern** et j'espère qu'on donnera bientôt à Paris le documentaire d'Ivens, *La jeunesse a la parole*, sur une musique d'Eisler. Je ne peux pas parler de cela avec Doria, dans les nuages de sa mégalomanie et de son esthétique d'enfant génial et mal élevé, et je commence à me rendre compte que depuis le terrible isolement de l'Espagne nous ne pouvons qu'admirer presque tout. Les gens ici sont plus sceptiques. Peut-être parce qu'ils habitent la capitale du monde, et moi, bien que venant de Barcelone, je suis un provincial, comme ces Navarrais que nous avons rencontrés aujourd'hui et que Doria a trompés de manière éhontée. Ils veulent faire le tour du monde ou d'Europe, dans un camion, avec leur béret, leur foulard rouge autour du cou et sans autre nourriture que du pain, du chorizo et du vin. Le chorizo et le vin étant bien sûr exclusivement navarrais. D'abord, j'ai ri intérieurement, mais après j'ai pensé que tous les Espagnols sont comme eux, des Navarrais qui emportent le vin et le chorizo pour parcourir l'univers. Vous, par votre condition de fils d'étrangers, vous avez toujours pu nous contempler à distance et je ne comprends pas comment vous avez pu planter vos racines en Espagne, même à Barcelone.

Les journaux parlaient de la prochaine discussion sur la réforme de l'éducation préparée par Jean Zay et de l'insurrection de l'Église et des associations familiales contre ce qu'ils soupçonnaient être la fin des privilèges de l'enseignement libre face à l'enseignement public. Il était sorti alors que les premières lumières du jour pointaient et dans ses mains fleurirent des bouquets de publications qu'il lut assis sur un banc des Halles, plongé dans *le Populaire*, *l'Humanité*, *le Temps*, *le Matin* ou *le Journal* tandis qu'il se réservait les publications musicales, *le Canard enchaîné* et *Vendredi*

pour une paisible lecture nocturne. Il se divertit au spectacle
des derniers soubresauts des chargements et déchargements
des Halles, du mélange de camionneurs en casquette, salopette et chemise sans manches, de porteurs en large blouse
à rayures bleues et des derniers noctambules déguisés en
petits messieurs échappés de la nuit, l'estomac réchauffé par
la soupe à l'oignon ou le pied de porc farci du *Pied de
cochon*. Le plan d'indépendance pourrait commencer tous
les matins par cette lecture de la presse sur un banc des
Halles et se poursuivre par la découverte de la ville quartier
par quartier. Mais peut-être était-il préférable de se rassasier
d'abord de mythologie et d'aller ensuite à la recherche d'un
Paris moins connu et sans doute plus intéressant. L'appartement était vide entre treize heures et la nuit, le temps
d'études approfondies, piano, composition, lecture ; et si
éviter totalement Doria le conduisait à jouer les noctambules, il le ferait, et en dernier recours il pouvait chercher la
compagnie de Bonet dans ses réunions de Montmartre.
Périodiquement, il repasserait chez Long, Auric, Esplà, dans
l'éventualité où ils rentreraient à Paris avant la fin de l'été.
Tout le reste, dans l'attente de la reprise des cours, en septembre, ce serait la vie même de la ville qui le lui imposerait.
De Doria, il n'attendait qu'une seule chose : qu'il tienne sa
promesse de le présenter à Milhaud, et, de Teresa, qu'elle lui
sourît à distance, maintenant son mystère de femme ina-
chevée ou peut-être simplement indécise. Que la Généralité
lui verse sa bourse, à laquelle Rosell ajoutait ses cinq ans
d'économies de musicien à tout faire, et tout irait comme
convenu dans les prochaines années. En septembre 1938,
précisément en septembre 1938, il faudrait qu'il ait déjà
enregistré quelque chose, que toute sa musique soit éditée et
qu'il ait assez de contrats pour ne pas avoir à renouveler sa
bourse et pour se lancer enfin dans l'aventure du monde.
Comme dans un film qu'il avait vu sur un violoniste russe,

il s'imaginait au piano sur un fond profond et brumeux et, au-dessus, défilaient les affiches de représentations dans diverses villes : TROIS DERNIERS JOURS. Albert Rosell, Rome, Paris, Londres, New York, Leningrad, Prague, Istanbul, Chicago, Rio de Janeiro, Buenos Aires et, comme point d'orgue, juste avant l'absolu et la gloire : Barcelone ! Un *Palau de la Música* entièrement pour lui et, dans les hypothétiques premiers rangs, tous ceux qu'il voulait pour témoins d'un succès absolument indescriptible. Là, au premier rang, ses parents, Gerhard, Viñes, ses maîtres, Mompou, Mme Perla, pourquoi Mme Perla ? Peut-être parce qu'elle avait été la cliente qui avait le plus insisté auprès de sa mère pour qu'elle le laisse être musicien, Juanito Farré, Vidal, Sebastián Casas, Rafael Peris, Maresma, Miguel Ruiz, Mlle Carmela, M. et Mme Migueloa, tous ces visages sur lesquels parfois il avait lu la tendresse et la confiance à son égard, et, en dernier, s'avançant par l'allée centrale, inévitablement majestueux et creux comme un paon, bien qu'écrasé par l'ampleur du succès, Doria, en tenue de soirée, chapeau haut de forme, foulard de soie blanche, gants en daim, manteau de velours noir, pantalon rayé, et une certaine émotion triste dans sa façon de reconnaître l'évidence.

— Incontestable, Albert. Ça a été un succès comme il n'y en a pas eu depuis le concert de Rachmaninov à Paris.

Et le photographe de *la Vanguardia*, tirant des photos spéciales pour sa une, et Merletti lui demandant un tirage spécial pour ses archives.

— Monsieur Merletti, vous m'accepteriez en compagnie de Rosell ? J'aimerais beaucoup passer à la postérité en sa compagnie.

Cette demande de Doria, il l'accepterait avec un sourire suave de générosité et de compréhension.

« Rosell et moi avons décidé de lancer un nouveau groupe musical ouvert à toutes les expériences d'une avant-garde qui ne se désintéresse pas du drame historique que vit le monde. *Critics i catalans*[1], voici notre nom et notre projet.

— Vous êtes d'accord, maestro Rosell, avec ce que vient de dire Luis Doria ?

— Je suis d'accord.

— Rosell est et sera notre guide spirituel. Il a vu avant tout le monde que le grand thème culturel de notre époque, c'est la manière dont s'établit la relation de dépendance entre l'art, la vie et l'histoire, et le degré de cette relation. Et Teresa ? Dans une loge, montrant des épaules rondes et charnues, ses traits de femme toujours habitée par une satisfaction intime, propriétaire d'une intarissable source vive de joie. Il pourrait écrire des *Lieder* pour Teresa ou, pourquoi pas, un opéra. Il était tenté par la scénographie dramatique de la Semaine tragique, et Teresa pourrait être une excellente femme du peuple soudain soulevée par le spectacle de la répression. Teresa était entrée dans ses pensées près du chantier du Trocadéro, et il s'y arrêta, badaud parmi les badauds, entouré de commentaires et de paris : Aura lieu, Aura pas lieu, L'Exposition sera repoussée, La dignité du Front populaire lui interdit de prendre en charge le coût de cette kermesse, de cette vitrine des vanités du capitalisme... Un vieillard respectable, à barbe blanche jaunie au bout, chapeau de paille et canne avec laquelle il soulignait la syntaxe de son discours, improvisait un meeting.

— Vous risquez des ennuis à parler ainsi en public et dans ces quartiers. Rappelez-vous la raclée qu'ils ont donnée à Léon Blum et à Mme Monnet il y a un an, ceux de *l'Action française*** et des *Phalanges universitaires***.

La remarque émanait d'un jeune homme qui promenait deux enfants, un à chaque main.

1. En catalan dans le texte.

— Qu'ils viennent. Je ne reculerai pas d'un pas.

Quelques applaudissements, un climat émotionnel pré-*Marseillaise*, mais personne ne la chanta, et Rosell poursuivit sa promenade dans Paris, assimilant peu à peu la leçon d'une ville intrinsèquement belle, qui avait su grandir sans se dédire, parachevée en définitive par une bourgeoisie opulente et impériale qui avait investi sa richesse dans le théâtre urbain de ses succès. Au bout de quatre à cinq jours de régime spécial solitude, Rosell en eut assez. A deux mois de la rentrée, il avait limité son expérience humaine à celle d'un promeneur curieux qui commençait à savoir s'orienter dans une ville parcourue à la hâte et, ce jour-là, il resta deux heures de plus dans son lit, jusqu'à percevoir les bruits de la vie de Doria et faire semblant de lui tomber dessus.

— D'où tu sors ? Tu te lèves quand tous les gens décents dorment et tu te couches quand Paris est plein des seules personnes intéressantes qu'on trouve encore à la mi-juillet. Quel jour sommes-nous ?

— Le 13 juillet.

— 13 juillet... Voyons l'almanach Berr, la Saint-Eugène, et demain, demain il n'y a pas de saints, demain c'est la fête nationale, c'est-à-dire la Saint-Front populaire. Mais, maintenant, écoute la jolie chanson que l'almanach Berr publie pour contribuer au bien-être de la femme :

> *Sous le pont de Nantes,*
> *Sous le pont de Nantes,*
> *Un bal est affiché.*
> *Hélène demande,*
> *Hélène demande*
> *A sa mère d'y aller.*
> *Non, non, ma fille,*
> *Non, non, ma fille,*
> *Tu n'iras pas danser.*
> *Car, tu le sais,*

Car, tu le sais,
Tu es indisposée.
Oui mais, ma mère,
Oui mais, ma mère,
Mensualex vais acheter.
Ces bonnes pilules,
Ces bonnes pilules
Je m'en vais avaler.
Et comme cela
Et comme cela
Quand même j'irai danser*.

Ils rirent tous les deux, mais Rosell pensa qu'il n'était pas nécessaire d'aller à Paris pour trouver ce type de message. La liberté républicaine avait inondé la presse espagnole d'une nouvelle publicité sur les traitements des seins, du sexe, des menstruations, parfaitement comparable à la française. Tandis qu'il partageait avec Doria un petit déjeuner de café au lait et de *croissants** de la veille, Rosell le mit au courant de tout ce qu'il avait appris de la ville.

— Je te félicite. Ta connaissance de Paris pourra t'être utile lorsque tu travailleras comme manœuvre. Mais tu es allé au Flore ? A la Coupole ? Non. Tu t'es fait voir dans les bistrots près de la rue de Madrid où se trouve le Conservatoire ?

— Mais il n'y a personne.

— Il y a tout le monde. Ils s'inventent des vacances qu'ils ne prennent pas. Moi, en revanche, je vais partir quelques jours avec Teresa à partir du 20. Je ne peux pas encore te le confirmer mais il est possible que je passe quelques brèves vacances avec Coppola, Robert Baton, Honegger, enfin...

— Et Teresa ?

— Sa mère est venue la voir de Barcelone. Elle voulait voir *que feia la nena*[1]. Après les chiens domestiques, les parents sont les animaux les plus bêtes de la terre. La mère

1. En catalan dans le texte : ce que faisait la petite.

de Teresa vient de temps en temps à Paris dans l'idée de maintenir un cordon ombilical directement relié au stupide con de sa fille. Apparemment, ce sont de braves gens. Le père est un libre penseur qui possède une petite maison d'édition de livres d'art, et la mère se vante d'appartenir à je ne sais quelle famille importante de Gérone. Le mieux, avec les parents, c'est de les enterrer quand ils sont en vie ou de faire comme Dali avec son père. Il s'est masturbé et lui a envoyé le sperme dans une enveloppe avec pour légende : Je ne te dois désormais plus rien. Mais Mme Lleonart apporte son bon argent et Teresa en a besoin pour continuer à perdre son temps à Paris. Tu viendras à la manifestation de demain avec nous ? Larsen a promis d'apporter un drapeau républicain espagnol. Tu as lu l'article du 11 dans *le Populaire* sur le droit des Français à mettre des drapeaux rouges à côté du drapeau tricolore ? Teresa est émue. Comme toutes les filles de bonne famille qui s'envoient en l'air, elle est plus rouge que la Krupskaia et la Pasionaria réunies. A propos, ne prends aucun rendez-vous pour l'après-midi du 18. Nous avons rendez-vous avec Milhaud, Teresa, toi, Larsen et moi.

— Mais Larsen n'est pas musicien ?

— Non, mais il est en train d'écrire un livre sur moi.

Rosell en resta bouche bée et c'est ainsi que Doria le laissa. Quand il eut refermé la bouche, il avala une goulée d'air idiot et alla vers le piano et vers son travail jusqu'à ce que la porte de l'appartement s'ouvre sur une Teresa que l'ascension de l'escalier avait mise en nage.

— Luis est parti ? Je lui ai dit de m'attendre.

La fille se laissa choir sur la *chaise longue**, sa jupe plissée *soleil** en corolle, comme du miel sur ses jambes. Sa poitrine se soulevait et s'abaissait et elle contemplait tristement une image ou un désir qu'elle était seule à voir.

« Je lui ai dit : Attends-moi. Il sait bien que les séjours de ma mère me dépriment et les adieux encore davantage.

Les mains de Rosell étaient mortes sur le piano, il les regarda et attendit d'autres mots de Teresa, mais elle était plongée dans ses reproches à Doria ou ses adieux à sa mère.

« Je serais bien repartie avec elle. Mais une fois là-bas ?

— Il vient de partir. Il t'attendait.

— Ce type-là n'attend personne. Continue ce que tu faisais.

Rosell essaya de poursuivre ses annotations sur la portée, mais il était distrait et ses yeux repartaient vers le corps de Teresa.

« C'est curieux, c'est curieux que toi et Luis vous soyez amis. Je n'ai jamais vu deux hommes aussi différents. Toi, tu es une ombre qui cherche refuge dans les coins, et lui, le centre du ciel et de l'enfer.

— Il a l'aura des élus et moi celle de la médiocrité.

— Lui, il s'est élu tout seul. Tu connais l'histoire de son fils ?

— Doria, un fils ?

— Je venais juste d'arriver à Paris et j'ai fait sa connaissance lors d'un cours privé, non, d'un ballet expérimental tiré d'une œuvre d'un de ces Autrichiens, je ne sais plus lequel. Lui te dira. Doria était là, donnant son avis sur tout, dissertant, se faisant entendre, je l'ai trouvé épouvantable, mais vraiment épouvantable. Il s'en est rendu compte et il m'a consacré le reste de la soirée, sur un autre ton, celui de la confidence. C'est alors qu'il a sorti de son portefeuille la photo d'un petit enfant pâle, avec un manteau, une écharpe et un béret, et il m'a dit : Mon fils. On m'en a séparé. La famille de la mère et même la mienne s'étaient mises d'accord pour éloigner l'enfant de moi. J'ai envoyé des trapézistes italiens pour qu'ils l'enlèvent mais ils ont été découverts et j'ai dû quitter l'Espagne. La mère ne veut pas que l'histoire se sache parce qu'elle s'est mariée avec un richard et j'ignore où est mon fils. Va savoir où ils l'ont mis, mais

260

mes racines frémissent chaque fois que je pense à lui, ce sont
mes seules racines. C'était un mensonge. Avec le temps, j'ai
appris que c'était un mensonge parce que ça m'a fait de la
peine et que j'ai remué ciel et terre pour savoir où l'enfant
était caché. Je suis entrée en fureur. Il m'a demandé pardon
à genoux, mais c'était inutile, je l'ai laissé là jusqu'à ce qu'il
devienne aveugle.

— Aveugle ?

— Aveugle. Il m'a envoyé la concierge, Mme Gisèle, et en
pleurant elle m'a dit que Luis était devenu aveugle tout d'un
coup et qu'il avançait en se cognant dans les meubles et qu'il
tombait dans l'escalier. Je suis venue en courant et il était ici,
sur ce fauteuil, dans le noir, il avait une voix effrayante,
dégoûtée, tout lui était égal, la vie n'avait plus de sens pour
lui. J'ai eu la bonne grâce de le réconforter, de l'habiller, de
l'accompagner dans les rues, lui avec sa canne blanche il
tâtonnait le long des trottoirs, et moi comme un chien
d'aveugle, exactement comme un chien d'aveugle.

— Mensonge.

— Oui, mensonge. Bien sûr. Mais il m'a dit que c'était
une expérience, qu'il voulait, par autosuggestion, percevoir
le son comme le perçoit un aveugle. Je continue ? Non, ne
t'en fais pas, je me défoule. Parce qu'il y a des jours où j'en
ai vraiment marre de lui. Il se faisait passer pour un agent
bolchevik ou pour un trotskiste selon les personnes avec lesquelles il voulait entrer en relation ; Larsen m'a raconté qu'il
était même bien accueilli dans certains cercles monarchistes.
Larsen, ça l'amuse beaucoup parce qu'il est toujours baba
devant Luis, quoi qu'il fasse. Larsen ? Il est là pour moi ?
Non, non, je ne me moque pas de toi. S'il est toqué de
quelqu'un, c'est de Luis. Il l'adore. Il est amoureux de lui.
Larsen est homosexuel et très malade. Tuberculeux.

Il ne savait pas laquelle de ces deux informations l'avait le
plus impressionné. Mais il se renseigna sur la tuberculose.

« Une phtisie très avancée.

— Son intérêt pour l'Espagne vient de Luis ?

— Non, il a connu Luis grâce à ça.

— Ça m'étonne qu'un Suédois manifeste de la curiosité pour ce qui nous arrive ou nous est arrivé. Alors que, pour eux, l'Espagne doit être comme pour nous Zanzibar. Il faut accepter cet intérêt et ne pas chercher à comprendre. Luis supporte la passion de Larsen ?

— C'est un amour platonique. Mais parfois Larsen n'en peut plus et l'embrasse. Ici.

Teresa montra son cou puis elle se renversa sur les coussins pour étouffer un rire. Elle tourna son visage congestionné et mouillé de larmes vers Rosell qui riait par rafales, comme s'il se racontait l'histoire petit à petit.

« Il sait le nom de tous les affluents de l'Èbre, Larsen. Et aussi toutes les régions de Castille et de León et tous les villages importants du chemin de Saint-Jacques, et le nom de toutes les pièces de Lope de Vega, de toutes, de toutes. Viens, assieds-toi ici près de moi.

Rosell s'avança lentement vers elle et s'assit à une distance prudente de Teresa, les bras autour de ses jambes croisées. Teresa défit ce paquet humain et s'allongea sur lui, la tête posée sur son giron puis elle lui prit les bras et les posa doucement sur son corps. Laisse-moi rester comme ça. On est très bien. Elle toucha les paumes des mains de Rosell, les frotta doucement contre les siennes. Tu as un toucher très doux, très chaud, caresse-moi les joues. Teresa avait le visage baigné des larmes versées à cause de Doria qui la faisait souffrir et de Larsen qui la faisait rire. La jeune femme leva son visage, et ses lèvres charnues, satinées de rouge, presque fumantes, allèrent à la rencontre des lèvres pâles de Rosell. Elle s'empara de la petite bouche de l'homme et la baisa en trois temps, un frôlement très doux de prise de contact, une lutte bouche à bouche et enfin une succion à laquelle Rosell s'abandonna tandis que ses mains se saisissaient du corps tout proche de Teresa.

« Non. Pas ça. Pas aujourd'hui. Je veux seulement toucher tes mains et t'embrasser.

Chaque baiser était pour Teresa une recherche et pour Albert une expérience. Lents et incertains, rapides et sûrs, humides, secs, pénétrants, ailés comme un frôlement, langue contre langue, baisers comme des regards, et enfin une Teresa satisfaite, qui le contemplait de toute la distance que leur permettait le canapé sur lequel elle s'était étendue, étudiant les manifestations externes du chaos intérieur de Rosell.

« N'y attache pas trop d'importance. J'avais besoin de communiquer avec toi. Il ne s'est rien passé, tu comprends ? Tu as une compagne en Espagne ?

— Personne, personne de sérieux, corrigea Rosell, gagné par la dimension nouvelle de son rôle. Il est difficile d'établir le contact avec moi. Parfois, je dis que j'ai les mécanismes de la communication en panne ; je ne sais pas parler aux gens. Je réponds toujours trop tard ou je demande trop tôt. Mais j'ai connu quelques filles. Il y a quelques années, il n'y a pas si longtemps, je faisais des excursions au Tagamanent, à Castell d'Aramprunyà et au Turó de l'Home, il nous arrivait même de camper, filles et garçons, en Espagne aussi les mœurs ont changé ; il ne se passait absolument rien. C'est comme au bal, j'y suis allé parfois pour danser mais surtout comme musicien et on a toujours, enfin pas toujours, parfois des occasions. En politique aussi il y a des femmes très décidées, presque toutes mes expériences disons sexuelles viennent de là. Pas que je sois d'accord avec la théorie du verre d'eau de Lénine, mais je n'applaudis pas non plus cette légèreté à l'égard du sexe considéré comme un simple jeu d'épidermes, un pari. Dans le sexe, il y a aussi la pulsion de l'être que l'on est vraiment et la recherche de la vérité de l'autre, passagère, certes, qui meurt, ça j'en conviens, mais quand tu as un corps confondu au tien, si tu le regardes dans les yeux, tu te reconnais.

— C'est joli ce que tu dis. Tu devrais parler davantage.

Cher Gerhard, au cours de mes travaux qui me conduisent, et ce irrémédiablement, vers le thème obsessionnel de *Buster Keaton et sa fiancée,* apparaissent le thème du sentiment et sa traduction dans l'atonalisme et le polytonalisme. Renonçant à la couleur, nous savons déjà que le sentiment dans la magie de Mompou est un problème d'acoustique et de temps, mais, semble-t-il, à suivre les approches qu'en ont faites les critiques et les chercheurs, on dirait que la musique expérimentale postimpressionniste refuse totalement aussi bien le thème que l'émotion. J'ai été frappé par l'exemple que vous m'avez donné à propos de Kandinsky et de sa théorie de la « libération de la masse pictoriale », libération de la soumission à la logique du thème, de l'argument, etc. En musique, il s'agirait de libérer le son pour le concentrer sur lui-même, mais la relation thématique et la commotion émotionnelle sont présentes depuis le *Pierrot lunaire* * de Schönberg jusqu'aux dernières œuvres que je connais, presque essentiellement à travers la lecture des partitions de Berg ou de Webern. Il y a un thème, en outre très romantique, très littéraire ; c'est-à-dire que, dans les arts, l'asepsie sentimentale est impossible, et le mieux que nous puissions faire ou du moins que je puisse faire, c'est de la désindividualiser sans toutefois revenir pour l'instant, du moins à ce seul propos, sur les intéressantes positions sociales d'Eisler et compagnie. Pour moi, aussi bien Berg qu'Eisler font avancer la sagesse de ce que nous appelons musique. Rien à voir avec l'esclavage du thème ou du motif. Pour moi, le thème, le motif sont une simple provocation, et c'est là que commence le jeu intellectuel d'un musicien appliquant un savoir spécifique, un langage avec son artifice spécifique. Mais le résultat doit-il ou non servir à éduquer le savoir ou le sentir des hommes ? Dans ce Paris où culminent vingt années prodigieuses de questionnement sur tout ce dont l'homme a besoin pour faire le grand saut vers la plénitude de l'histoire, les gens sont tout émus en écoutant *J'attendrai* ou n'importe quelle chanson de Damia. Mon visage sourit avec mépris. Mais ces chansons-là non seulement il m'arrive d'y croire, mais encore j'en ai parfois besoin.

Doria interrompit un long silence heureux. Il n'eut droit à aucun reproche de la part de Teresa, et il remplit la pièce de ses urgences et de ses projets pour la nuit : Nous dînerons chez Lucien, un bistrot pas trop cher du Quartier latin, ensuite nous irons voir le *Danton* de Romain Rolland aux arènes de Lutèce pour que, à la veille du 14 juillet, les excès de la révolution vous servent de leçon.

Splendide fin de journée. Teresa et Albert décidèrent, avec l'accord de Doria, d'aller à pied jusqu'au Quartier latin. Il les avertit en revanche qu'il ne voulait pas aller à la manifestation du lendemain. Je ne suis pas un homme grégaire. Les foules me dégoûtent. La loi devrait interdire les réunions de plus de vingt personnes. En outre, demain soir, à l'Alhambra, on donne un spectacle qui s'intitule justement *14 juillet**, sous la direction du maestro Désormière, adepte du Front populaire. Je préfère l'Alhambra. Les comédies au théâtre !

— Tu vas louper le premier 14 juillet du Front populaire ?
— En toute tranquillité.

Et il le faisait en plus en toute conscience, du tréfonds des indignations morales. Demain, on appelle à une manifestation unitaire socialistes et communistes, putes et veuves, enfants et pédés, Françaises et Français, chiens et chats, Aragon et Blum.

« Une manifestation où Aragon et Blum sont ensemble, non, non et non.

— Mais qu'est-ce qu'ils t'ont fait à toi, Aragon et Blum ?
— Ils m'ont insulté. Aragon a tiré à boulets rouges sur Blum dans *Front rouge*. Il a été jusqu'à écrire : « *Feu sur Léon Blum, feu sur les ours savants de la social-*

265

démocratie* », et maintenant tout est oublié sous le drapeau unique du Front populaire. Non. Moi, je le prends au sérieux. Si j'allais demain à la manifestation, en voyant Blum, je tirerais sur lui et sur les ours savants de la social-démocratie.

L'agressivité à l'égard d'Aragon et de Blum dériva vers Rosell qu'il accusa de faire le jeu des bourreaux de Chostakovitch. De l'ironie à l'étonnement, les regards qu'échangèrent Albert et Teresa enflammèrent plus encore la colère déclamatoire de Doria.

« Dans ton coin perdu, tu n'as peut-être pas entendu parler des commissaires politiques qui ont critiqué sévèrement dans la *Pravda* le dernier concert de Chostakovitch. Et, pour prouver l'individualisme petit-bourgeois de sa musique, ils ont dit que c'était une musique que les commissaires du peuple ne pouvaient pas siffler en se rasant.

— Non.

— C'est écrit et personne ne l'a démenti.

— Et quel rapport j'ai, moi, avec la *Pravda* ?

— Toi, tu traverses l'histoire en y cherchant des nuances et des chichis. Il est encore possible de choisir entre Staline et Hitler.

— Bien sûr.

— Ceux qui parlent ainsi mériteraient d'être jugés aux procès de Moscou.

— C'est une estimation objective. Une estimation que ferait même un trotskiste.

Rosell avait l'air d'avoir dit la chose la plus inadéquate dans ce contexte, car Doria s'écarta de lui et, à une distance convenable, il commença à lancer blasphèmes et insultes contre Trotski et les trotskistes. Qui sème le vent récolte la tempête. Que sait un politicien de la souffrance d'un artiste ? Qu'est-ce que ça peut bien lui faire, à Trotski, que Chostakovitch soit contraint à composer des chansonnettes pour que les commissaires du peuple puissent se raser ? Prokofiev, Khatchatourian, Chostakovitch, en train d'écrire des symphonies pour soulager la constipation du Soviet suprême ou des hymnes pour les héros du travail de Biélorussie. Que lui importe, à Trotski, la corruption de l'artiste et de l'art ? Il se meut dans la logique du pouvoir ou du non-pouvoir, tuer Staline ou mourir de ses mains, voilà son problème. Et Aragon ? Aragon écrit des poèmes pour que Thorez les récite en se torchant le cul ? Eh bien je te dirai, Albert, même si ça te fait mal, que Chostakovitch et Aragon sont aussi coupables que leurs bourreaux, parce qu'ils acceptent l'humiliation de demander pardon pour leur génie, et de solliciter une place dans la queue de la misère intellectuelle.

— Il y a là un complexe compréhensible. Ils ne veulent pas affaiblir la révolution.

— Ce n'est pas mon problème.

— Toi, tu ne comprends pas. Toi, tu n'es pas un révolutionnaire.

— Ma musique, c'est la subversion et toi, ton Trotski, ton Staline et ton Aragon vous êtes une bande de bureaucrates de l'esprit.

De tous les insultés, celui qui l'était, aux yeux douloureux d'Albert, le plus injustement, c'était Trotski. Il voyait celui-ci à travers sa longue fuite, la mort aux trousses et malgré tout la sérénité analytique au coin des lèvres et au bout de la plume.

— Trotski a écrit les choses les plus belles et neuves qu'un homme politique ait jamais écrites sur la littérature et sur l'art.

— Moi, je veux la liberté sans adjectifs. Écrire et chanter sur les culs ou sur les murs tout ce qui rime avec subversion, par exemple : arithmétique.

Doria ouvrit les bras comme pour embrasser le mot arithmétique, puis il les resserra à la mesure de la poitrine

généreuse de Teresa, saisit un sein dans chaque main et tira
sur le chemisier pour les mettre à nu. Étouffant un cri d'une
main et de l'autre cachant ses seins, Teresa resta pétrifiée
comme une statue de sel. Albert enfonça ses mains dans ses
poches, baissa les yeux et les enfouit dans les sables mou-
vants du trottoir. Luis ôta sa veste, la fit virevolter telle une
cape magique et la déposa sur les épaules de la fille. Il la
boutonna, un bouton après l'autre, puis il se mit à rire tout
en passant un bras autour des épaules de Teresa et en l'invitant à le suivre vers les petits bars et les restaurants illuminés
entourant la statue de Danton.

— Tu viens ?

Demanda le visage à demi retourné de Teresa à un Albert
paralysé.

— Non.

— Laisse tomber.

Albert fit demi-tour et s'avança vers le boulevard Saint-
Michel. Il fut arrêté par la main de Doria sur son bras et le
propre corps de Luis souriant et gesticulant au milieu de la
chaussée.

— Tu n'es pas fâché ? Allez. Viens avec nous. Teresa veut
que tu viennes. Teresa ! Pas vrai qu'il est impossible qu'Albert ne nous accompagne pas ?

— Impossible !

Cria Teresa, et Albert la vit qui attendait, heureuse, sous
la lumière fugitive et morte de Chez Lucien.

— Non. Allez-y sans moi.

— Où ça ? Nous allons dîner, pisser sur la statue de
Danton et après n'importe quoi. La nuit est splendide. Je te
promets de ne pas parler de politique.

— Non. Ce n'est pas ça.

— C'est quoi alors ?

— J'ai envie d'être seul.

— Seul, comme un poteau télégraphique qui enverrait

des messages au néant. Bien. Heureux celui qui, comme toi, se sent bien avec lui-même.

Mais il ne le fut pas. Il s'abandonna à la double pitié du lit et de l'obscurité de la chambre, et tous les efforts pour imaginer la ville qu'il connaissait et celle qu'il lui restait à connaître suscitaient la silhouette agrandie de Doria, obstacle intermédiaire, relais incontournable sur le chemin de tous ses désirs. Peut-être Doria occupait-il l'espace restant de la seule manière possible pour un immigrant culturel dans la capitale culturelle du monde. La personne de Doria l'accablait, il était indigné par sa façon de faire de Teresa une ombre sexuelle qui lui devait son existence et l'en remerciait. Il entendit Luis rentrer, seul, et presque toutes les heures qui sonnaient au clocher voisin. Le sommeil avide qui s'empara de lui aux premières heures du jour fut interrompu au milieu de la matinée par l'arrivée bruyante de Larsen porteur de drapeaux rouges et tricolores, français et espagnols. A ses vibrantes harangues répondaient les rugissements de dédain ou d'incompréhension de Doria, et Albert contempla le spectacle d'un Larsen fixant des drapeaux sur les murs tandis que Teresa riait, renversée sur le canapé, et que Doria refusait de quitter sa chambre fermée.

— Je refuse d'assister à une fête prostituée. Staline vous a volé vos drapeaux du 14 juillet et vous a refilé sa syphilis totalitaire.

— Sûr qu'il est en train de lire.

Dit Larsen à voix basse avec la complicité affirmative de Teresa.

« Quand il pense à une phrase, il l'écrit, il la mémorise et, après ça, il te la sort comme un automatisme. Pas vrai, Teresa ?

La fille approuvait en riant.

— Luis. Tout Paris va voir que tu n'y es pas allé.

— A plus forte raison. C'est bien pour ça que je n'y vais

pas. Et demain sans faute j'enverrai un article à *Vendredi* dans lequel je donnerai de manière très concise les raisons pour lesquelles je ne suis pas allé au 14 juillet 1936.

— Mais laisse-nous voir ta tête avant de partir.

— Vous y verriez la perplexité et ma perplexité vous insulte, imbéciles, imbéciles historiques, vous allez défiler aux côtés de l'assassin de Blum.

— De quel assassin il parle ?

— Hier, il nous a cité un poème d'Aragon dans lequel il demande qu'on tire sur Blum.

Larsen haussa les épaules, il donna à Rosell un drapeau républicain espagnol et à Teresa un français. Il se réserva le drapeau rouge.

— Vous dormez et la manif a déjà commencé.

Ils pressèrent le pas dans le labyrinthe du Marais et atteignirent le cortège des manifestants à la hauteur du cirque d'Hiver. Les curieux applaudissaient ou faisaient des commentaires, visages sympathisants ou ironiques tournés vers le groupe combatif des Jeunesses communistes qui défilait en chantant une version revue et augmentée de *la Carmagnole* :

> *Léon Daudet avait promis*
> *De ramener le roi à Paris.*
> *Mais son coup a manqué,*
> *Le roi n'est pas rentré.*
> *L'Action française est dans la merde,*
> *Vive le son, vive le son* !*

Plus loin, *la Carmagnole* laissait la place au *Ça ira*, lui aussi en version actualisée. Ni les aristocrates ni les bourgeois n'allaient finir à la lanterne, mais les milices des *Croix de feu**, oui, les jeunesses socialistes et communistes leur réglaient leur compte à coups de poing dans les rues du Quartier latin. Teresa débrouillait à l'intention d'Albert les écheveaux thématiques les plus compliqués et, après que

Larsen eut convaincu le service d'ordre de les laisser entrer dans la manifestation, ils s'engouffrèrent dans le cortège, océan rouge, drapeaux rouges et visages rougis par la chaleur et la passion idéologique.

Assez de paroles, des actions* !

Criaient les communistes.

Unité quand même* !

Répondaient les socialistes. On les informa que, à quelques mètres derrière, défilait une délégation espagnole, mais, avant de la rejoindre en marchant à contresens, Rosell reconnut Bonet sous une pancarte de trotskistes accueillis par l'une des tendances organisées du Parti socialiste. Bonet, qui ajoutait à la rougeur des drapeaux l'ardeur de sa propre peau, était comme un beau diable hurlant au milieu du chaudron de l'histoire.

Hitler, non
Staline, non plus* !

Répétaient en chœur après Bonet les trotskistes, sourds aux recommandations du service d'ordre, qui s'efforçait de faire respecter le caractère unitaire de la fête. L'éloignement des troupes du PCF fit que c'est du public qu'on répondit aux cris trotskistes :

Trotski traître !
Trotski traître* !

Un gaillard albinos fonça droit sur le public suivi d'un peloton d'enragés et c'est en vain que Bonet s'efforça de les tenir dans les bornes de la violence verbale. Échange d'insultes, bousculades, quelques gifles puis la soudaine apparition de deux douzaines de forts des Halles portant les insignes du service d'ordre et distribuant coups et gnons qui restaurèrent l'unité des cris et des chants. A mesure qu'ils approchaient de la place de la République, Teresa utilisait les épaules de Larsen et Rosell pour sauter et regarder la foule océane, l'océan des chapeaux de paille, des bérets, des chevelures emmêlées par la sueur, la poussière soulevée par les pieds avec une joie bruyante, une joie de fête partagée, une volonté de faire face à l'histoire que ratifiait la présence des grands prêtres de la politique et de la culture. Blum, Thorez, Cachin, Herriot et aussi l'inquiétant Marceau Pivert, tête de la gauche SFIO, plus bolchevik que les bolcheviks, et Zyromski, le chantre de la réunification des socialistes et des communistes, des noms nouveaux pour Rosell, avec lesquels Teresa et Larsen jonglaient familièrement. C'étaient leurs Prieto, José Diaz, Pasionaria, Companys ou Largo Caballero[1] à eux, mais parés de cette grandeur qu'ajoutaient la lumière de Paris, de l'Europe, et la reconnaissance de Malraux...

— Regarde, Malraux est avec Clara, sa femme.

... ou de Paulhan, Halévy, Guéhenno, Gide, Éluard, Rolland, Chamson, Mounier, Cassou, Aragon, Benda, Picasso, Léger ou du maestro Désormière ; la foule cultivée se sentait ratifiée, confirmée, avalisée. Les Espagnols étaient mal habillés et chantaient l'Hymne de Riego[2]. On pouvait y distinguer deux groupes : ceux qui avaient des têtes de boursiers et ceux qui avaient l'air d'être des émigrés économiques. Quatre ou cinq jeunes boursiers essayaient de rassembler les quelques paroles qu'ils connaissaient de la Jeune Garde :

1. Prieto : dirigeant socialiste modéré, ministre de plusieurs gouvernements de la République. José Diaz : secrétaire général du PCE. Largo Caballero : dirigeant de la gauche du Parti socialiste, chef du gouvernement républicain en 1936-1937.
2. Chant révolutionnaire.

Prenez garde, prenez garde,
Vous les sabreurs, les bourgeois, les gavés et les curés...

Et un Catalan cria hors du contexte et du temps :

Viva Maciá que és catalá.
Mori Cambó que és un cabró[1].

Lorsque, entre la plaisanterie et l'inculture révolutionnaire, quelqu'un entonna : *Asturies, patrie chérie, Asturies de
mes amours...* Rosell fronça le nez. Il ne supportait pas les
chansons espagnoles d'autocar ou de wagon de troisième, et
ses craintes de dégénérescence raciale se confirmèrent
lorsque deux Espagnols un peu soûls maintinrent le sus-
pense dans les rangs de leurs compagnons et du public qui
les stimulait en balançant une inconnue dans le ravin à plusieurs reprises :

La tiraron al barranco (3 fois),
Fin de la primera parte (3 fois).
Y ahora viene la segunda.
Que es la más interesante.
La sacaron del barranco (3 fois)[2].

Crétins ! Marmonna Rosell, adressant aux chanteurs un
regard peu amène. Teresa ne comprenait pas son indignation. Rosell était presque hors d'haleine, de ses bras ouverts
il montrait l'impressionnant spectacle de cette union populaire ; socialistes, communistes, trotskistes, la CGT réunifiée,
les intellectuels du mouvement Amsterdam-Pleyel, de la
Ligue des droits de l'homme, des comités de surveillance
antifasciste, des francs-maçons de différentes obédiences,

1. En catalan dans le texte : Vive Maciá qui est catalan / Mort à Cambó qui est
un salaud.
2. Ils l'ont jetée dans le ravin *(3 fois).* / Fin de la première partie *(3 fois).* / Et
maintenant voici la seconde partie, / Qui est la plus intéressante. / Ils l'ont sortie du
ravin *(3 fois).*

des radicaux, d'anciens combattants républicains arrachés à l'association crypto-fasciste manipulée par *l'Action française*, les catholiques de Jeune République, toute la gauche, énumérée et répertoriée par Larsen.

> *Bravo Vaillant!*
> *Vas-y Marceau!*
> *Zyrom, unité*!*

Le public encourageait ses leaders à l'unité, et c'était là l'expression d'une conscience supérieure, d'une authentique lucidité de la conscience de classe, commentait Rosell avec une véhémence qui surprenait Teresa.

— Tout ça pour que ces imbéciles viennent parodier l'esprit de la manifestation. Se moquer.

— Ils sont heureux. Moi, je vois ça autrement. Ils veulent participer. Ils ne connaissent aucun chant. Il y en a parmi eux qui ne connaissent même pas la langue. Ils sont contents.

— Je me méfie d'eux. Je me méfie des Espagnols et plus encore des Catalans. Les Espagnols sont des maquereaux prétentieux et les Catalans des timorés et des méfiants.

Ils débouchaient sur la place de la République, où les bouchons humains dessinaient le polygone du carrefour. Au pied de la statue, Rosell suivait les explications de Teresa qui lui montrait du doigt les bas-reliefs en bronze de Dalou racontant les vicissitudes des trois Républiques. Leaders et gouvernants étaient acclamés ici et là, mais c'étaient Jean Zay et Lagrange qui emportaient la palme, le premier à cause de son combat contre le pouvoir scolaire de l'Église et la réaction.

> *Allez Jean Zay!*

Des poches de manifestants promettaient l'explosion de petites manifestations à la gloire de l'enthousiasme du Front populaire, comme des pétards dans la fête tranquille de la ville abandonnée à la promesse d'un *happy end* de l'histoire.

— C'est possible. C'est possible.

S'exclamait Larsen en se frappant du poing la paume de l'autre main.

« C'est évident. C'est évident. C'est évident.

Et il ouvrait les bras, embrassant la foule.

« Vous voyez ? Eux, ils le savent. Ils savent que si nous sommes unis la révolùtion est possible et ils savent qu'en respectant la raison et la culture on peut vaincre presque tout ce qui nous fait souffrir, excepté la mort. Dans dix ans, l'hùmanité peut presque atteindre la perfection.

Larsen les menait avec son discours en direction des grands boulevards et Rosell remarqua que Teresa réprimait son envie d'aller chercher Doria.

— Si les fascistes restent chez eux, ce peut être une journée parfaite.

— Quand il y a tant de gens, ils ne sortent pas. Ils aiment les groupes isolés. Les expéditions surprises. Ce sont des enfants de salauds. Parfois, il m'arrive de croire qu'un fasciste naît fasciste, qu'il ne le devient pas. C'est une affaire de chromosomes. Comme le tempérament d'assassin.

Larsen leur parla du fascisme en Suède, c'est une peste qui ravage toute l'Europe, c'est l'instinct du mal dérivé de la panique de la petite bourgeoisie, une *fuite en avant** de la petite bourgeoisie. Seule l'Espagne est à l'abri du fascisme, assura Larsen. Il est impossible que l'Espagnol prenne au sérieux tout le théâtre fasciste, et, devant le sourire ironique de Rosell, Larsen mit en avant ses nombreux voyages à travers l'Espagne, ses conversations avec Araquistain, Ortega, Unamuno, Largo Caballero, Jiménez Fraud.

— Le fascisme espagnol sera un fascisme de procession. Il ne peut pas s'imposer. Avec quelle légitimité historique ? Sur quelle mémoire historique se fonde-t-il ? Mussolini est remonté au déluge, à l'empire romain, et Hitler est retourné aux Walkyries et à l'élan de conquête des Germains ; les Espagnols, eux, ont passé leur histoire à se défendre précisément des conneries étrangères.

Il en coûta à Larsen d'employer le mot « conneries » mais bientôt il le prononça avec un sourire de bonheur, comme on glisse sur un toboggan. Et l'empire espagnol, lui objecta Rosell. Ils ont l'impérialisme dans la peau. Les Castillans ont l'impérialisme dans la peau. Quand ils n'ont plus pu conquérir à l'extérieur des frontières, ils ont conquis à l'intérieur ; ils se sont emparés de tout sauf de la terre de leurs nobliaux, et c'est de là que sont sortis les cadres du fascisme espagnol, et c'est de là aussi qu'en sortiront les masses.

— Mais Largo Caballero est castillan. Vous êtes sûr que la bourgeoisie catalane est moins crypto-fasciste que les paysans de Valladolid ?

— J'aimerais aller à la campagne. J'aimerais que nous allions à Boulogne ou à Vincennes, à Vincennes plutôt, c'est plus populaire et, un jour comme aujourd'hui, tout doit être en fête là-bas.

Larsen sortait sa voiture de sa poche quand on le lui demandait, et il suffit de cette remarque de Teresa pour qu'il les conduise vers une ruelle derrière les Archives nationales. Teresa profita du détour pour suggérer d'aller chercher Doria mais l'absence de réponse de Larsen et d'Albert enterra sa question. Elle se voua à guider Rosell à travers le quartier juif de Paris. Dommage que ce soit la fête nationale, parce que tout ça est plein de petites boutiques où l'on vend des gâteaux délicieux et d'étranges salaisons. Tu as déjà goûté au tarama ? Non. C'est une sorte de crème très douce faite avec des œufs de poisson. C'est un plat typique de la Méditerranée orientale. Mais celui que font les juifs est très spécial, très fin, une sorte de mayonnaise délicieuse.

— Je n'ai pas un bon palais. Je mange n'importe quoi, et

tout me semble bon ou mauvais selon que j'ai faim ou pas faim.

Lumière d'été sur les façades crémeuses imbriquées les unes dans les autres selon le profond savoir architectural d'antan, Blancs-Manteaux, rue des Rosiers, rue des Francs-Bourgeois... Larsen les embarqua, à un coin de rue, dans la Citroën qui les avait conduits quelques jours plus tôt à Garches. Il ne répondit rien lorsque Teresa commenta la facilité magique avec laquelle cette voiture apparaissait et disparaissait entre ses mains. Ils débouchèrent place de la Nation, et Larsen s'élança sur le cours de Vincennes, toutes vitres baissées, leurs cheveux volaient au vent comme pour imiter les chevelures des personnages de Léger, ils étaient des pièces d'une machinerie cosmique dans laquelle la voiture de Larsen était mue plutôt qu'elle ne se mouvait. Ils pénétrèrent dans Vincennes par la porte Dorée, et Larsen gara son véhicule sous les arbres près du lac Daumesnil. Les bouches de métro Vincennes, Saint-Mandé, Bel-Air, Daumesnil ou porte de Charenton avaient vomi des flots d'ex-manifestants attirés par la fraîcheur de Vincennes. Sous les arbres, sur le gazon, les drapeaux ne défilaient plus, ils se promenaient, ils jouaient avec la brise ou couraient avec les enfants et les jeunes gens qui les voulaient semblables à des chevelures dans le vent de leurs idées rouges ou tricolores. Paniers d'osier, nappes tendues sur l'herbe, un parfum de viandes sous la pâte feuilletée, baguettes de pain fines et dorées, corbeilles de fraises et de cerises, thermos de café chaud et bouteilles de vin d'Alsace rafraîchies par des icebergs flottant dans des seaux métalliques, et puis des bras, des milliers de bras nus et ronds de femmes décolletées devant leurs familles bouches bées, genoux puissants d'animaux nourriciers, mollets baignés d'ombre, cuisses mordues par la jarretière des bas de rayonne, adolescents sensibles se courant après entre les arbres, au loin des orgues de Barbarie, une buvette avec la radio branchée sur Radio-Cité, et c'est Fréhel qui chante :

> Non, je ne suis pas soûle
> Malgré que je roule.
> Non je ne suis pas soûle
> Malgré que je roule
> Dans toutes les boîtes de nuit,
> Cherchant l'ivresse
> Pour que ma tristesse
> Sombre à jamais dans le bruit.
> Je hais le plaisir qui m'use
> Et quand on croit que je m'amuse
> J'ai des pleurs plein le cœur*.

Teresa connaissait la chanson et la fredonnait. Tu aimes Fréhel ? Et Damia ? Et Lucienne Boyer ? C'est la reine du moment, avec Damia, mais moi je préfère Marianne Oswald. Elle est sensationnelle, elle chante à la manière allemande de Zarah Leander. Un chœur mélancolique d'hommes en chemisettes et chapeaux de gendarmes en papier journal chantait *le Temps des cerises*, assis sur le gazon autour du chef de cet orchestre triste et, comme si la mélancolie faisait tache, la chanson des naufragés de Vincennes déguisés en fous de l'asile municipal s'étendit à d'autres groupes. Et, peu à peu, *le Temps des cerises* jaillit de partout au bord du lac, dominant même la voix de Tino Rossi qui chantait *Marinella* sur Radio-Cité.

— Ils chantent toujours autant ces gens-là ?

— Oui. Ça paraît incroyable que tu t'en étonnes. Ça n'est pas pareil en Espagne ?

— La chanson transforme le chanteur en un créateur. Elle donne un langage à bien des gens qui ont envie de créer et pas de possibilité de le faire. Ceux qui ne savent ni peindre, ni écrire, ni composer de la musique peuvent chanter ; ils extériorisent leurs sentiments en s'appropriant les paroles d'un autre.

— En Suède aussi, tous les gens chantent ?

— On chante beaucoup de psaumes, de chants religieux, comme en Angleterre ou aux États-Unis. Mais les ouvriers et les paysans chantent aussi pendant les longues nuits d'hiver.

Ils s'assirent à l'une des tables en bois d'une guinguette. Ils commandèrent une salade, une *assiette de fruits de mer**, une bouteille de bordeaux, *blanc de blancs**. Même si les coquillages crus dégoûtaient Rosell, il ne voulut pas rester à l'écart, il ferma les yeux comme s'il mastiquait un ennemi en enfournant d'un coup de la laitance d'oursin sur un bout de *baguette** ; en revanche, il reconnut les moules comme de vieilles amies, sorties d'une assiette de poulpe, moules, tomates et oignons que sa mère préparait les dimanches d'été, en guise d'entrée. A gauche, il vit Bonet s'avancer parmi les arbres, à la tête d'un groupe d'Espagnols parmi lesquels il reconnut ceux qui avaient chanté le matin même *Asturias, patria querida* et *la Tiraron al barranco*. Il leur tourna le dos pour ne pas être obligé de les saluer. Bonet avait l'air d'être un autre homme. Il cherchait avec un certain découragement un coin de pelouse libre et il était poussé par tous les autres.

— Merde, Tomás, l'omelette aux pommes de terre est en train de refroidir.

— Ne me casse pas les couilles, camarade. Qui a eu l'idée de transporter une omelette aux patates de cinq kilos tout au long d'une manifestation et dans le métro à travers tout Paris ?

L'omelette devait être dans une caisse en bois qu'un des membres de la délégation transportait comme si elle était en verre. Finalement, ils choisirent une clairière non loin du lieu où Rosell se demandait pourquoi donc le monde était un mouchoir de poche plein d'Espagnols et d'affreux fruits de mer crus. Installés sur l'herbe, ils ouvrirent la caisse et en sortirent une gigantesque omelette aux pommes de terre, cubique, qui avait l'air d'être en or. Un « Oh » général et généreux s'éleva du cercle des hommes qui la contemplaient, et le plus rustique d'entre eux, celui qui avait chanté les stupides chansons, montra ses mains et cria :

— Il n'y a que ces mains-là pour retourner une poêle contenant une omelette de cinq kilos de pommes de terre.

— Allez, montre voir tes mains, Oviedo.

Le dénommé Oviedo ôta sa chemise à carreaux et exhiba son prodigieux thorax revêtu d'une chemisette bleue sans manches et il mit ses mains sous le nez de tous les présents.

— Ce type-là n'avait pas besoin de mines pour creuser des galeries. Il faisait ça à coups de poing.

— Pour moi, une moitié d'omelette. L'omelette à celui qui la travaille.

— Tu entends ? Ce sont des Espagnols.

Commenta Teresa avec enthousiasme, et elle lança au groupe regards et sourires. Bonet avait déjà repéré Rosell, mais il faisait semblant de ne pas le connaître. Ses yeux lui disaient exactement cela : Je ne te connais pas, camarade, attention, car ce bois est plein d'assassins staliniens. Mais, pour Oviedo et les autres, il était évident que Teresa et Larsen les comprenaient parce qu'ils riaient de leurs plaisanteries et suivaient les péripéties du groupe autour de ce pavé d'omelette magique.

— Vous êtes espagnols ?

— Il faut de tout pour faire un monde.

— Qu'est-ce que vous mangez ?

La grosse tête d'Oviedo apparut derrière le plat rempli de coquilles vides.

— Ça me semble bien léger tout ça. Venez avec nous. Il y a de l'omelette pour tous et un jambon cuit que m'a rapporté un copain de Potes.

Rosell tournait encore le dos à Oviedo et, malgré ses clins

d'œil discrets à Teresa et Larsen, ces derniers s'en furent vers cet Eldorado de pommes de terre et d'œufs. Ils reçurent une fourchette et la plantèrent *illico* dans la bête, rompant sa cuirasse d'or fin pour en extraire de tièdes entrailles qu'ils dégustèrent puis commentèrent avec enthousiasme.

— Tu n'as pas une tête d'Espagnol, camarade, et le maigrelet qui est resté à votre table, non plus.

— Je suis suédois.

— Albert, Albert! Viens, l'omelette est très bonne. Albert est espagnol. Enfin, catalan.

— Merde, un autre catalaneux comme toi, Bonet.

Il n'y avait plus rien à faire, Rosell se dirigea vers le groupe et fut accueilli par la main granitique d'Oviedo dans son dos et un chœur de salutations protocolaires parmi lesquelles celles de Bonet.

— Moi, j'ai quitté l'Espagne en 34, depuis l'affaire des Asturies. Je me suis enfui d'une file de prisonniers et je ne suis jamais revenu.

— Explique pourquoi tu n'es jamais revenu, Oviedo.

— Pour pouvoir, j'aurais pu revenir. Mais je suis tombé au mauvais moment sur un sergent des carabiniers plus salaud que le plus salaud des salauds, et je l'ai balancé dans la rivière et il y est resté plus démantibulé qu'un lapin. Pour vivre, il vit encore, ça oui, mais il est foutu, le pauvre, et tous les gardes civils des Asturies ont une dent contre moi.

Oviedo était devenu triste.

« Vous croyez, vous, que le Front populaire dissoudra la garde civile? C'est le moins qu'il puisse faire.

— Mange et tais-toi, Oviedo. Toi, l'omelette, tu ne te contentes pas de la faire, tu la rêves en plus.

C'était Bonet qui enterrait la question, et ses yeux continuaient à envoyer en morse un message sans appel à Rosell, un message irritant et hors de propos : Va prendre l'air ailleurs, imbécile. A quoi tu joues, ici. Les chansons jaillissaient comme des flambées, une par groupe, et Rosell eut peur de se trouver pris dans une marée de chansons d'autocar et de renvois d'omelette, même s'il lui fallait bien reconnaître qu'elle était fameuse. Pour ne pas être en reste par rapport aux Français, un des hommes de leur groupe grimpa en haut d'un monticule et chanta, d'une excellente voix de baryton :

Fils du peuple, les chaînes t'oppriment...

L'hymne anarchiste et la beauté de la voix attirèrent les curieux.

— Qu'ils écoutent la chanson, mais qu'ils ne nous mangent pas l'omelette.

Grommelait Oviedo.

Travailleur, assez de douleur
L'exploitation doit succomber.

Le vibrant final fut applaudi et accompagné des cris de « Vive l'Espagne républicaine ». Oviedo, les larmes aux yeux, donnait et recevait l'accolade, flanquait des claques de ses battoirs dans les dos alentour et ébranlait les cœurs émus en leur offrant l'omelette, le vin et le jambon cuit rapporté par un de ses copains de Potes. Un Français apprit ses origines asturiennes et ses exploits pendant la révolution de 34, ce qui suscita de nouveaux enthousiasmes, et nombreux furent ceux qui l'informèrent de l'action des comités français de soutien à la révolution asturienne.

— Ce Catalan est lui aussi de la boutique.

Oviedo montrait Bonet.

« Mais eux n'ont pas tiré. Companys a fait un discours et il a fait dans son froc.

On incita un des Français à chanter une chanson en hommage aux Asturies d'octobre 34. Je ne la connais pas en entier. Ça ne fait rien, et finalement il entonna d'une petite

voix étriquée et lyrique la chanson épique et internationa-
liste :

> *A leurs cigarettes*
> *Allumant la mèche*
> *De leurs grenades de fer-blanc,*
> *Pendant des jours ils ont repoussé*
> *Les mercenaires sur eux lancés*
> *Par les gouvernants,*
> *Ceux d'Oviedo*.*

— Putain ! Ils savent vraiment comment ça s'est passé.

Le mineur était émerveillé. Il serrait des mains et, à
chaque main tendue, les larmes se pressaient plus nombreuses dans ses yeux. Finalement, n'en pouvant plus, il se
retira seul sous un arbre pour pleurer, la tête prise entre ses
deux poings. Les autres poursuivirent leur fête en l'honneur
de leur rencontre, et Teresa s'en fut consoler le grand type
qui lui parlait entre les larmes et les sanglots. Larsen et
Rosell se détachèrent du groupe et s'avancèrent le long du
lac. Quelques instants plus tard, Teresa se joignit à eux. Elle
était émue par le récit du mineur. Il n'avait pas vu naître sa
deuxième fille et il était fatigué de travailler comme porteur
gare du Nord. Rosell avait envie de se retrouver en tête à tête
avec lui-même, et Teresa espérant revoir Doria lui sut gré de
sa proposition de retourner à Sainte-Avoye. Larsen avait
l'esprit saturé de convivialité. Sa mine avait empiré et il tous-
sait par quintes comme pour s'arracher un air vicié du fond
de la poitrine. Il avait hâte de les laisser n'importe où et
d'aller tousser tout seul.

— La voiture est à moi.

Dit-il soudain, alors qu'ils arrivaient au carrefour Temple-
Rambuteau.

« Je ne l'avais pas dit jusque-là parce que j'en avais honte.
Doria m'a dit qu'il n'y a rien de plus minable que de pos-
séder une voiture. Vous savez ce qu'il pense de la propriété

283

privée. Il ne permettrait la propriété privée que pour des trésors volés, des butins. Cette voiture, c'est mon père qui me l'a payée.

Rosell et Teresa montèrent ensemble et à peine avaient-ils mis la clef dans la serrure que s'élevèrent les accents de l'*Internationale*. Doria jouait de manière vibrante, comme si sa vie en dépendait ; il les invitait de sa main libre à vibrer aussi dans le foyer de sa toute récente passion révolutionnaire.

> ... *l'Internationale sera le genre humain* *.

Il prolongea la dernière note et la dernière syllabe de la chanson, puis émergea de sa prétendue extase pour les examiner de haut en bas.

— Vous sentez le foutre. Vous avez éjaculé vingt fois en une journée, vous puez le bordel de l'histoire, et il vous faudrait un ouragan rigoureusement yankee pour chasser vos odeurs de transpiration bolchevique, mais je vous pardonne, vous m'avez offert la paix d'une journée où j'ai été heureux tout seul, et j'ai mis de l'ordre dans mes derniers souvenirs, mes dernières croyances. Je crois en un Dieu nu qui me ressemble comme il te ressemble à toi, Teresa, ou à toi, Rosell. Je crois en l'église de l'intelligence, celle que l'on atteint par les chemins de la raison et de la sélection, en pratiquant l'élitisme du mépris.

Si ce qu'avait dit Larsen était exact, Doria mémorisait bien, car il débitait son monologue sans effort, un coude appuyé sur le couvercle du piano, le regard perdu dans des cieux qu'il était seul à voir, son autre bras relativisant le ronflant de ses affirmations.

« J'ai fait un horrible cauchemar, Teresa. Je t'ai vue sur la tribune de la place Rouge, à Moscou, assistant à un défilé commémoratif de l'assassinat de Léon Blum.

— Bravo. Ça a été une très jolie fête. Tout le monde était content et chantait. Nous avons vu tes amis.

— Mes amis ne vont pas à ces misérables messes rouges.

— Eh bien, il y avait Malraux et le gratin de *Vendredi*.

— Ils vous ont demandé où j'étais ?

— Mais ils ne nous connaissent pas. Jamais tu ne nous présentes lorsque tu les rencontres... Encore, Rosell vient juste d'arriver, mais moi aussi je suis une inconnue pour eux.

— Vous connaissez ma thèse. C'est une réplique de ce que Staline est en train de faire en URSS. Il prêche la révolution dans un seul pays pour ensuite l'exporter. Moi, je fais ma propre promotion, le plus vite possible, et, quand je serai arrivé au sommet, je ferai appel à vous. J'ai honte de vous présenter maintenant. C'est comme ces méridionaux qui voyagent toujours avec leur famille en essayant de les caser à la première occasion. Qu'est-ce qu'ils penseraient ? Voici Doria, il vient nous fourguer sa famille. N'ayez crainte. J'arriverai bientôt et alors, toi, Teresa, et toi, Albert, vous serez les rois du Conservatoire. Quant à Larsen, il faut que je revoie ma relation avec lui. Il a été l'instigateur de votre absurde participation à cette mascarade et, pour l'instant, j'ai pris la décision de lui interdire de poursuivre la rédaction de ma biographie. En outre, la prochaine fois qu'il m'embrasse dans le cou, je lui dirai de se mettre son âme de Viking au cul puisque c'est là qu'il aime se mettre des choses.

Rosell s'ennuyait et regagna sa chambre. Teresa essayait d'intercéder en faveur de Larsen et de jouer de la cajolerie et de la flatterie vis-à-vis de Doria.

— Pense que si la biographie de Larsen est publiée à Stockholm, ta seconde carrière de poète pourra un jour se voir couronnée par le Nobel.

— Je serai le premier Nobel Laocoonesque : parole et musique en une synthèse artistique jamais vue. En ce qui concerne Larsen, il faut encore que j'y réfléchisse ; quant à toi, j'ai envisagé la possibilité de te vendre pour sept ou huit mille francs à un épicier du Parti radical, c'est ce qui te conviendrait le mieux, mais je te pardonne et je te permets de rester ma maîtresse.

— C'est un honneur que je ne mérite pas.

Teresa se mit à rire du rire de Teresa, et Rosell enfouit sa peine sous son oreiller et il ne l'en sortit pas avant que les portes de l'appartement ne se referment sur les talons de Doria et de sa compagne. Il alla vers le piano mais celui-ci lui renvoya la musique de Doria. Il le ferma comme s'il était contaminé. Il se battit avec le sac dans lequel étaient encore enfermés les livres qu'il avait rapportés d'Espagne. Il n'avait pas voulu les sortir pour ne pas les mélanger à ceux de Doria, il choisit *Vida privada* de Josep Maria de Sagarra. Chaque fois que dans le livre apparaissait Guillem Llobe-rola, c'étaient le visage et les manières de Doria qui se surim-primaient. Soudain, Rosell se frappa le front et se dit : C'est un fils à papa. Voilà ce qu'il est. Un merdeux de fils à papa. Et, le lendemain, cette idée, ressassée pendant son sommeil, s'était gravée comme un bas-relief éclatant sur son cerveau ; mais, devant lui, il y avait un autre Doria, charmant, séduc-teur, et sur la table un petit déjeuner tout frais, préparé pour deux, Albert, toi et moi, il faut qu'un de ces jours nous parlions longuement et sérieusement de ton avenir. Ce matin je dois précisément confirmer mon séjour à la campagne avec Baton et Honegger, je t'en ai déjà parlé ; je suis inquiet pour Teresa, il faut que je lui trouve une place au soleil de Paris, sans quoi, un de ces jours, elle retournera à Barcelone, elle se mariera avec un fabricant de Terrassa[1], et nous per-drons une femme libre. Elles ne courent pas les rues, Albert. J'adore Teresa. Elle est picassienne. Bien que Pablo soit un de mes bons amis, je ne suis jamais allé chez lui avec Teresa parce que c'est un satyre et qu'il essayerait de me la piquer.

1. Banlieue de Barcelone.

Je voudrais la faire entrer dans une chorale quelconque. Elle a une voix faite pour le chant choral, pas une voix de soprano soliste. Peut-être pour des concerts de chansons légères, mais ça n'est pas avec ça qu'on se fait une renommée à Paris, ni même à Barcelone ou à Madrid. Et toi. Toi, tu m'inquiètes parce que tu risques de te tromper d'attitude. Tu ne dois pas vivre Paris comme un jeune boursier, mais comme un créateur expérimenté et capable qui utilise le tremplin culturel de la ville pour bondir vers la gloire. Pense à ça lorsque tu verras Long ou n'importe quel ponte du Conservatoire, ou même les personnages que je te présenterai. Sans aller plus loin, rappelle-toi, Milhaud, le 18 juillet, chez lui dans la matinée. Milhaud est un grand bonhomme, mais trop juif, trop conciliant si l'on excepte son antiwagnérianisme forcé. Il hait Wagner. Il est entré dans l'arène dans les années vingt, en criant un « A bas Wagner ! » qui fit grincer les dents des wagnériens et des franckiens, même si, en ce temps-là, c'était assez logique vu que les Français venaient de gagner la guerre contre la Prusse et qu'ils voulaient récupérer l'hégémonie culturelle en Europe.

Albert travailla tout le matin, protégé de la chaleur par l'intimité de la cour intérieure, sans autre distraction possible que celle de se pencher à la fenêtre pour y voir la tiède vie ralentie des fenêtres d'en face, une vie lente, routinière, un méchant miroir pour ses craintes. Et, entre le travail et le voyeurisme, il oublia de manger, il somnola, se réveilla affamé et descendit dans la rue alors que l'ombre tombait sur le Marais et que ce quartier archéologique se transformait en un décor pour fantômes et scènes historiques. Rosell s'y promena avec la distance critique d'un vieil habitant, mais il dut rendre les armes : c'était beau. Il éprouva soudain le besoin de contempler le lieu de ses espérances et s'engouffra dans le métro, direction Saint-Lazare. Le Conservatoire se trouvait rue de Madrid et accueillait tous les enseignements de théâtre, musique, opéra dans l'édifice d'un ancien collège jésuite. La grandeur du savoir musical ici représenté ne se reflétait pas sur la façade de style jésuite tarabiscoté, et Rosell s'en alla vers la gare Saint-Lazare qu'il traversa pour monter ensuite à Montmartre. Il sentait l'appel de Bonet et de ses compagnons, l'obligation éthique et esthétique de se rendre à cette convocation muette qu'il avait lue dans les drôles de messages clandestins de Bonet. Par la rue d'Amsterdam, il arriva à la porte de Clichy et il entreprit l'ascension de Montmartre. Le *Moulin rouge* était là, offrant la promesse de Fernandel et d'Arletty, tout comme était aussi là le théâtre de l'*Atelier,* au pied même de la côte du Sacré-Cœur, temple construit par la bourgeoisie parisienne pour expier les péchés de la Commune, trente ou quarante ans avant que la bourgeoisie barcelonaise ne fasse la même chose avec le temple du Sacré-Cœur du Tibidabo, offrande au dieu de la droite pour qu'il pardonne à son peuple les excès de la Semaine tragique. La respiration coupée par l'ascension des escaliers et des rues menant droit au ciel, Rosell déboucha au pied des marches du temple et il le contourna en quête de Chez Petiot. Un éboueur vêtu d'un ciré brillant et de bottes de caoutchouc, sorte de guerrier futuriste dompté par la pluie, lui indiqua le chemin. La lanterne de Chez Petiot se balançait au bout de la rue sur une façade recouverte de chèvrefeuille qui embaumait à vingt mètres à la ronde, et, derrière la large fenêtre du rez-de-chaussée, on apercevait quelques rares clients assoupis, attendant la tombée de la nuit. Bonet n'était pas là, ni ses compagnons, il était trop tôt, et Rosell assouvit sa faim avec une *entrecôte** bien cuite et des fruits de saison. Le mégot que le tenancier portait collé entre ses lèvres bougeait à peine tandis que sa bouche proposait avec insistance à Rosell de prendre le plat du jour : *carré d'agneau à la provençale**. Rosell, qui revoyait dans sa tête le spectacle des oursins et des fruits de

mer crus, voulut se ménager une soirée sans nausée, il regret-
tait l'omelette au persil bien cuite que sa mère lui servait sur
un morceau de pain à la tomate avec du sel et de l'huile. Il
était dans le café, absorbé par la lecture d'une édition de
Vendredi qui rendait compte de la manifestation de la veille,
lorsque se dessina dans l'encadrement de la porte la crinière
de feu de Bonet accompagné par le costaud d'Oviedo. Rosell
fit mine d'être plongé dans la lecture de l'éditorial. « Nous
avons marché, nous avons chanté avec nos camarades. Peut-
être notre voix hésitait-elle un peu, mais toute la jeunesse
était à nos côtés chantant à pleine voix nos espérances
communes. Dans nos rangs, entre deux haies de public, sous
les fenêtres où palpitaient les drapeaux, nous contemplions
les visages. Et, si nous sommes si heureux ce soir, c'est peut-
être à cause de tous ces messages fraternels que transmet-
taient ces sourires, ces regards amicaux d'hommes et de
femmes inconnus... Saint-Just disait que le bonheur était une
idée neuve. Nous avons respiré aujourd'hui dans l'air de
Paris la nouveauté et la jeunesse de cette idée. »

C'était titré : « Dans la rue » et signé *le comité directeur**.
La présence de Bonet au bord de sa table lui fit lever la tête
et il simula une surprise que l'autre admit, tandis qu'Oviedo,
radieux, lui tombait dessus en l'embrassant et que deux
autres hommes se glissaient à côté de lui pour prendre place
sur les chaises latérales. Bonet commanda au patron un
pichet de beaujolais et il présenta Albert aux autres, justifiant
son comportement à Vincennes par des raisons de sécurité.
Les manifestations sont pleines de policiers, qui travaillent
pour la réaction. Le gouvernement du Front populaire est et
sera toujours un simple hôte de passage dans l'appareil
d'État. En plus, toute l'extrême droite a mis en alerte ses
services d'information et moins ils pourront nous associer
avec de nouveaux camarades venus d'Espagne, mieux ce
sera. Bonet demanda à Rosell des nouvelles de la situation

en Espagne et, après avoir écouté un résumé de généralités ennuyées, il prit la parole et expliqua comment se passaient réellement les choses en Catalogne et en Espagne. Le Front populaire espagnol est, quant aux forces en présence, plus chimérique que le français, mais, si l'on se réfère à l'expression d'un malaise populaire et donc à un potentiel révolutionnaire, il est beaucoup plus sérieux. Par chance, en Espagne, et surtout en Catalogne, l'avant-garde populaire n'est pas hypothéquée par les cent avocaillons socialistes et les quelques staliniens du PCE. Là-bas, la force déterminante, c'est la CNT[1] et le travail de clarification idéologique de nos hommes. Quant aux rumeurs de coup d'État militaire, tout indique pour l'instant qu'il faut attendre la fin de l'été, mais il n'est pas exclu qu'à la première provocation la droite descende dans la rue et alors, camarades, l'heure de vérité sera venue, ce qui se passera en Espagne ne sera pas un simple accrochage sanglant comme les révolutions du centre de l'Europe après la Première Guerre mondiale. En Espagne, nous irons jusqu'au bout si le stalinisme ne vend pas la révolution pour un plat de lentilles : comme tu as vu, ils en sont à casser la croûte avec ces mêmes socialistes qu'ils appelaient social-traîtres il y a deux ans. Quant à Thorez, il a fait un pont d'or aux catholiques pour collaborer avec eux, autrement dit : la religion n'est plus l'opium du peuple. Ne déconne pas. Fit Oviedo, exprimant ainsi son indignation profonde au souvenir des curés indics de la garde civile, acoquinés avec tous les mouchards et autres contremaîtres de la mine. Rosell les prévint qu'il ne leur consacrerait pas beaucoup de temps. Il ne voulait pas se tenir à l'écart mais il n'allait pas non plus militer à fond comme il l'avait fait en Espagne ces dernières années.

— Camarade, nous vivons des années décisives.

1. Confédération nationale du travail, syndicat anarchiste.

— Ça, c'est mon problème. C'est pour moi que les deux années à venir peuvent être décisives.

— Un vrai révolutionnaire ne peut pas envisager de vivre en marge de l'histoire.

— Je ne suis pas un vrai révolutionnaire. Je suis un musicien.

— Ça c'est bien. La musique c'est très bien.

Oviedo admirait Rosell, il lui exprimait son admiration avec toute la franchise de ses yeux minuscules, juste deux prétextes pour orienter l'énormité de son corps. Avec une certaine amertume, Bonet dit que lui il était écrivain mais que pour l'instant il avait subordonné sa carrière personnelle à l'intérêt collectif. Tu ne sais pas te vendre ou tu n'as rien à vendre ? Demanda en silence Rosell à Bonet, mais il y avait dans cet homme une loyauté idéologique désarmante, et Rosell eut un arrière-goût de mauvaise conscience qui lui fit accepter une tâche de liaison avec les groupuscules trots-kistes latino-américains représentés à Paris. Bonet commenta les dernières lettres de Trotski à Nin et à Maurin sur les rapports entre révolution et question nationale, et il expliqua la nécessité de clarifier davantage ce qui les séparait du trotskisme international organisé que ce qui les unissait aux thèses de la révolution permanente.

— Nous n'avons pas à entrer dans un procès historique à propos de ce qui aurait pu être et n'a pas été en URSS ou au sein de la IIIe Internationale. Nous, les gens du POUM, nous jouons une autre musique, et notre analyse concrète de la situation concrète espagnole doit nous faire prendre en ligne de compte, avant toute chose, les données espagnoles.

Ils baptisèrent Rosell du nom de guerre de Seguí et ils convinrent d'un rendez-vous la première semaine de sep-tembre, dans le cas où aucun événement ne provoquerait une convocation anticipée. Rosell quitta la réunion moralement satisfait et en même temps soulagé devant la perspective de cette période de plus d'un mois où il était exempté de messe.

Bonet, Oviedo et Rosell descendaient vers Pigalle, et c'est le mineur qui faisait la conversation. Il était fasciné par la profession de Rosell et décidé à lui demander quelques éclaircissements sur la musique qu'il aimait, les zarzuelas et parmi elles *los Gavilanes* et *el Cantar del arriero*[1]. La complicité musicale avec Rosell le conduisit même à en découdre avec Bonet.

— Je ne suis pas d'accord avec ce que tu as dit au camarade sur la musique et la politique. C'est la musique qui met les peuples en marche.

Rosell et Bonet croisèrent en douce un regard d'intelligence et aussitôt le pianiste s'en voulut d'avoir trahi l'innocente solidarité du mineur. Oviedo dit : Au revoir Rosell, en lui serrant chaleureusement la main et en le regardant dans les yeux, les fenêtres de son âme ouvertes à double battant. Puis il plongea son corps puissant dans la gorge profonde du métro Pigalle.

— Il habite porte des Lilas.

Expliqua Bonet, prêt à accompagner Albert jusque chez lui, mais celui-ci lui opposa un chapelet d'empêchements qui culmina dans le fait qu'il était pressé et qu'il préférait prendre le métro avant qu'il ne ferme. Mais Bonet était disposé à le suivre en enfer s'il le fallait et Rosell craignit qu'une révélation gênante ne fût la raison de tant d'obstination, mais le mutisme de Bonet fut la note dominante tout au long des détours souterrains qu'ils firent pour lâcher enfin Rosell à la station des Halles. Ce n'est que quelques minutes avant d'être enfin libéré qu'il entendit Bonet lui balbutier une demande :

— J'aimerais te montrer des choses que j'ai écrites. Je n'ai guère d'occasions de les faire lire et encore moins de les publier.

— Avec grand plaisir.

1. *Les Éperviers* et le *Chant du muletier.*

292

— Je n'ai jamais arrêté d'écrire. Même dans les circonstances les plus dures, pour moi c'est un besoin.

— Donne-moi ce que tu veux.

— Nous nous fixerons un rendez-vous, toi et moi, plus rapide que celui programmé, au cas où il se passerait quelque chose. Dans un lieu fixé à l'avance.

— La statue de Danton, par exemple.

— Excellent. S'il te semble et à moi aussi qu'il se passe quelque chose d'anormal, nous nous rendons à la statue à midi et demi. Si l'autre ne vient pas, c'est qu'il n'évalue pas le problème de la même manière.

— C'est-à-dire si toi tu ne viens pas.

— C'est la même chose.

— Non : la responsabilité politique, c'est toi qui l'as.

— Bien. Quant à mes écrits, je chercherai un moyen de te les faire parvenir.

Le lendemain, les journaux de Paris commentaient la nouvelle de l'assassinat du leader de l'opposition espagnole José Calvo Sotelo par un commando de gardes d'assaut de gauche. Rosell monta quatre à quatre les marches qui le conduisaient chez Doria, et son compagnon de chambre lui livra un diagnostic historique surprenant :

— Tout homme politique est né pour tuer et donc pour mourir. Les porcs existent parce qu'ils vont à l'abattoir.

— Mais c'est une provocation.

— L'Espagne a besoin de provocations. Tous les pays en ont besoin. Formidable. C'est une nouvelle formidable.

M. Martínez Barrio garantissait la normalité la plus absolue et il n'y avait pas de symptômes de trouble parmi les forces armées. En fait, il s'agissait là de la revanche d'un groupe de policiers irrités par l'assassinat, quelques jours auparavant, du lieutenant Castillo, chef apparent de la police républicaine. A midi pile, Rosell et Bonet se retrouvèrent sous la statue de Danton. Ils déjeunèrent ensemble dans un

bistrot alsacien près de l'Odéon. Bonet avait appelé Barcelone et tout était calme, mais, au cas où lui parviendraient
des nouvelles inattendues, il se verrait obligé de lui faire
parvenir un message à Sainte-Avoye.

— Quelles nouvelles inattendues peuvent arriver ?

— On ne peut pas prédire les nouvelles inattendues, mais
tu admettras que tuer Calvo Sotelo, ce n'est pas une plaisanterie.

— Ça peut être une méchante plaisanterie, de très mauvais goût.

— Pourquoi de mauvais goût ? Les détonateurs de l'histoire sont imprévisibles. Mais il faut savoir être à la hauteur
des circonstances. La leçon de Lénine, qui fait un virage à
180 degrés avec ses thèses d'avril, est éloquente.

De retour à Sainte-Avoye, Rosell pensait que l'histoire le
poursuivait, ou bien peut-être était-ce une coquille qu'il
trimbalait, escargot condamné à vivre avec elle ou à mourir.
Au-dessus de la mêlée*, voilà la situation enviable dans la
perspective de laquelle on l'avait élevé. La conscience petite-
bourgeoise de ses parents, de ses maîtres, partait d'une
double décision : ne jamais se compromettre dans rien de
risqué et trafiquer des idées de solidarité, de salut, de
rédemption. Il se reconnaissait comme le fils de cette contradiction. Ligoté par un instinct de survie qui en faisait un
insecte pusillanime et, en même temps, conscience du
monde, prêt à se laisser tuer pour une idée ou pour un projet
d'idée, du moins mentalement. Mais jamais il ne s'était véri-
tablement éprouvé, excepté lorsqu'il avait participé à une
activité conspiratrice dans le contexte facile de la République
et lors des affrontements avec la police à la fin de la dictature. Le 6 octobre 1934[1], il était prêt à accepter n'importe
quelle consigne, mais il n'en reçut qu'une : laisser faire,

1. Insurrection socialiste et communiste dans les Asturies, entraînant une agitation indépendantiste à Barcelone.

laisser passer. Sous la peau, en apparence identique, de Bonet ou d'Oviedo, il y avait une musculature de lutteur que lui n'avait pas développée. La politique pour ceux qui en vivent, disaient les philistins qui l'entouraient depuis qu'il avait l'âge de raison, tandis que, derrière les vitres voilées des maisons où ils se planquaient, une poignée d'hommes étaient prêts à mourir pour des idéaux qui impliquaient l'ensemble du genre humain.

— Il ne va rien se passer, Albert. Ça m'étonnerait beaucoup. L'Espagne est définitivement un pays européen comme un autre. Il ne se passera jamais rien. Bien sûr, lorsque nous verrons Milhaud, n'allez surtout pas discuter la personnalité de Claudel. Il s'est inspiré de l'un de ses poèmes, *Christophe Colomb**, pour sa prochaine œuvre. Milhaud a une réputation de démocrate et de progressiste éclectique, et Claudel est une grenouille de bénitier de première, mais en France les géants de la culture sont comme ça. Ils se reconnaissent éléphants du même zoo, et ils se respectent entre eux.

Teresa espérait que Rosell serait plus inquiet que Doria sur le devenir possible de l'Espagne. Albert n'avait pas envie de s'inquiéter et il dit que c'était une affaire interne aux policiers de différentes tendances. Mais il passa toute la journée du 17 à attendre une soudaine arrivée de Bonet, tout en essayant de travailler et de faire des projets allant de la lutte armée à une rocambolesque fuite en URSS, où il serait l'hôte de la patrie du socialisme. Finalement, je suis antistalinien mais pas antisoviétique, et il faut reconnaître la grandeur de l'entreprise d'édification d'une forteresse socialiste capable de faire front à la conspiration de la réaction internationale. Il sombrait ensuite dans le désespoir le plus noir, ses projets brisés devant lui, détruits par les mains du destin.

— 18 juillet 1936, Saint-Camille.

S'exclama Doria, l'almanach Berr à la main.

« Je vous passerai en revue dans une heure. Je ne veux pas

laisser passer le moindre détail de cette rencontre avec Milhaud.

— Moi, je n'irai peut-être pas.

— Mais c'est pour toi que je l'ai organisée. Tu es un nouveau. C'est toi qui en as le plus besoin. Larsen vient pour l'entendre et Teresa parce qu'elle aime bien visiter des appartements inconnus.

Cette nuit-là, elle avait dormi avec Doria, et elle accepta une fois de plus ses plaisanteries. Larsen se présenta à dix heures déguisé en poète suédois, lavallière au cou, la barbe blonde légèrement retaillée et les cheveux peignés dégageant au maximum le visage. Doria exigea qu'Albert porte un comique chapeau à bords rabattus et des lunettes rondes cerclées de métal doré.

— Avec la tête que tu as et ta manière de t'habiller, tu ressembles à un botaniste suisse.

Rosell refusa, et le chapeau se retrouva sur la tête de Teresa.

— Rappelez-vous le principe fondamental. C'est moi qui ai l'initiative. Je donnerai le ton de la rencontre, et, s'il s'adresse à vous, essayez de dévier le sujet vers moi.

— Zinzin. Tu es complètement zinzin.

Répétait Larsen qui s'obstinait à employer des mots commençant par z, étant donné la difficulté qu'il avait à prononcer ce son.

« Zinzin, complètement zinzin.

Doria acheta un bouquet de fleurs jaunes chez le fleuriste le plus proche de chez Darius Milhaud et, lorsque la bonne leur ouvrit la porte, il introduisit le bouquet comme premier visiteur de la maison et sans dire son nom il prit possession de l'entrée jusqu'à ce que la matrone, inquiète, lui demande des explications. Quelques instants plus tard, parut Madeleine Milhaud, cousine et épouse du musicien, avec des délicatesses d'hôtesse acceptant un bouquet si gentiment offert.

— Madame, nous vous les offrons comme nous les don-
nerions à un guerrier. Ce sont les fleurs de la victoire et en
vous nous reconnaissons la force d'un vainqueur.

Un guerrier, moi, se disait Mme Milhaud entre des éclats
de rire que Teresa partageait en complice et les angoisses de
Larsen et de Rosell qui ne savaient pas où se mettre. Milhaud avait pris place dans le salon de piano, assis dans un
sofa qui orientalisait une pièce pleine de souvenirs de
voyages. Extrême-Orient, URSS, Amérique latine. Ces cheveux noirs, disposés comme un casque au-dessus du visage
large, plein, aux traits fins, s'achevant par un double menton
déployé sur sa respiration, donnaient à Darius Milhaud une
apparence à la fois grotesque et subtilement diabolique.
Mais, dès qu'il ouvrait la bouche, s'exprimait ce qu'il appelait son double aspect méditerranéen : provençal et juif,
double méditerranéité aujourd'hui renforcée car, si j'ai bien
compris, vous êtes de Barcelone. Il mentionna des noms qui
les unissaient : Mompou, Viñes, Supervia, la Supervia, quelle
grande chanteuse. En ce moment, je travaille sur un poème
qui a des rapports avec l'Espagne, *Christophe Colomb*, sur
un texte de Paul Claudel. J'espère le créer cet hiver.

— Mon travail avec Claudel a été aussi fascinant, voire
plus, que celui que j'ai fait plusieurs fois avec Cocteau. Je
vous dirai que Cocteau pour un homme de ma génération et
de ma sensibilité est quelqu'un de prévisible. En revanche,
Claudel est une aventure parce qu'on le suppose à l'avance
chantre de ce qui est mort tandis qu'il parvient à vivifier
poétiquement ce qui pour moi est idéologiquement mort. Et
je dis ça avec la conscience d'un homme qui se reconnaît juif
des quatre côtés.

— L'eau bénite inonde la France. Il ne manquait plus
que le pieux Messiaen à la tête de l'avant-garde patriotique.

Les angles des sourcils de Milhaud s'accentuèrent sous
l'attaque de Doria.

— Vous n'aimez pas Messiaen ?

— Je n'aime pas les mystiques.

— C'est un gentil garçon. Imbu de son génie dès l'enfance, du fait de sa mère, la poétesse Cécile Sauvage. Vous avez assisté au concert de présentation de la Jeune France ? Comment auriez-vous pu ne pas y être alors qu'y participait votre compatriote, le grand Viñes ! Colossale, la direction de Désormière !

— L'autre jour, il a dirigé l'opéra bouffe du 14 juillet.

— J'étais avec lui à la manifestation, mais je me suis retiré discrètement. J'ai une mauvaise santé de fer, monsieur Doria. Je ne sais pas ce que vous avez fait à Poulenc, mais il vous fait une publicité d'enfer.

— Vous, Milhaud, vous aimez Messiaen ?

— Désormière a été très bien. J'ai connu Roger au Conservatoire de Paris, nous étions voisins, il habitait rue Blanche et moi rue Gaillard. Nous pouvions nous téléphoner en nous regardant par la fenêtre. Nous nous fréquentions en permanence. Il jouait très bien de la flûte mais c'est sa vocation de chef d'orchestre qui, en toute logique, prédomina. Nous aimions discuter des nouvelles œuvres, de l'évolution de la musique. Peu après la guerre de 14, Désormière s'est acheté une moto avec side-car dans un surplus de l'armée américaine et il m'emmenait souvent promener dans les environs de Paris. Il connaissait tous les chemins, aussi petits fussent-ils. Ensuite, nous avons fait de nombreux voyages ensemble, la Sardaigne, Florence... et, avec sa femme et ses parents, il était notre hôte fidèle à Aix-en-Provence. Tu te souviens, Madeleine ? Nous aimions beaucoup voyager avec eux dans cette première auto que nous avons eue. Je revois tout ça comme si c'était maintenant ; en particulier un soir, à Caderousse, un village entouré d'eau...

— Vous n'avez pas répondu à ma question sur Messiaen.

— Vous exigez des réponses à toutes vos questions ?

— En fin de compte, c'est l'un de vos fils.

— Je ne le reconnais pas pour tel. Expliquez-vous.

— C'est vous qui avez été à l'origine du regain du nationalisme musical français.

— C'était inévitable en un temps où Wagner était un dictateur musical et où ses acolytes français en étaient même arrivés à germaniser leurs noms. Mais moi c'est moi, et Messiaen c'est Messiaen. Bien sûr, Désormière a fait partie de l'école d'Arcueil, encore une des initiatives magistrales du pauvre Erik, Erik Satie. Madeleine, sers donc un apéritif à nos visiteurs.

Au « Qu'est-ce qui vous ferait plaisir ? » de Mme Milhaud, ils répondirent tous par un « Rien pour le moment ». Tous, sauf Doria, qui demanda du champagne frappé avec du jus d'orange frais, moitié, moitié. Les yeux pétillants de Mme Milhaud ne cillèrent pas, et elle quitta la pièce. En revanche, son mari, lui, avait tiqué. A présent, il contemplait Doria d'un air amusé.

— Votre ductilité, Monsieur Milhaud, fait partie de votre grandeur.

— Merci beaucoup.

— Mais vous en arrivez, par excès, à ne désapprouver que très peu de choses.

— J'ai l'habitude d'être un critique exigeant, je manie surtout le silence de manière terrible.

— Mais vous êtes revenu enchanté de votre voyage en URSS.

— Ce fut en effet un voyage enchanteur. C'était en 1926 et j'ai rarement depuis vécu des moments d'aussi grande créativité. Les jeunes musiciens avaient une avidité de canetons voraces. Ils étaient en pleine fièvre de liaison théorie-pratique. Le moindre accord était théorisé. Le théoricien Abrahamov préconisait l'emploi du seizième de ton et il appuyait sa théorie sur une physico-mathématique musicale très complexe. Il jouait sur quatre pianos accordés à l'octave et sur un harmonium. C'était un cas singulier mais pas unique. Chostakovitch, alors adolescent, était un expérimentateur et un génie réunis en une seule personne. Sa soif de savoir et de changer. Il y a peu d'endroits où l'on a écouté ma musique avec autant d'intérêt.

— Chostakovitch vient tout juste de se faire éreinter, parce que, au dire de la *Pravda,* sa symphonie ne peut pas être fredonnée par les commissaires du peuple dans leur salle de bains.

— J'ignorais qu'en URSS on fredonnait des symphonies dans sa salle de bains. Sans doute y a-t-il un niveau musical élevé.

— En 1926, vous assistiez à la fièvre de la créativité alors que le cadavre de Lénine était encore chaud. Mais, maintenant, que pensez-vous de ce qui se passe là-bas ?

— Tout change, rien ne demeure. Les musiciens et les cultures éternels m'ennuient avec leur prétendue fidélité à eux-mêmes. Cela conduit l'artiste et les peuples à la rhétorique.

— C'est pour ça que vous avez si mal traité Wagner, Franck, les impressionnistes, Falla ?

— Falla ? Moi ?

— Vous avez été injuste avec Falla.

— Non, je ne crois pas avoir été injuste avec Falla...

Les explications spirituelles de Milhaud n'eurent pas raison de l'implacable grossièreté de son interlocuteur et, lorsqu'ils quittèrent la maison, l'indignation de Teresa, la perplexité de Larsen et le fatalisme de Rosell accompagnèrent un Doria exultant, convaincu d'avoir impressionné Milhaud. Rosell, lui, ne se préoccupait guère de ce qu'il considérait comme une expérience personnellement inutile et tout à la faveur et à la gloire de Doria, parce qu'il se sentait vivant et à Paris, et ses yeux se remplirent presque de larmes lorsque cette idée-là : Je suis à Paris, se matérialisa dans la perspective du Pont-au-Change et de l'île de la Cité, tel un grand et luxueux bateau ancré là. *Coup d'État en Espagne**! L'annonce du vendeur du *Populaire* éclata comme un coup de feu, et Larsen fut le premier à surmonter le choc, acheter un journal et le déployer comme un écran recouvrant l'horizon du monde. L'armée d'Afrique s'est soulevée. Tentatives de coups de force dans diverses villes d'Espagne. On se bat dans les rues de Barcelone et de Madrid. Teresa se mit à pleurer comme si sa vie était finie, et les trois hommes se disputaient au sujet de ce qu'ils voyaient et pressentaient au-delà des mots.

— Mais le gouvernement contrôle la situation.

D'un doigt, Doria désigna les déclarations de Martínez Barrio et d'Indalecio Prieto au correspondant de l'agence Havas.

— Mais on dit que le général Franco essaye de traverser le détroit de Gibraltar à la tête de l'armée d'Afrique.

Remarqua Rosell un peu plus loin. Ils picoraient de l'index les lignes qui attiraient le plus leur attention. Doria prit à témoin le ciel de Paris, le Pont-au-Change et la Seine qu'il assumait le défi historique.

— Il faut s'informer immédiatement sur ce qui se passe.

Il arrêta pile un taxi après avoir effrayé le chauffeur par son cri et par la fermeté de sa position au milieu de la chaussée, le corps à moitié engagé dans le véhicule.

« Teresa et moi, à l'ambassade d'Espagne, Larsen à l'agence Havas, et toi, Albert...

— Moi, je sais ce que j'ai à faire.

— A Sainte-Avoye dans une heure pour faire le point sur les informations que nous aurons.

— Teresa est témoin et elle pourra vous le dire. Il y avait presque une manifestation d'Espagnols devant l'ambassade, et l'ambassadeur n'y était pour personne. J'ai fait passer quasiment de force ma carte de visite à l'ordonnance. J'exige de voir au moins le conseiller culturel, je suis Luis Doria, le plus important des musiciens espagnols. Un freluquet aussi triste qu'effrayé a fini par sortir et en définitive il n'a pas ajouté la moindre ligne à ce que nous avions déjà lu dans les journaux. Je l'ai pris par les revers et je lui ai dit : Je reviendrai à la tête des masses et je vous arracherai les secrets que vous gardez dans vos archives. Deux huissiers m'ont repoussé et la foule a pris mon parti. Je suis monté sur le capot d'une voiture, j'ai failli me tuer, mais je me retenais d'une main au lampadaire, et j'ai dit ce que j'avais à dire. Le fascisme ne pourra rien faire contre notre fièvre de liberté, nous sommes tellement malades de liberté que nous voulons mourir de liberté, mais attention au fascisme que nous portons en nous, dans notre âme républicaine, et je leur ai désigné l'ambassade. Quelqu'un parmi le public a crié : Vive la démocratie et vive la littérature ! C'était magnifique, n'est-ce pas Teresa ?

— Le spectacle de Luis a été très réussi, mais nous avons continué à ne rien savoir. Nous sommes allés au central téléphonique et j'ai demandé une communication avec l'Espagne. Les quelques lignes étaient bloquées et on aurait dit que tous les Espagnols de Paris étaient là. Finalement, quelqu'un qui était arrivé à parler avec sa famille à Barcelone nous a dit qu'on tirait dans les rues et que les gens allaient chercher des armes dans les casernes pour défendre la République.

— A l'agence Havas, ils avaient des informations de dernière heure en provenance de Madrid. Le gouvernement contrôle la situation dans la capitale. A Saragosse, le coup d'État a triomphé comme en Galice et en Navarre. Ils ont confirmé que Franco essaye de passer le détroit à la tête de la légion et des troupes maures.

Rosell avait couru à Sainte-Avoye pour y trouver un mot de Bonet sous la porte. Il lui donnait rendez-vous devant Danton à six heures et il y était allé. Bonet était excité et avait convoqué une réunion de camarades dans son propre appartement. Ils s'y rendirent et ils ne parvinrent qu'à une unique conclusion : il fallait essayer de retourner en Espagne après avoir laissé à la direction le soin de choisir le contingent indispensable qui devait rester à Paris. Les contacts avec les communistes du PC, les socialistes et les militants de la CNT opérant à Paris avaient été très encourageants. Volonté d'unité dans l'action et volonté de retour au plus vite en Espagne.

— S'ils ne nous ferment pas les frontières.

— Le gouvernement du Front populaire ? Le gouvernement de Blum ?

— Ce sont des raisons d'État. Si une guerre éclate en Espagne, tu crois qu'elle s'arrêta là ? Ça va dépendre de ce que Hitler veut faire. Mais ne précipitons pas la décision. Prenons vingt-quatre heures pour réfléchir et accumuler l'information. Demain, ici, même heure.

Rosell résuma comme il put ce qui était plus un état d'esprit qu'une nouvelle. Comme une rengaine, Teresa répétait sans arrêt : Moi, je rentre à Barcelone, moi, je rentre à Barcelone. Quant à Doria, il méditait une stratégie en s'accrochant désespérément à l'idée qu'il n'allait rien se passer. Ils avaient tous négligé l'horaire fixé par Doria. Le petit matin rendait Paris silencieux comme une sourdine posée sur les toits. Larsen cherchait en vain sur le poste un journal parlé donnant des nouvelles sur la situation en Espagne. Même Radio-Cité ne disait rien, malgré sa réputation d'émetteur progressiste ayant ouvert ses ondes aux grévistes à bien des occasions.

— Qu'est-ce que vous attendiez ? La solidarité internationale ? De classe ? Nous interromprions, nous, un programme

303

radiophonique pour donner des nouvelles d'une bataille de bédouins ? Et, depuis Paris, comment peut-on voir la guerre en Espagne autrement que comme une bataille de bédouins ?

Chacun était dans ses pensées. Doria naviguait sur une mer de paroles qu'il était seul à écouter. Larsen alla tousser aux toilettes. Teresa s'endormit sur le sofa, et Albert se réfugia dans sa petite chambre. Il s'abandonna au matelas et au sommier de ce lit de fortune comme à un sein maternel et protecteur. Paris, juillet, j'ai froid, maman, j'ai froid. Rosell pleurait pour Bonet, pour Oviedo, pour le fragile squelette du petit oiseau de la liberté, pour lui ; et dans l'obscurité grandissait une bête cubique aux mâchoires puissantes, à la bouche méprisante, sur un fond de marches militaires et de mots d'ordre, rugissements invertébrés qui chassaient la musique et la parole. A l'aube, Larsen s'en retourna chez Havas et Radio-Journal avança que le coup d'État avait été stoppé à Barcelone grâce à l'étrange alliance entre la garde civile et les milices populaires spontanées surtout soutenues par la puissante centrale syndicale anarchiste CNT. En revanche, les rebelles avaient renforcé leurs positions en différents endroits du pays et ils étaient en mesure « de déclencher une guerre civile d'une durée imprévisible ».

— Ce n'est pas possible.

Grommela Doria, et il partit à la recherche de Léon Blum en personne pour qu'il lui explique la situation. Teresa continua à essayer d'appeler chez elle, et Rosell arpenta Paris en quête de journaux et du frémissement de la solidarité populaire avec la cause des républicains espagnols. Sur les façades fleurissaient les premiers graffitis pour ou contre le coup d'État, signés respectivement par les *Croix de feu**
et par les communistes. Mais Paris était toujours Paris en ce 20 juillet, jour de la Sainte-Marguerite, selon ce que leur avait lu Doria avant de quitter l'appartement pour une réu-

nion au sommet avec Blum ou avec le pape. Entre le *14 juillet** et la *rentrée** de septembre, Paris était une immense gare d'autocars pleins de jeunes gens partant pour des auberges de jeunesse, résultat d'une politique des loisirs et d'un renouvellement des mœurs dont le Front populaire avait fait le symbole de sa volonté de changer l'histoire, comme le demandait Marx, et aussi la vie, comme l'avait exigé Rimbaud. Les oreilles des gens n'écoutaient plus *l'Internationale, la Marseillaise* ou le *Ça ira,* mais des chansons que les fenêtres ouvertes jetaient dans la rue comme des éléments d'un paysage sentimental. Damia, Frehel, Rina Ketty, Arletty, Chevalier, Mistinguett...

> *Dans la vie, malgré tout ce qu'on raconte,*
> *On peut être heureux de temps en temps.*
> *Moi qui n'aime pas les gens qui se démontent,*
> *Je vous donne un conseil épatant :*
> *Chantez* !*

Chantait Mistinguett depuis une fenêtre. La presse confirmait le flash de Radio-Journal et spéculait sur la possibilité que Léon Blum ait reçu un message de Giral[1] l'avisant de la révolte de Franco et lui demandant *« un engagement immédiat pour la fourniture d'armes et d'avions* ».*

Ce qui était une rumeur pour le journaliste devait déjà être une clameur pour la puissante droite française, car, sur les murs, se multipliaient les appels indirects à l'indifférence : *Pas de guerre* !* un cri pacifiste polyvalent mais qui prenait un sens fasciste en ce matin du 20 juillet 1936. La liberté du monde avait un couteau sous la gorge, un couteau qui pressait la carotide de la République espagnole. Rien d'autre ou presque. Rosell se détacha de la ville et se mit à imaginer le futur. Les images brisées se superposaient et l'aidaient à

---

1. Président du Conseil en 1936, puis ministre de la République.

occulter le dilemme de fond, mais, par une brèche mal sur-
veillée de son esprit, le dilemme s'infiltra : rentrer ou ne pas
rentrer.

— Il faut rentrer. Je viens d'avoir Barcelone. C'est la
panique. Personne ne sait où est Maurín qui se promenait en
Galice où le coup d'État, semble-t-il, triomphe. Mais la
direction l'a dit clairement, on laisse quelques réserves ici et
on rentre. Oviedo, aux Asturies, il y sera quand même arrivé.
La situation n'est pas claire dans les Asturies. La ville
d'Oviedo est encore républicaine mais le général Aranda
contrôle la majeure partie du territoire.

— Aranda est avec Franco ?

— Oui. Aranda est avec Franco. Mes informations sont
incroyables. Aranda et Cabanellas sont avec Franco, comme
Queipo de Llano, l'exilé antimonarchiste. Batet, en
revanche, a été fusillé par les factieux. Moi, je rentre. Il est
possible que dans les prochaines heures le gouvernement
Blum établisse un contrôle à la frontière dans le but d'empêcher des provocateurs fascistes de passer en Espagne ou en
France. Chacun doit y aller par ses propres moyens et nous
plus encore que les autres puisque nous ne pouvons pas
compter sur l'aide des grands partis, socialiste et communiste.

— Il faut que je rentre ?

— Toi, tu es un artiste, et les artistes vous en faites toujours à votre tête. Moi, je suis révolutionnaire et correcteur
d'épreuves. Je rentre. Si par hasard tu décides de rentrer et
que tu as des problèmes à la frontière, prends cette adresse
de camarades de Perpignan qui t'aideront à arriver à Barcelone.

Danton semblait être la statue représentative de ce Paris
de juillet 36. Il regardait l'horizon. Il ne les regardait pas.
Bonet essaya de couper court aux adieux avec un sobre
« Salut ! » mais cela lui parut insuffisant et il l'embrassa. Il

sentait la sueur et la fraternité et Rosell l'embrassa à son tour
avec toute la vigueur de son corps de musicien... Après la
tendresse de cet adieu, il tomba dans un sentiment d'urgence
qui le fit détaler à toute allure pour arriver au plus vite à
Sainte-Avoye ; l'action l'incitait à l'action et lorsque, hors
d'haleine, il ralentissait, il se retrouvait devant ses hésitations, oubliant quelque peu la chaleur de la solidarité partagée avec Bonet et les autres. Il déboula dans l'appartement
comme un fleuve cherchant la mer, mais il s'arrêta soudain
parce que Teresa était là, assise sur le sofa, les genoux serrés,
les coudes sur les genoux, et la tête dans les mains, avec un
air de fillette perdue dans une ville hostile. A ses côtés, un
tas de paquets faits à la hâte et mal ficelés.

— J'ai laissé mes valises chez le concierge. Ici, il n'y a que
ce que j'avais dans l'appartement. Je pars.

— Et Luis ?

— J'en ai par-dessus la tête de lui. Il doit être en train de
traiter avec Léon Blum pour qu'il envoie les cent mille fils
de Jaurès sauver la République. Même dans ces moments
tragiques, il est incapable de cesser de jouer les clowns. Tu
te rends compte ? L'autre jour, chez les Milhaud, il m'a fait
une de ces hontes... honte pour nous seuls, du reste, car les
Milhaud en ont vu de toutes les couleurs, des centaines et
des milliers de Doria plus stupides et fanfarons encore que
Doria et qui n'ont même pas son talent. Mais je suis de trop
ici.

— La frontière est fermée ?

— Larsen a dit que non, mais la situation peut changer
d'un instant à l'autre. Larsen va venir ici. Il est allé à l'ambassade suédoise. Il l'avait toujours caché, mais il s'avère
qu'il est le fils de quelqu'un d'important. Il s'est déguisé en
fauché pour jouer avec nous. Il est charmant.

— Moi aussi je pars.

— Tu n'es pas dans la même situation que moi. Selon

Luis, si tu cesses d'être une larve de boutiquier de quartier, tu peux faire de grandes choses.

— Il faut que je rentre. Ce combat est le mien.

— Je reconnais que cet aspect-là aussi me motive, mais pas autant que la sensation d'être de trop ici.

— Et Luis ?

— Il restera. C'est sûr. Non. N'en doute pas. Il est sur le point de récolter ce qu'il a mis si longtemps à semer et il ne va pas laisser passer cette chance. Je ne lui en veux pas. Je vis et je laisse vivre.

— Mais si toi tu t'en vas, si nous partons tous...

— Je croyais que tu le connaissais mieux que ça.

Doria leur offrit un large sourire qui éclaboussa les murs d'éclairs d'étoiles fugaces et d'éclats de rires sidéraux.

— Il n'y a pas de quoi s'en faire. La situation est maîtrisée. C'est d'abord Jules Moch qui me l'a dit, le secrétaire général du gouvernement, et ensuite Pierre Cot en personne, ministre de l'Air, m'a affirmé la même chose. Mieux que ça, il m'a montré la première commande de matériel que lui a faite la République espagnole et, au vu de la commande, je pense qu'il ne se passe rien là-bas : vingt bombardiers, huit mitrailleuses, huit canons Schneider et des munitions. Vous croyez, vous, que c'est avec ça qu'on fait front à une guerre terrible ? Je connais bien un des neveux de Pierre Cot et la rencontre a été très agréable. Je lui ai dit que nous nous verrions peut-être cet été parce que nous allons passer quelques jours chez Baton avec les Honegger. Il s'est montré très intéressé par ma vision de la guerre. C'est-à-dire qu'elle coïncidait avec la sienne. Une affaire de police interne qui durera quatre semaines. Voilà tout.

Doria remarqua les bagages de Teresa et les montra comme s'il ne comprenait pas ce que cela signifiait.

« Tu vas voir ta mère-grand, Petit Chaperon rouge ?

— Je pars en Espagne.

— Il n'y a rien de plus chic que de passer ses vacances à la guerre. Ne dis pas de bêtises. Je viens de te l'expliquer : tout est contrôlé. Je peux te réciter la commande militaire par cœur, par cœur.

— Je te répète que je pars pour l'Espagne, que la guerre dure quatre semaines ou quatre ans.

— Et moi aussi.

— Toi aussi. On t'a rappelé sous les drapeaux, paysan ?

— Je ne crois pas à cette vision optimiste du coup d'État. Mes informations sont différentes.

— Et aussi crédibles que les miennes.

— Elles ne sont pas dictées par l'envie de minimiser l'importance du sujet.

— Peut-être sont-elles dictées par l'envie d'exagérer l'importance du sujet ?

— Mais enfin tu ne comprends pas ? Des gens comme toi, comme moi sont en train de se tirer dessus pour défendre des idées que toi et moi avons dans la bouche vingt-quatre heures sur vingt-quatre.

— D'abord, fais-moi le plaisir de ne pas me mettre dans ta troupe. Je ne suis pas comme toi et par conséquent, toi, tu n'es pas comme moi. Jamais tu ne seras comme moi. Et si tu retournes maintenant en Espagne et te laisses prendre par cette corrida de vachettes, jamais tu ne seras quelqu'un. Regarde, voici Gustave Adolphe de Suède.

Larsen eut du mal à retrouver son souffle. Il venait de l'ambassade de Suède où ils avaient des nouvelles fraîches en provenance de l'ambassadeur à Madrid, un homme de confiance, dit Larsen en clignant de l'œil. Les factieux avaient été défaits à Madrid, mais l'armée de Mola emportait tout sur son passage et Franco avait débarqué en Espagne. Queipo de Llano gagnait du terrain en Andalousie, et le gouvernement, totalement déconcerté, ne savait comment faire face à la guerre. Les masses avaient pris l'initiative et étaient dans la rue. On vivait une situation pré-révolutionnaire.

— Ce que tu as tellement prêché, Doria. L'initiative populaire au-dessus du corset des appareils d'État. En Espagne, tu vas te sentir à l'aise.

— Tous les libertaires espagnols ont une âme de curé carliste.

Commenta Rosell à voix basse à l'intention de Larsen qui voulait lui aussi partir pour l'Espagne. Teresa se joignit aux messes basses autour d'un Larsen pensif et détaché de Doria qui les contemplait avec mépris, comme des partenaires disqualifiés auxquels il ne valait même pas la peine de se mesurer. Mais il se crispa lorsqu'il vit et entendit Larsen sortir de sa méditation, lever les bras et proclamer joyeusement :

— C'est moi qui vous emmène ! Ne vous en faites pas pour savoir s'ils fouillent les trains à Port-Bou ! Je vous emmène en voiture et je reste en Espagne. C'est logique que je le fasse.

Teresa sautait tout excitée, essayant d'atteindre de ses baisers les joues barbues du Suédois. Rosell envoya un joyeux et symbolique coup de poing dans le vide et se frotta ensuite les mains avec satisfaction. Doria leur tourna le dos et rentra dans sa chambre dont il claqua la porte. Larsen s'appropriait peu à peu son idée et monologuait sur la logique de sa proposition.

« Ça m'est venu d'un coup. Qu'est-ce que je suis, moi ? Un hispaniste qui connaît Lope de Vega par cœur ainsi que tous les affluents de l'Èbre. Quelle valeur d'échange ou d'usage peut avoir ma science en Suède, à Paris, dans le monde ? Presque aucune. Dans la mafia des hispanistes et sur le marché de l'hispanisme. En revanche, en Espagne, je sais où je suis, je sais où est le nord, le sud, l'est, l'ouest, la droite et la gauche. Ma place est là. Personne ne m'attend à

Malmö. Mon père a cinq filles qui le consoleront une fois
encore de la folie de son fils fautif et égaré. Et moi, je serai
sous le soleil d'Espagne, une carte de journaliste suédois en
poche, ou un fusil de milicien, ça dépend de ce que vous
allez faire, vous. Si vous ne vous suffisez pas à vous-même,
je laisserai la carte de journaliste et je prendrai le fusil.
Quand j'étais adolescent, mon père était fier de moi parce
que j'étais bon à la chasse aux canards. Je prie le ciel de ne
pas avoir à reprendre le fusil, mais, s'il faut le prendre, je le
prendrai.

Rosell rentra dans son cagibi, refit des bagages qu'il avait
à peine défaits ; il recopia en quatre exemplaires l'adresse de
secours que Bonet lui avait donné à Perpignan et il éprouva
le besoin d'écrire une autre lettre à Gerhard, mais il était
nerveux, il recommença quatre fois le début et finit par se
convaincre que ce n'était pas le moment. Il regagna le salon
avec ses bagages. Larsen et Teresa étaient tout près l'un de
l'autre sur le canapé, ils se racontaient très doucement des
choses du passé, qui n'avaient rien à voir avec ce qu'ils
avaient vécu ensemble à Paris ni avec ce qui les attendait
sans doute en Espagne. Larsen se rappelait son premier
voyage sur un ferry entre les côtes danoises et Malmö. Sa
surprise de voir que les noms qu'il avait étudiés dans les
livres étaient des villes et des lieux pour de vrai. Je ne sais
pas pourquoi, je ne sais pas pourquoi, Gunnard, mais la
première impression de ce genre-là que j'ai eue, c'est quand
j'étais toute petite, mon père était libre penseur, anticlérical,
et ma mère une femme timorée et liée aux familles les plus
réacs de Gérone. Ma mère avait un cousin germain frère
capucin à Sarriá et mon père m'avait dit que c'était un saint,
que lui ne croyait pas aux saints, mais que cet homme-là
était un saint qui passait sa vie à cultiver son jardin et à
croire aux autres. Il m'a dit ça comme ça. A croire aux
autres. Et je suis entrée dans le jardin du couvent et c'était

vrai, sans aucun doute, c'était un saint vivant entre ses plantes et dans ses yeux on voyait qu'il croyait en moi. Rosell les écoutait assis à un bout du sofa, entouré de bagages, attendant que quelqu'un prenne l'initiative. C'est alors que la porte de la chambre s'ouvrit violemment et alla cogner contre la cloison. Un instant de néant et d'absence, prologue à la magie de ce qui allait suivre. Doria reparut. Il portait le kimono noir à la Cocteau, il fumait une cigarette de haschich et se promenait pieds nus en ricanant, caressant du bout des doigts les paquets et leur jetant des regards admiratifs.

— Voilà que l'armée de libération de l'Espagne est déjà prête. Un don Quichotte suédois, la Pasionaria du *Passeig de la Bonanova* et le leader, Albert Rosell, capitaine d'opérette. Les militaires africains de Franco en ont avalé leurs cimeterres, et les faucilles et les marteaux de l'Espagne entière sont devenus d'or depuis que l'on sait que vous volez à leur secours. Tes mains porteuses de mort, Rosell, vont nettoyer l'Espagne de toutes les forces contre-révolutionnaires. Je pensais que tu avais la tête pleine de musique, bonne ou mauvaise, mais de musique, et voilà qu'elle est pleine d'hymnes et d'images brisées de révolutions romantiques. Tu n'arriveras jamais à rien. Paris était ta dernière chance.

— Bla bla bla.

C'était Teresa qui concluait ainsi le monologue de Doria et ces trois syllabes avaient également surpris les trois hommes. Teresa soutenait le regard furieux de Doria.

— Toi aussi ? Je pensais que tu avais la tête pleine de stupidité incolore, inodore et insipide, et il s'avère qu'elle est pleine de sang, rouge, bien sûr. Mais vous êtes fous ! Qu'est-ce que vous croyez ? Que vous êtes mieux que moi parce que vous allez faire les clowns dans une guerre de sauvages ? Personne ne vous aidera. Les Français vous regarderont

comme des toros à la corrida. Vous ne les connaissez pas.
Beaucoup de *Marseillaise* et beaucoup de *Ça ira,* mais,
avant d'affronter les Allemands et les Italiens, ils préféreront
vous laisser pourrir, tous, jusqu'au dernier des républicains
espagnols. Et les autres ? Combien de Larsen y a-t-il au
monde, prêts à se laisser tuer pour une Espagne qui n'existe
que dans les livres ? Pour une révolution qui n'est ni écrite
ni pensée ?

— Il est tard. Nous devons arriver à la frontière espagnole demain soir.

Dit Larsen, et il donna l'exemple en prenant les paquets
de Teresa. Rosell prit les siens et passa devant un Doria
raide, les poings sur les hanches et se composant un regard
terrible, qui doutait encore de la vérité de la scène.

— Teresa, reste.

Mais Teresa fut la première à sortir sur le palier et à entre-
prendre une prudente descente de l'escalier fraîchement ciré
par la concierge. Doria retint Larsen par un bras.

— Tu me dois un livre. Avec lui, tu emportes ma
mémoire, tu emportes cette mémoire de moi que je t'ai livrée
peu à peu.

— Je te l'écrirai, Luis, je te le jure.

Il continua à avancer. Le bras de Doria se posa sur les
épaules de Rosell.

— Albert, Albert, paysan, ne sois pas idiot, Albert, mon
petit pote... Tu crois que je ne ressens pas le même élan que
vous ? Si nous restons, nous serons une armée culturelle et
propagandiste au service de tout ce que vous aimez, de tout
ce que nous aimons. Tu es un musicien. Un musicien dans
l'âme, pas un guerrier.

Et tous trois de descendre l'escalier, avec Doria penché
au-dessus de la rampe.

« Enfants de salauds ! Fils de putes ! Vous croyez me
laisser ici mort de honte, crucifié par votre exemple ! Non, je

313

ne suis pas mort ! Je suis un cadavre exquis, le cadavre de la raison, et vous vous êtes les esclaves mesquins d'émotions à quatre sous ! *Le cadavre exquis boira le vin nouveau* !* Ne l'oublie pas, Albert. Toi non plus, sale putain, grosse vache, espèce de ratée. Ni toi, le Suédois, le pédé, parce que tu es un pédé.

Larsen respira en arrivant dans la rue. Sa Citroën était là, aussi nerveuse qu'eux. Ils s'assirent tous trois à l'avant et Larsen démarra en criant un « yuuuupiiiii » de cow-boy sur sa monture, accompagné par Rosell et Teresa, la poitrine endolorie par toute la joie qu'ils avaient inspirée avec l'air et qui s'était solidifiée en eux. Concorde, boulevard Saint-Germain, Raspail... Adieu, adieu, disaient les yeux humides d'Albert. Adieu, Danton, au nom de tous les guillotinés passés et à venir. Porte de Gentilly. Paris restait derrière eux et ils débouchèrent sur la route de Lyon, la route d'Espagne.

— Quand tu seras fatigué, nous pourrons prendre le volant, n'est-ce pas, Albert ?

— Moi je ne sais pas conduire. Et je n'ai pas de permis.

— Moi je sais et j'en ai un.

Teresa fixait ses yeux brillants sur la route envahie par l'ombre du couchant. Rosell sortit de sa poche les quatre exemplaires de l'adresse de secours de Perpignan. Il en donna un à Larsen et l'autre à Teresa.

— Au cas où on nous séparerait en arrivant à la frontière, dites que vous venez de la part de Bonet, de Paris, et ils vous aideront à passer.

Il rangea son billet et garda dans les mains celui qui restait et qu'il avait destiné à Doria. Teresa, voyant ce papier, lança à Rosell un regard de muette gronderie : Mais tu ne le connais donc pas ? Tu as cru un seul instant qu'il pouvait rentrer avec nous ? Rosell déchira le billet et jeta les morceaux par la portière. Teresa commença à chanter *J'atten-drai*, puis *Marinella, Ne croyez pas que les gendarmes soient toujours des gens sérieux* et *Sombreros y Mantillas,* aidée pour le refrain par Larsen. Ils dormirent dans la voiture à la sortie de Lyon, dans un bois. Larsen, imbu de l'esprit de chef d'expédition, fut le premier à se réveiller et il sortit faire sa gymnastique entre les arbres et oxygéner ses poumons par de profondes respirations.

— On est arrivés ?

— Non. On est encore près de Lyon.

Rosell regardait ses mains trop courtes pour un concertiste, trop fragiles pour empoigner un fusil. Il imagina toutes ses phalanges brisées par le recul du pistolet ou du Mauser.

— Pourquoi regardes-tu toujours tes mains ?

Teresa s'était relevée sur le siège arrière que ses deux compagnons lui avaient cédé en guise de chambre. Son rimmel avait coulé et elle examinait les mains de Rosell qu'elle avait serrées dans les siennes.

« Ce sont de très jolies mains.

— Petites pour un pianiste concertiste.

— Chopin avait de petites mains. C'est George Sand qui le raconte.

Elle décida de conduire lorsqu'elle vit que la fatigue avait fait ralentir Larsen. Les deux hommes surveillaient la conductrice comme s'ils se tenaient prêts à intervenir à la moindre inattention.

— Du calme. Chez moi, on a toujours eu des voitures et moi j'ai participé à des rallyes à Argentona et à Sant Andreu de Llavaneras.

Ils se turent, ils se détendirent, les paysages défilaient, ils pensaient tous à leur passé et à leur destin.

— Quand j'arriverai à Barcelone, je n'irai pas directement chez moi, mes parents pourraient en avoir une attaque. Je m'informerai de la situation et c'est seulement quand je saurai où ça en est que je me présenterai chez moi. Et vous ?

— Moi, je n'ai de comptes à rendre à personne. Je suis suédois.

Et il se mit à rire. J'irai chez moi, dit Rosell d'une toute
petite voix. Il pouvait presque décrire d'avance le visage pâle
de sa mère qui ne serait plus soulagée de savoir son fils hors
de danger, de l'autre côté de la frontière séparant la guerre
de la paix, la vie de la mort.

— Qu'est-ce que vous ferez quand la guerre sera finie?
Larsen éclata de rire.

— Je finirai le livre sur Luis.

— Je continuerai à jouer du piano. N'importe où.
Comme ça se trouvera. Je suis pianiste.

Mais, elle, elle ne dit pas ce qu'elle pensait faire, elle
essaya d'abord de se l'imaginer, mais elle ne pouvait pas.

— Ça me fait mal pour mon père. J'ai été un peu son
cobaye. Il m'a donné la même liberté qu'à mes frères et à ma
pleurnicharde de mère. Et, maintenant, je vais revenir et lui
montrer mes mains vides.

— Ou tenant un fusil. Un fusil fera très bien entre tes
mains, Teresa.

Ils mangèrent dans une auberge de jeunesse à Montpel-
lier, après présentation des cartes d'étudiant de Teresa et de
Larsen. Le Suédois avait de la fièvre et transpirait abondam-
ment. Il revint des toilettes le teint livide, recouvert d'une
pellicule de sueur cireuse. Ne vous en faites pas. Ça m'arrive
de temps en temps. Mais il s'allongea sur le siège arrière où
les quintes de toux lui faisaient plonger le visage dans son
mouchoir. Au milieu de l'après-midi, parvenus à quinze kilomètres de La Jonquera, la frontière, ils arrêtèrent la voiture,
émus à l'approche de l'heure de vérité.

— On va essayer. Toi, Larsen, ta carte de presse. Prêts?
Conduis, toi, nous attirerons moins l'attention.

Larsen étouffa ses dernières quintes avant de prendre le
volant avec détermination, tournant vers les autres un pauvre
visage pâle mais souriant.

— *Le jour de gloire est arrivé**.

316

Cher Gerhard, il m'arrive des informations confuses sur le
lieu où vous résidez à Barcelone actuellement. On m'a même
dit que vous n'étiez pas rentré de l'étranger. Ça vous sur-
prendra sans doute d'apprendre qu'en quelques semaines
seulement j'ai fait un étrange voyage aller-retour. Mais vous
comprendrez sans doute cela devant le spectacle qu'offre le
pays. Je pars demain pour le front avec les milices du
POUM, après un court entraînement où j'ai, entre autres
choses, appris à tirer. Je n'avais pas fait de service militaire
et je suis encore étonné de ma capacité d'adaptation aux
circonstances. Je tire. Et il m'arrive même d'atteindre la
cible. Mes mains serviront peut-être enfin à quelque chose.
Quant à la musique, j'ai recopié patiemment mes cahiers
pour en emporter un exemplaire de travail au front. Je ne
méconnais pas les difficultés, surtout celle, fondamentale, de
trouver un piano. Au front, il n'y a pas de pianos, m'a dit un
chef, important semble-t-il à en juger par l'autorité de son
ton et l'assurance qu'il manifeste quant à ce qu'on trouve et
ce qu'on ne trouve pas au front. J'espère obtenir de temps à
autre une permission et j'espère aussi que vous m'écrirez de
là où vous êtes. J'ai fait la connaissance de Milhaud. C'est
l'avant-dernière chose qui me soit arrivée à Paris. Maintenant, je lis dans les journaux qu'on annonce la création de
son *Christophe Colomb*, sur un poème de Claudel. C'est
étrange. Milhaud redevient pour moi une photo lointaine et
mal tirée. Mais ne divaguons pas. Notez, s'il vous plaît, ma
prochaine adresse : Albert Rosell, Colonne Maurín, Tierz
(Huesca), ou alors déposez votre lettre au siège du POUM,
Rambla de los Estudios, on me la transmettra.

IMPRIMERIE BUSSIÈRE À SAINT-AMAND (CHER).
DÉPÔT LÉGAL : SEPTEMBRE 1990. N° 12482 (2273)

Collection Points

SÉRIE ROMAN